KB078986

동아
COMMUNICATION
GROUP

동아

COMMUNICATION
GROUP

빙의로
최강요원

빙의로 최강 요원 6권

초판 1쇄 인쇄일 | 2022년 8월 19일
초판 1쇄 발행일 | 2022년 8월 25일

지은이 | 박현수
펴낸이 | 박성면
펴낸곳 | (주)동아

출판등록 | 제406-2007-000071호
주소 | 경기도 파주시 문발동 223-1 2층
전화 | (031)8071-5201
팩스 | (031)8071-5204
E-mail | lion6370@hanmail.net

정가 | 8,000원

ISBN 979-11-6302-602-0 (04810)
ISBN 979-11-6302-578-8 (Set)

빙의로
최강요원

박현수 현대판타지 장편 소설
DONG-A MODERN FANTASY STORY

동아
COMMUNICATION
GROUP

빙의로
최강요원

목차

빙의로
최강요원

1. 다짜고짜 쳐들어가는 건
하책입니다

빙의로
최강요원

스핫!

눈앞으로 상대는 보였고, 깔끔하게 베었다.

하지만 칼에서 느껴져야 할 미약한 저항력이 느껴지지 않았다.

뭐지?

분명히 제대로 베었는데.

여전히 상대도 눈앞에 있고.

"음?"

그제야 이상한 마음에 주변을 둘러보았다.

그런데 모든 게 멈춰 있었다.

"뭐야, 이건……."

사람도, 하늘도 모두 멈췄다.

심지어 바람 하나 느껴지질 않았다.

숨은 쉬어지는데, 움직이면 몸에 닿는 공기의 흐름도 느껴지는데, 나를 제외한 모든 게 멈춰 버린 것 같았다.

-이런 현상은 나도 처음 보는구나.

"저 사람을 베기 직전, 뭔가가 번쩍한 것 같긴 했는데. 저한테 뭔가 마법을 쓴 걸까요?"

그 순간, 눈앞에 멈춰 있는 자의 말이 떠올랐다.

[마지막으로 기회를 주겠다. 힘을 포기하겠느냐, 영원의 시간에 갇히겠느냐?]

"영원의 시간……. 분명히 그렇게 말했는데. 힘을 포기하지 않으면 영원의 시간에 가두겠다고. 혹시 이걸 말하는 거였어?"

나는 다가가 그의 몸을 만져 보았다.

그런데 마치 그 자리에 없는 듯 손이 그대로 관통되어 지나갔다.

"허……."

그 순간, 나는 살짝 겁이 났다.

"이거 어쩌죠? 저, 지금 엄청 곤란해진 것 같은데."

-아무래도 시간 속에 갇힌 것 같구나.

"시간 속에 갇혀요?"

-네가 저자를 베려 한 그 찰나의 순간에 너만 갇혀 버린 거지.

"나만 그 순간의 시간 속에 갇혔다……. 그럼 어떻게 빠져나가야 하는데요?"

-솔직히 잘 모르겠구나. 그 찰나보다도 더 빠르고, 강력한 힘으로 이 공간을 찢어 버리면 모를까, 쉽게는 나갈 방법이 없어 보인다.

잠깐만, 이봐요!

그걸 지금 말이라고 해?

그럼 나는 어쩌라고?

여기서 평생 이러고 살라는 거야?

"미치겠네……. 케라 형님은요? 무슨 방법이 없겠어요?"

-이봐, 노인네. 방금 전에 한 말, 정말이야? 그 찰나보다 빠르고, 강력한 힘이면 이 공간을 찢는 게 가능할까?

-추정일 뿐이다. 방법이라고는 그것밖에는 생각나는 게 없고.

그사이 나는 뛰어도 보고, 건물로 가 벽을 만져 보기도 했다.

근데 바닥과 건물은 만져졌다.

오로지 사람만 그렇지가 못했다.

"바닥도, 벽도 만져지는데. 왜 사람만 안 만져지는 거야."

-그야 당연하지. 네가 밟는 곳과 저 벽은 세월이 지나도 그 자리에 있을 테지만, 사람은 늘 움직이는 존재이니까. 이미 그 자리에 없기에 안 만져지는 것이다.

"늘 존재하는 건 만져지는데, 그렇지 않은 건 만져지지 않는다. 하아……. 그럼 다시는 소현 씨를 만날 수 없다는 건데……."

케라가 버럭 화를 내며 나를 나무랐다.

-이 미친놈아! 평생 여기에 갇혀서 죽게 생겼는데, 지금 여자 타령이나 할 때야?

"이런 상황에서 가족이나 사랑하는 사람을 떠올리는 건 당연한 거 아닐까요? 다신 못 만날지도 모르는데. 갑자기 사라진 나로 인해 그들이 얼마나 걱정을 하게 될지……. 후…… 그걸 생각하면 가슴이 아프단 말이죠."

-포기하지 마라! 만약 제라로바의 말처럼 되는 거라면 단련을 하면 된다! 더 강해져서 여길 빠져나가면 돼!

그래, 포기할 순 없지.

포기는 뭐든 시도해 보고 그때 해도 늦지 않는다.

그리고 또 내가 워낙 낙천적인 성격이지 않은가.

나는 희망을 버리지 않고 밝게 말했다.

"그래서 지금부터 뭐부터 해야 할까요?"

제라로바가 말했다.

-지금의 넌 시간에 갇혔지만, 이곳의 흐름과 저 바깥의 흐름은 분명 다를 거다. 이곳에서는 백 년이 저 바깥에선 찰나의 순간일 수도 있는 것이야.

"그 말인 즉, 그 찰나의 순간에 나이를 엄청 먹어 버려서 죽을 수도 있다는 거겠네요. 이렇게 숨도 쉬어지고 몸도 움직여지는 걸 보면, 저 자체의 노화는 어쩔 수 없다는 걸 테니까요."

케라가 나를 위로했다.

-걱정 마라. 카우라의 능력은 너의 노화를 느리게 진행시킬

테니까. 10년이 흐를지라도, 넌 그다지 나이를 먹지 않은 것처럼 보일 것이다.

"그럼 100년은요?"

-.......

왜 말이 없어?

그건 아니라서?

환장하겠네.

"뭐, 됐고요. 일단 뭐든 해 봅시다."

그날 이후 나는 갇힌 세상 속에서 육체를 단련하고 카우라를 단련했다.

날짜의 개념은 사라진 지 오래다.

언제까지 이것을 반복해야 하는 건지 혼자만 흐르는 시간 속에서 지루함만 쌓여갔다.

그나마 그 지루함을 견딜 수 있었던 건, 마법의 능력이 빠르게 향상되는 걸 지켜볼 수 있어서였다.

내 생각으로 한 3년쯤 흐르지 않았나 싶을 때, 나의 주변으로는 불, 얼음, 바람, 빛, 어둠이 모여 빙글빙글 돌고 있었다.

"이제 원소는 자유자제로 다룰 수 있게 됐습니다. 저 이제 3단계에 제대로 진입한 거 맞죠?"

-응용력을 키워야겠지. 마법은 상상을 먹고 더욱 파괴력을 키우는 능력이다. 하니, 원소에 상상력을 불어넣어 보아라!

좋아.

그럼 불부터.

원소를 자유자재로 다루는 건 이제 식은 죽 먹기다.

원소를 다룸에는 주문은 필요치 않았다.

의지를 전한 순간, 몸 주변을 돌던 원소 중에 불이 나의 손 안으로 들어왔다.

화라라락!

그 불은 순식간에 퍼지더니 내 주변으로 불의 장벽을 만들어 냈다.

"훗, 게임을 열심히 한 보람이 여기서 나올 줄이야."

화염의 보호막을 만들고, 아무것도 없는 하늘에서 유성같은 화염의 덩어리들이 떨어지게도 만들었다.

수십 개의 불의 창들을 회오리처럼 내 주변으로 마구 맴돌게도 해 보았다.

-대단하구나! 응용력에서는 나를 뛰어넘겠어!

당연하다.

수십 년 동안 정말 많은 사람들이 게임을 통해 각종의 마법 발현 현상을 연구하고 만들어 왔었다.

그렇다 보니 몇 개의 판타지 장르 게임을 해 본 사람이라면, 이 정도 현상은 당연히 할 수 있는 상상이었다.

"그럼 이건 어떨까요?"

나는 바람의 골렘을 만들고 그 안에 핵으로 화염을 넣었다.

산소를 가득 품은 골렘은 한쪽으로 달려가더니 엄청난 폭발을

14 **빙의로 최강 요원 6권**

만들어 냈다.

퍼벙-!

-이 무슨……! 놀라운 위력이구나!

"과학을 알면, 마법도 더 능숙하게 쓸 수 있는 것 같네요. 방금 전에 그건 산소의 농도를 높인 겁니다. 산소는 그 농도를 높이면 가스보다도 더 강한 폭발력을 만들죠. 중요한 순간에 화염의 핵을 놓아 버리면, 저런 현상이 일어나는 겁니다."

조율자들을 상대할 때, 무척 좋은 활용이 될 것 같았다.

그들 하나하나 상대하던 나는 더 이상 없을 것이다.

나는 이제 나를 대신해 싸울 존재를 만들어 그들을 상대할 계획이었다.

그뿐이 아니었다.

미국에서 만들었다는 광학 기술.

시간이 남아돌던 나는 그걸 따라해 보았다.

빛의 원소에 대기 중에 굴곡을 만들어 관통하게 만드니 더 가늘고 강력해진 빛으로 쏘아지는 거였다.

곳곳에 얼음을 거울처럼 만들어 반사시키니, 빼곡한 레이저의 그물이 만들어지기도 했다.

"어때요?"

-저 안에 갇힌 생명체는 결코 살아남지 못하겠구나.

나는 나만이 흐르는 갇힌 시간 속에서 더욱 강해졌다.

몸놀림도 갇히기 전보다 두 배는 더 빨라졌다.

케라는 내게 자신이 가진 무예의 모든 걸 가르쳐 주었고, 어느 순간부터는 더욱 강력해질 수 있는 방법에 대해 함께 논의를 하기도 했다.

그렇게 대략 8년? 9년?

"흐합-!"

스핫-!

허공을 가르는데, 잠시였지만 무언가 갈라지는 공간이 보였다가 사라졌다.

"엇! 봤어요, 방금?"

-노인네의 가설이 맞았구나! 어쩌면 이 멈춰진 시간의 공간을 찢고 나갈 수도 있겠어!

-속도는 충분하지만, 힘이 부족한 것 같구나! 최강아, 공간을 가르는 순간에 마법도 함께 퍼부어 보아라! 그럼 어쩌면 저 공간을 보다 넓게 열 수 있을지도 모른다!

"아……!"

그래, 좋은 방법이다.

온갖 강력한 힘을 쏟아 단번에 공간을 찢어 버리면 어쩌면 가능할지도 몰랐다.

그렇게 난 마법과 검을 휘두르는 걸 동시에 할 수 있는 연습을 계속하였다.

그런데 다시 얼마가 흘렀을 때, 제라로바가 아쉬운 목소리를 내었다.

-마법 수준 상승은 여기까지가 한계인 것 같구나.

"그러게요."

사실 마법은 멈춰진 시간 속에서 키울 방법이 없었다. 그럼에
도 마법의 힘을 상승시킬 수 있었던 건 검에 깃든 마력 덕분이었
다.

"검에서는 더 이상 마력이 안 느껴지죠?"

-그동안 검에 있던 마력 덕분에 힘을 키울 수 있었다. 그것만도
정말 운이 좋았다고 해야겠지.

완전히 소멸되어 버린 검의 마력.

"그렇지만 밖에 나갈 수만 있으면 다시 힘을 키워나갈 수 있습
니다. 저는 나갈 겁니다. 반드시. 이제 다 왔으니까 조금만 더
해 보자고요."

하지만 걱정도 있었다.

내가 이러고 있는 동안, 밖의 시간이 너무 많이 흘러 버렸으면
어쩌지?

소현 씨가 그사이에 나를 잊고 다른 사람과 결혼이라도 했으
면?

아, 생각하기도 싫다.

혹시라도 수십 년이라도 흘렀을까 싶어 걱정이 컸다.

그래, 나도 안다.

지금 해 봐야 소용없는 걱정이라는 걸.

내가 나갔을 때의 그 시점을 바꿀 방법은 아마도 없을 것이다.

지금은 오로지 그렇지 않기를 바라며, 내가 찢는 저 공간의 순간이 내가 원하는 시간대이기를 바랄 수밖에 없다.

처음 공간을 가른 이후, 1년은 더 지난 것 같았다.

"빌어먹을, 거참 더럽게 안 찢어지네."

-마력의 힘이 부족한 것 같구나. 최강아, 또 돌아다녀야겠다.

"이젠 정말 얼마나 멀리 돌아다녀야 할지. 눈앞이 캄캄하네요."

마력은 자연스럽게 커지는 게 아니다.

숨을 쉬고, 몸 전체로 세상에 흐르는 힘을 받아들여야 보충도 하고 키울 수도 있었다.

하지만 지금은 멈춰진 시간.

그 시간 속에 존재하는 힘은 정말 그 찰나에 멈춰있었다.

그래서 세상을 돌아다니며 찰나에 머문 힘을 흡수하고 마력을 보충해야 할 필요가 있었다.

"이젠 정말 고기가 먹고 싶다."

다행히 오랫동안 고인 물은 마실 수 있었다. 오래된 나무의 뿌리도 생으로 씹어 먹는 건 가능했다.

나중에 안 사실이지만, 내가 있는 이 공간은 아주 시간이 멈춘 게 아니었다.

정말 느리지만 몇 년에 몇 초 정도는 흐르는 것 같았다.

그래도 참 이상하다.

건물의 벽도 영원히 존재할 수 없고, 나무도 세월이 흐르면

썩어 사라질 존재인데.

왜 이건 만져지는 건지 모르겠다.

그래도 그 덕분에 나무뿌리라도 먹고 생존할 수 있는 게 어디야.

아무튼 그렇게 다니다가 보니 어느덧 바다가 보였다.

저 멀리 반대편에는 대한민국이 있겠지.

너무도 오랜 세월이 지난 것 같다.

모두가 그립고, 보고 싶었다.

-행여 여길 들어갈 생각이거든, 포기해라.

"아마도 물에 대한 저항력도 없이 저 나락으로 떨어지겠죠?"

-당연하다.

"후……."

바닷물도 흐른다.

내가 보고 있는 저 자리의 물은 이미 다른 곳으로 흘러 존재치 않을 물일 것이다.

저 안에서 숨을 못 쉰다면 죽을 게 당연했다.

"바람의 힘으로 날아가도 되긴 할 텐데……."

-그사이에 마력이 떨어지면 어쩌려고?

-최강아, 네가 엄마와 최소현을 보고 싶은 마음은 안다만, 지금은 이 공간을 빠져나가는 데 집중해야 해.

그래, 이들의 말이 맞다.

잡념을 지우자.

지금은 오로지 여길 나가는 것에만 집중해야 해.

"흐합! 차앗!"

그렇게 나는 바닷가 근처에서 몸을 단련하고, 공간을 찢는 걸 반복했다.

그런데 그러다가 한 가지 사실을 깨닫게 되었다.

"엇! 이것 좀 보세요!"

매번 늘 같은 자리에서 공간을 가르고 있었는데, 곳곳에 균열이 가 있는 게 보인 거였다.

묘하게도 그 공간은 뒤로 가서 보면 안 보이는데, 다시 돌아서 와서 보이면 가늘게 보이고 있었다.

-왜 이걸 몰랐을까? 한 자리에서 계속 반복하면 멈춰진 시간이어서 대미지가 쌓이는 것이었을 텐데!

"그렇다는 건!"

-똑같은 곳만 계속 가르면 된다!

"에이, 씨……! 진즉 알았으면 1년은 더 빨리 나갔을 텐데!

-잔말 말고, 시작해 보자!

균열.

그것은 이미 가 있었다.

여기서 제대로 된 몇 방이면 저 균열은 산산이 부서질 것이다.

"으아아압-!"

"한다-!"

"제발-!"

화염과 냉기와 공기의 만남은 강력한 폭발로 이어져 검을 휘두를 때 방해가 되었다.

그래서 검을 휘두를 때에는 오로지 빛의 힘을 사방으로 교차하게 만들고, 그 중심을 베는 것으로 마법을 함께 사용했다.

한 번, 두 번, 세 번.

강한 힘을 쓸수록 마력이 줄어드는 게 느껴졌다.

여기서 마력을 보충하려면 또 다른 곳을 돌아다녀야 하는데!

그러다가 여길 다시 오려면 정말 개고생이다.

"이젠 좀 그만 좀 돌아다니자~! 좀 돼라~!"

스핫-!

악을 쓰며 검을 벤 그때, 놀랍게도 공간이 허물어지는 벽처럼 깨어졌다.

쩌정-!

와르르르르르……!

"아……! 됐다……!"

깨어지는 공간 너머는 강렬한 빛이 흘러나오는데, 성공했다는 사실에 희열이 번져왔다.

-뭘 꾸물대는 것이야! 어서 나가!

"아, 네!"

그래, 이러고 있을 때가 아니지!

나는 얼른 뒤로 바람의 기운을 가득 뭉치게 만들고는 몸을 날게 만들었다.

그것은 뛰어오르는 나의 탄력과 합해져 깨어져 버린 공간 속으로 나를 날려 버렸다.

쏴아아앙-!

"빠져나간다아아아아-!"

* * *

조율자의 로드, 제이슨에게 한 가지 의문스러운 보고가 전달되었다.

"로드, 이것 좀 보세요."

"뭐지?"

"최강이라는 그자를 없앤 그곳 주변에서 나무뿌리들이 일제히 뽑혀 사라졌다는군요."

"흠……."

"혹시 어제의 일과 연관이 있는 걸까요?"

제이슨은 곧장 제블런을 만나러 갔다.

제블런은 그 말을 듣더니 피식 웃었다.

"훗, 그가 살려고 발버둥을 치고 있군그래."

"그럼 이게 그와 연관되어 있는 게 맞다는 건가?"

"시간의 흐름은 참으로 난해하지. 찰나에 갇혔으나 그 찰나의 속에서 그가 무언가를 손상시켰으면 지금의 미래는 달라지는 거다. 흐름은 만지지 못하지만, 흐르지 않는 것은 일부 만질 수 있고, 그걸 손상시켰을 때, 지금 현재에 변화가 생기는 거지."

"그럼 만약 그가 우리가 있는 이곳을 파괴한다면?"

"일부 부서지게 되겠지."

"그건 곤란하구먼. 그럼 보관 중인 늘 그 자리에 있을 귀물들은 어찌 되는가?"

"조금만 자리를 옮겨도 그가 만질 수는 없게 될 거다."

"혹시 모르는 일이니, 자리를 조금씩 움직여 둘 필요가 있겠군."

"필요하다면 그래야겠지만, 굳이 그럴 필요가 있을까?"

"그래도 혹시 모르는 일이 아닌가?"

"우리의 시간과는 다르게, 그의 시간은 매우 많이 흘러 있을 거야. 우리에겐 잠깐이 그에겐 수 년, 수십 년일 수도 있는 거지. 내 생각에는…… 아마 이곳을 찾기도 전에 늙어 죽어 버릴 것 같은데. 후후후."

"그런가……. 아무튼 잘 알았네."

* * *

정신을 잃은 나는 귓가로 무언가 소리가 흘러들었다.

사아아아……. 사아…….

잔잔한 파도소리.

너무도 그립고 아름다운 소리였다.

그 순간, 나는 눈을 번쩍 떴다.

"엇!"

몸을 벌떡 일으켜서는 얼른 눈앞을 보았다.

사아아아…….

그런데 파도가 움직이고 있었다.

하늘의 구름도, 바람도 느껴졌다.

하늘을 나는 새도 보였다.

멈춰있던 모든 흐름이 다시 시작된 것이다.

"됐다……!"

-이제야 정신이 든 것이냐?

"저 빠져나온 거 맞죠! 그렇죠!"

-그래, 그런 것 같구나. 성공했다, 최강아!

"아자……! 됐어……!"

손을 번쩍 들어 자축을 하던 나.

하지만 곧 알아볼 게 있다는 걸 깨달았다.

"아, 맞아. 시간이 얼마나 흘렀는지 그걸 알아봐야 하는데……!"

그런데 핸드폰을 보니 멈춰 있다.

뭔가 에러가 난 것 같았다.

"이건 또 왜 이래. 나랑 같이 세월을 먹어서 고물이 됐나?"

나는 얼른 핸드폰을 껐다가 다시 켜 보았다.

그 켜지는 과정은 또 왜 이렇게 오래 걸리는지.

로고 화면만도 한참을 나오는 것 같았다.

평소엔 1분도 채 되지 않아 켜지던 게 몇 분은 흐른 기분이다.

"제발, 제발……. 너무 많이만 흘러있지 말아라."

그때, 홈 화면이 떴다.

나는 가장 먼저 시간과 날짜가 다시 맞춰지는 것부터 확인했다.

2022년 4월 26일.

오후 1시 18분.

"하, 하루!? 하루밖에 안 지났다고……?"

나는 두 주먹을 불끈 쥐고 있는 힘껏 들어올렸다.

"좋았어……!"

이 얼마나 다행인가.

10년을 넘게 시간 속에 갇혀 있었는데, 겨우 하루밖에 흘러있지 않았다.

"됐어……. 다행이야. 걱정하던 일은 일어나지 않았어. 휴, 하나님, 진짜 감사합니다."

-너의 운이 좋은 걸, 하나님은 왜 찾느냐?

"세상 모든 것에 감사드리고 싶은 그런 마음이면 원래 다 찾게 되는 분입니다. 휴, 아무튼 두 분도 정말 고생이 많으셨습니다. 그리고 진짜 진짜 고맙습니다. 두 분이 아니었다면 저는 정말……! 절대로 이겨 내지 못했을 겁니다."

케라가 복수의 칼날을 갈았다.

-그럼 이제 놈들에게 복수를 하러 가야지. 내 그것들을······!
절대로 가만두지 않을 것이다.

제라로바도 마찬가지였다.

-지금이라면 놈들을 상대하는 데 부족함이 없다! 물론, 그 시간
을 움직이는 놈을 가장 먼저 처리해야겠지! 똑같은 일에 두 번은
당하지 않겠지만, 그래도 조심은 해야 하니까.

그래, 나도 확 다 죽여 버리고 싶은 마음이다.

그 고생을 한 걸 생각하면 정말 조율자 조직 모두를 찢어죽이고
싶다.

"저도 같은 마음입니다. 하지만 지금은 아닙니다."

-그 무슨 말이냐? 지금만큼 좋은 기회가 어디에 있다고?

-케라의 말이 옳다, 최강아! 네가 사라졌다고 생각하고 있을
지금이 가장 큰 기회야!

방심하고 있을 때 뒤통수를 치는 것이 가장 좋은 전술이긴
했다.

그렇지만 흥분된 마음으로 놈들을 쫓아선 안 된다.

"진정하세요. 이런 때일수록 신중해야 합니다. 공략할 방법을
좀 더 제대로 짠 후에 치자고요."

기다려라, 조율자 놈들아.

내가 살아 있는 한, 이제 이 하늘 아래 너희와의 공존은 없을
테니까.

* * *

특전대 소속 부부장 왕웨이는 호텔로 도착하며 이메일을 보냈다.

[도착했다. 접선 장소를 말하라.]

잠시 기다리자 그에게 메일이 도착했다.

[랑천 정미소에서 저녁 6시. 무기 없이 오기 바람. 무기 착용시, 거래진행 불가. 거래불가 시 다른 구매자를 찾겠음.]

그는 수하들에게 말했다.

"내일 저녁 6시다. 랑천 정미소가 어디인지 알아보고, 여기서 얼마나 걸리는지도 알아봐."

"네, 부부장님."

"나는 좀 쉬도록 하지. 아, 호텔 내에 마사지 잘하는 사람 있으면 하나 보내라고 해. 내 취향, 알지?"

그 음흉한 미소에 수하는 눈치 있게 받아들였다.

"네. 곧 방으로 보내드리겠습니다."

"흐흐, 힘들 때일수록 즐기는 거야. 그러니까 너희도 요령껏 살도록 해."

하루 뒤, 왕웨이는 수하들과 함께 랑천 정미소에 도착했다.

6시를 20분 남겨 두고 도착한 그는 한차례 주변을 둘러본 후에 안으로 들어갔다.

녹이 슨 철문을 지나 안으로 들어간 순간, 용병들이 그들에게 총구를 겨누었다.

용병들은 그들 여섯 사람에게 다가오며 몸수색을 하겠다고 말했다.

"무기가 있는지 확인하겠습니다. 양팔을 벌려 주십시오."

금속 탐지기는 물론, 꼼꼼하게 손으로 몸 곳곳을 수색한 그들은 그제야 안심하고 안으로 들여보냈다.

"크흠."

잠시 후, 왕웨이는 정미소 안에서 카터를 만났다.

"여기까지 오시느라 고생이 많으셨습니다."

"기술은 제대로 가지고 왔겠지?"

"걱정 마십시오. 여기 있습니다."

"확인부터 해도 되겠나?"

"그러시지요."

왕웨이는 자신이 가져온 컴퓨터에 그가 건넨 메모리칩을 삽입하고 살펴보기 시작했다.

"흠, 도면은 확실하군. 근데 자료가 좀 비는 것 같은데? 이 파일들은 왜 못 보는 거야?"

"기밀자료의 절반은 입금과 함께 저희의 안전이 보장된 이후에 보실 수 있으실 겁니다. 헤어진 후에 암호를 전달 드리죠."

왕웨이가 매서운 눈길로 카터를 쏘아봤다.

"혹시라도 수작을 부렸다간……."

"워워, 그런 걱정은 마십시오. 우리가 아무리 간 큰 놈들이라지만, 중국을 화나게 만들 생각은 없습니다. 제 목숨을 걸고, 암호를 확실히 보내 드리도록 하죠."

"복제를 해서 여러 곳에 팔아먹을 속셈은 아니겠지?"

"제가 이 업계에서 신용 하나만큼은 확실합니다. 구매자께서도 이미 저에 관해선 알아보셨을 게 아닙니까? 걱정 마십시오."

"좋아, 돈을 입금하지. 계좌가 어찌 되나?"

"여기로 보내 주시면 됩니다."

잠시 후에 컴퓨터를 통한 이체가 완료되었고, 카터도 계좌로 돈이 입금된 것을 확인하였다.

"이제 됐지? 그럼 어서 나머지 기밀자료에 대한 보안번호를 내놔."

"저희 안전이 확보된 이후라고 말씀드렸습니다. 이곳은 중국 땅입니다. 어디서 매복을 하고 있다가 덮쳐올지 모르는데, 저희가 그리 호락호락하게 당하겠습니까?"

"우리를 너무 못 믿는군."

"서로 확실하게 하자는 것이죠."

"좋아. 기다리도록 하지."

카터가 자리에서 일어났다.

"좋은 거래였습니다. 그럼 몸 조심히 돌아가십시오."

카터가 돌아가고 얼마 후, 왕웨이의 전화로 메시지가 왔다.

그것은 암호였고, 컴퓨터에 입력하자 나머지 기밀자료들이 열려 모두 열람할 수 있게 되었다.

"됐군. 놈들이 다행히 수작을 부리지는 않았어."

"그럼 이제 다 된 겁니까?"

"그래. 이만 돌아가자고."

다섯 사내들이 앞장섰고, 왕웨이가 뒤따랐다.

그런데 바로 그때, 놀라운 일이 일어났다.

스르르르르……

왕웨이가 대뜸 씨익 웃음 짓는가 싶더니 그의 키가 점점 늘어나고 몸집도 가늘게 변해가는 거였다.

그렇게 변한 건 다름 아닌, 최강의 모습이었다.

'후후, 멍청한 놈들. 이건 몰랐을 거다.'

상황은 이렇게 된 거였다.

최강은 전날 왕웨이를 찾기 위해 그가 머무는 호텔로 왔었다.

"이 많은 방을 다 뒤져볼 수는 없고……. 어떻게 할까."

막 지배인으로 보이는 사내가 밖으로 나가더니 담배를 태우는 게 보였다.

좋은 기회.

"훗, 이러면 되겠군."

최강은 순식간에 지배인으로 변하고는 직원들 자리에서 왕웨이가 몇 호실에 묵나 컴퓨터로 살펴보기 시작했다.

그런데 웬 건장하게 생긴 사내가 와서는 말하는 거였다.

"이곳에 마사지를 하는 사람이 있나? 꽤나 예쁘고 은밀한 것까지 가능했으면 하는데."

아무리 중국이 마사지가 성행한다지만, 호텔에 와서까지 이런 요구를 해 온다는 것에 참 별 놈들이 다 있구나 싶었다.

그런데 그들끼리 수군대는 중에 호칭이 하나 튀어나왔다.

"몇 명 보내라고 해야 하지 않을까? 한 명만 보냈다가 부부장님께서 마음에 안 들어 하시면 어떻게 해?"

"그렇군. 우리가 먼저 확인하고 들여보내는 게 좋겠어. 욕을 먹는 것보다야 한 번 더 귀찮은 게 낫지."

'부부장? 호오……?'

최강은 범상치 않아 보이는 그들의 눈빛과 부부장이란 말을 통해 이들이 왕웨이의 수하라는 걸 알아차릴 수 있었다.

하여 그는 해맑게 웃고는 답하였다.

"이 지역에서 미모로는 최고인 아이가 있습니다. 몸매도 아주 굉장하지요. 어떻게 불러 드릴까요?"

"그래? 그럼 올려보내 봐."

역시나 올라간 건 예쁜 여자로 변신한 최강이었다.

최강은 왕웨이를 만나 최면 마법으로 거래에 관한 사항에 관해 물었다.

"거래 장소가 랑천 정미소라 이거지. 훗."

"네, 그렇습니다."

가장 먼저 기밀 자료를 얻고자 했던 그는 왕웨이를 묶어 놓고는, 감쪽같이 그로 변하여 그의 수하들과 함께 거래 장소에 나갔던 것이다.

"할일도 끝냈으니 이제 사라져야겠군."

왕웨이의 모습으로 그의 수하들을 감쪽같이 속인 최강은 뒤따라가던 걸 멈추고 그 자리에서 땅으로 쏙 꺼져 사라져 버렸다.

스르르륵.

뒤늦게 뒤를 돌아본 왕웨이의 수하들로서는 당혹스러울 따름이다.

분명 방금 전까지 뒤에서 따라오고 있던 상관이 감쪽같이 사라진 때문이다.

"부부장님!"

"뭐야, 어딜 가셨지?"

"얼른 찾아봐!"

"부부장님! 부부장님-! 어디 계십니까? 부부장님?!"

하지만 아무리 주변을 찾아본다 한들, 그들이 왕웨이를 찾는건 불가능할 것이다.

진짜 왕웨이는 호텔에 묶여 있을 테니까.

* * *

케라와 제라로바는 나의 행동에 불만이 많았다.

-최강아, 제정신인 거냐? 지금 이러고 있을 시간이 어디 있어!

-이러다가 조율자 놈들이 다시 너의 무사함을 알게 된다면, 좋은 공격의 기회는 날아가고 말아!

나는 둘에게 말했다.

"저 혼자 쳐들어가서 혼자 그 많은 조율자의 헌터들을 상대하라고요? 그 무슨 무모한 짓입니까. 이용할 수 있는 건 최대한으로 활용해 먹어야죠."

-뭐?

-뭔가 좋은 생각이라도 있는 것이냐?

"흥분해서 다짜고짜 쳐들어가는 건 하책입니다. 놈들에게 혼란을 줄 수 있는 압박감도 함께여야 놈들이 더욱 정신이 없을 거 아닙니까?"

-그래서 뭘 어쩌려고?

나는 웃으며 말했다.

"저에겐 발라스라는 좋은 조직이 있지 않습니까. 이들을 통해 현대식 무기로 놈들을 공격하게 만들 겁니다. 그럼 전 그 누구의 방해도 없이 시간을 움직이던 놈을 찾아 제거할 수 있을 겁니다."

-발라스라……. 그렇군.

"물론, 발라스의 뛰어난 전투 요원들이라 해도 마법으로 무장한 자들을 상대하긴 어렵겠죠. 그들 중엔 정신을 조종하는 자도 있었습니다. 그가 나서서 모두를 조종해 버리면 힘 한 번 못 쓰고 끝인 거죠. 하니, 가장 먼저 침투하여 그 대머리 놈부터 찾아 없애고, 놈들의 본거지를 혼란스러운 전투의 현장으로 만들어 볼까 합니다. 자, 제 계획이 어때요?"

둘 모두 흡족해 했다.

-괜찮은 계획이다.

-확실히 혼자서 놈들을 치는 것보다는 낫겠구나.

"신중한 것도 나쁘진 않죠?"

그런데 갑자기 케라가 충고를 해 왔다.

-하지만 놈들의 정보력도 무시해서는 안 될 것 같다. 놈들은 네가 너의 나라가 아닌 이곳에 있다는 걸 정확히 알고 찾아왔어.

"그러고 보니…… 그러네요."

비행기의 탑승 신분까지 바꾸고서 온 타국으로의 작전이었다.

한데도 그 은밀함을 간파하고 정확히 나를 찾아온 걸 보면 놈들의 정보력 역시 만만치 않다는 게 된다.

"나를 주시해 왔다면 불가능한 것도 아니겠지만, 생각해 보니 좀 더 은밀히 움직여야겠네요. 발라스의 조직원들을 모으는 과정에서 나의 존재가 드러나면 곤란할 테니까."

하지만 발라스의 조직원들을 모으는 과정에서 내가 나를 드러낼 필요는 없다.

그것은 온전히 회주의 몫이 될 테니까.

지금 생각해 봐도 바지사장 하나는 정말 잘 세운 것 같다.

* * *

정이한은 살짝 흥분을 해서는 복도를 걸었다.

엘리베이터를 타고 연구소 층으로 간 그는 연구원들이 모여 있는 곳으로 가 큰 소리로 물었다.

"사실입니까? 성공했다는 게?"

그곳엔 이미 자츠윈 청도 와 있었다.

그는 매우 환해진 얼굴로 약간 흥분해서는 다가왔다.

"그렇습니다. 부작용 없는 완벽한 신체 능력 향상 약을 개발했습니다."

"그럼 어디 그 효과 좀 봅시다."

잠시 후, 바지만 입은 맨몸의 사내가 시험시설에서 시험을 준비했다.

몸을 푸는 그를 보며 자츠윈 청이 말했다.

"지금 그의 몸이 보이십니까?"

"몸이 무척 좋군요. 한 10년은 꾸준히 운동을 해 온 사람 같습니다."

"후후, 그렇지 않습니다. 자, 이걸 보십시오. 이것이 30분 전에 그의 몸입니다."

그가 보여 준 사진은 몸이 다부지고 근육이 있긴 했지만, 약간 마른 편의 모습이었다.

정이한은 놀란 눈으로 다시 시험을 준비 중인 사내를 보았다.

"이게 30분 전의 저 사람 몸이라고요?"

"강한 힘을 쓰기 위한 가장 이상적인 모습으로 변화하는 것이죠. 그리고 그러한 근육의 발달이 있어야 다시 되돌아왔을 때도 육체적 손상이 없을 테고요."

"놀랍군요. 근데 저러한 신체변화의 유지시간은 어찌 됩니까?"

"약을 복용하고 5분 후부터 신체의 변화가 일어나고, 30분 후면 저렇게 완전한 상태가 됩니다. 그리고 저 상태로 3시간가량 놀라운 신체 능력을 지닐 수 있게 되죠."

"일단 약 복용 후 5분이란 거네요."

"효과는 그때부터 생기지만, 서서히 강해진다고 보시면 됩니다. 급작스러운 변화에는 몸이 부담을 느껴 그러한 속도로 만들었습니다. 부작용이 없으려면 그것이 최상의 변화인 것이죠."

"그래도 중독성을 없애고, 약 복용 후의 근육의 손상을 없앤 것이 어디입니까? 복용 후의 느린 효과는 그다지 단점이라고 할 수도 없겠군요."

자츠원 청이 곧 마이크에 대고 말했다.

"자, 준비되었으면 시작하게."

실험을 자처한 사내는 곧 옆에 놓친 50킬로그램 추를 양손에 들더니 하나씩 강한 힘으로 던졌다.

약 50미터까지 약간의 포물선을 그리며 날아간 추는 강하게 벽에 처박혔다.

쿵-! 쿵-!

"와우-!"

정이한은 흥분을 해서는 몸을 가만히 놔두질 못했다.

그사이 사내는 여러 개의 샌드백으로 다가가 주먹과 발을 휘두르기 시작했다.

퍼억-! 퍼억-!

처렁-!

샌드백은 구멍이 나 찢어지거나, 지지하고 있던 고리가 뜯겨져나가며 사방으로 날아갔다.

"하하하!"

정이한이 기가 막혀 웃는 가운데, 사내가 마치 골목길의 형태처럼 보이는 곳으로 들어갔다.

사내는 양 옆을 지그재그로 밟는가 싶더니 순식간에 30미터 꼭대기로 올랐고, 그 높은 곳에서도 가뿐이 뛰어내려 착지했다.

그리고 여기저기 밟고 뛰어다니며 미리 만들어 둔 장애물을 격파하는데, 정말 놀라운 신체 능력이 아닐 수 없었다.

"됐습니다. 저거면 되었다고요!"

정이한은 자부심으로 가득한 자츠윈 청의 두 손을 붙잡았다.

"수고하셨습니다. 덕분에 이제 우린 그 누구도 넘볼 수 없는 힘을 지닐 수 있게 되었습니다. 우리 골드킹의 요원들 모두가 저 힘을 사용할 수 있다고 해 보십시오! 약간의 보호구만 착용하면 몇 명만으로도 웬만한 군대도 상대할 수 있을 겁니다. 오늘 이후 우리는……! 온 세상이 두려워해야 하는 지상 최고의 조직으로 거듭난 거란 말입니다!"

"모두가 저희를 믿고 아낌없는 지원을 해 준 마스터 덕분이 아니겠습니까?"

정이한은 여전히 힘이 넘친다는 듯이 움직이는 걸 멈추지 않는 사내를 보았다.

"발라스건 뭐건. 이제는 정말 두려워할 게 없겠군요. 후후후."

자리를 옮긴 두 사람은 서로 술잔을 나누며 자축했다.

챙!

정이한은 술을 한 모금 마신 후에 실실 웃었다.

"얼른 각 간부들을 소집해서 오늘 내가 본 걸 보여 주고 싶군요.
아마 그들도 이걸 보면 놀라 자빠질 겁니다."

"신약의 제조법에 관해선 어찌 하실 겁니까?"

"공개 문제를 말씀하시는 겁니까?"

"네, 그렇습니다."

"그건 오로지 썬 아이즈의 권리로 두고 싶습니다."

"그렇게 해 주시는 겁니까? 그럼 저희야 좋지요!"

"신약의 제조법을 공개해 버리면 그 강한 힘으로 딴 마음을
품는 조직이 존재할 겁니다. 지금은 우리가 이렇게 뜻이 맞아
함께하고 있지만, 그 힘의 공유가 오히려 우리 조직을 와해시킬
수도 있는 것이죠."

정이한은 술잔을 내려놓고 말했다.

"그리고 이건 내 생각인데……. 몇몇 부자들에게 비싼 값을
받고 이 약을 소량 팔아 보는 것도 좋다고 봅니다."

"이 약을 판다고요?"

"늘 경호원에 의해 보호만 받던 자들이 이 약의 효능을 경험한
다고 해 보십시오. 누구든 위험한 순간이 닥칠 수 있을 텐데,

이 약이 얼마나 큰 도움이 되겠습니다. 아마 목숨이 노려지고 있는 사람이라면, 한 알에 수십억도 값을 치를 겁니다."

"하지만 외부에 노출이 되어 풀렸다간 문제가 생길 겁니다."

"그러니 소량이라고 하는 겁니다. 시중에는 열 알 이상 퍼지지 않게 조절을 하는 것이죠. 누군가가 소비하고 나면, 그때 더 비싼 값으로 경매를 하는 것도 좋겠군요."

"항상 열 알만 퍼지게 조절을 한다……."

"부자라면 누구라도 한 알 가지고 싶어서 난리가 날 겁니다. 쓰지는 않는다고 해도 누구든 가지고 있으려고 안달이 나겠죠."

"그러한 조절력이라면 해 볼 만도 하겠군요."

"물론, 적의 손에 들어가면 곤란한 일도 생기겠지만, 3시간이 효능의 끝이라고 한다면 그리 문제될 것도 없습니다. 한 명이 방해가 되면 이쪽에선 약을 투여한 열 명을 보내면 될 테니까요."

자츠원 청이 고개를 주억거렸다.

"신약을 파는 것만으로도 충분한 운영자금도 마련할뿐더러, 우리에게 그러한 약이 있다는 것으로 모두에게 공포를 심어 줄 수도 있겠습니다."

정이한이 탁자를 탁 쳤다.

"바로 그것입니다! 그 힘을 알아야 두려움도 강해지는 것이죠!"

"하지만 누군가가 그 약을 이용해 복제를 하려 할 수도 있으니…… 그에 대한 대비책도 마련해 두어야겠군요."

"역시 우리 간부님. 두뇌 회전이 빠르십니다. 제가 이래서 당신을 좋아한다니까요."

"약 자체의 효능에는 문제가 안 되면서도, 실험을 목적으로 한 다른 성분의 침입에 강한 변질을 일으키거나, 성분을 파괴하는 나노 로봇을 개발해 봐야겠습니다."

"굳이 말을 안 해도 이렇게 알아서 척척 해 주시니, 우리의 파트너쉽은 정말 제가 선택한 것 중에 최고가 아니었나 싶습니다. 하하하!"

"허허허! 별말씀을요. 저희도 다른 조직들과 어깨를 나란히 하려면 이 정도는 해 주어야겠죠."

그런데 바로 그때였다.

자츠원 청이 목소리가 밝아지더니 말했다.

"아, 그리고 말입니다. 또 하나의 기쁜 소식이 날아들었더군요."

"또요? 어휴, 오늘 아주 저를 흥분에 미치게 만들 작정이신 모양입니다. 하하! 대체 뭡니까, 그게?"

"최강, 그를 제거했다는 보고입니다."

"음……."

자츠원 청이 정이한의 표정을 살폈다.

"왜요, 마음에 안 드시는 소식입니까?"

"하하! 아닙니다. 뭔가 더 견뎌 내었으면 했던 아쉬움이 있긴 합니다만, 우리의 일에 방해가 될 건 분명했으니까. 속으로는 살짝 응원도 했지만, 결국엔 그리되었군요."

"헌터 측에서도 상당한 피해를 봤다는 말이 있었지만, 어쨌거나 뜻하는 바는 이뤘으니 잘된 일이라고 생각합니다."

자츠윈 청은 술을 몇 잔 더 먹다가 자리를 떴다.

혼자 남겨진 정이한은 가만히 술잔을 보다가 쓰게 웃었다.

"그렇게…… 가 버렸다고……."

그는 어째서인지 가슴이 무척 불편했다.

"끝까지 나의 숙적이 되어 줄 거라고 여겼는데. 바보 같은 녀석……. 편히 쉬어라, 강아."

* * *

김종기는 전달된 영상을 보더니 혀를 내둘렀다.

"미쳤군. 이게 정말 실제로 일어난 일이라고?"

그가 보는 영상은 조율자의 헌터들이 최강을 공격하고, 최강에 의해 사지가 찢기거나 목이 베이는 장면들이었다.

문제는 그들도 최강만큼이나 놀라운 능력을 펼친다는 거였다.

그럼에도 최강은 어찌나 강한지 그들로서는 도저히 당해낼 수 없는 것 같았다.

"대단한 분인 줄은 알았지만, 크흐…… 내가 모르는 엄청난 능력을 지니고 계셨군. 그분께선……."

최강은 항상 주변의 영상을 녹화해 저장해 둘 수 있는 시계와

단추를 착용하고 다녔다.

누명을 쓰는 것에 대비하거나, 증거자료로서 쓰려고 수배가 되었을 때부터 쓰던 것들이다.

지금 김종기가 보고 있는 건 바로, 그러한 기기들을 통해 저장된 내용들이었다.

물론 시간을 다루는 자의 영상을 뺀 것이지만, 김종기에게 충격을 주기에는 충분했다.

그때, 그에게로 전화가 걸려왔다.

그가 따로 가지고 있는 대포폰이었다.

"여보세요."

[나야.]

"네, 최강 님."

[내가 보내 준 영상 봤어?]

"네, 보았습니다. 이런 자들이 있다니, 정말 놀랐습니다. 대체 뭐 하는 자들인 겁니까?"

[그걸 떠나, 나를 공격했다는 것 자체가 곧 발라스에 대한 도전이잖아. 안 그래?]

"그럼요. 당연하고말고요."

[지금 즉시 그 영상에 나온 자들 모두를 추적하고, 그들이 향한 곳으로 모든 현장요원들을 모아. 무기는 전쟁을 치를 만큼 최상이어야 한다는 걸 잊지 말고.]

"그런 자들과 전쟁을 하는 것입니까?"

[내가 함께 싸울 건데 무슨 걱정이야?]

"그, 그럼요. 최강 님께서 함께해 주신다면야. 걱정할 게 아무 것도 없지요."

[그리고 한 가지, 부탁할 게 있는데……]

김종기는 최강의 설명을 들으며 정중히 답하였다.

"네. 네. 알겠습니다. 찾아서 얼른 보내도록 하겠습니다."

전화를 끊은 그는 긴 숨을 뱉어냈다.

"휴~ 일이 아주 거대하게 진행되어 가고 있구먼. 아무튼 감히 우리 발라스를 건드리다니, 절대로 용서할 수 없지."

곧 중국 전역은 물론, 발라스의 조직원이 있는 곳이라면 거기 가 어디든 캡처된 영상의 얼굴들이 퍼져나갔다.

수많은 조직원들이 추적에 나섰고, 곳곳의 감시카메라는 물론, 택시와 공항까지 헌터들의 이동 경로가 추적되기 시작했다.

* * *

집으로 온 최소현은 며칠째 지나는 문을 한숨으로 쳐다봤다.

"오래 걸리나……. 대체 언제 오는 거야……. 걱정 되게."

걱정?

걱정보단 그리움과 보고 싶음일 것이다.

최강이 어딜 가든, 그가 잘못되리라는 걱정은 없었다.

그의 신체 능력은 누구보다도 자신이 가장 잘 알았고, 그것

말고도 그는 놀라운 마법사였으니까.

집으로 들어온 그녀는 사 가지고 온 간편식을 먹고는 텔레비전을 보고 핸드폰을 보며 시간을 때웠다.

하지만 그러면서도 최강에게 전화를 걸어 볼까 많은 고민도 했다.

"중요한 일로 국가정보원 요원들하고 함께 간 출장이라고 하던데. 역시 전화를 하면 방해가 되겠지?"

그녀는 핸드폰을 내려놓고 침대에 누웠다.

"아우……. 이것도 힘드네. 늘 같이 붙어 있을 땐 좋았는데, 잠깐만 떨어져도 너무 미치게 보고 싶잖아. 진짜 왜 이렇게 허전하지? 그사이에 내가 최강 씨를 더 많이 좋아하게 된 건가……."

뭔가 잔뜩 손해를 보고 있다는 느낌을 지울 수 없다.

그렇지만 최소현은 최강을 좋아하는 만큼, 견디고자 했다.

이러다가 다시 만나면 더 반갑고 기쁠 것이기에.

"잠이나 자자……."

그런데 새벽 시간쯤 되었을 때, 뭔지 모를 기이한 소리에 최소현은 잠에서 깼다.

처컥!

원래도 잠귀가 밝은 그녀는 카우라의 수련으로 그 본능이 훨씬 좋아졌다.

그래서 옆집 문이 누군가에 의해 열리는 소리를 듣게 된 것이다.

옆집은 바로 최강의 집.

"뭐야? 혹시 최강 씨가 돌아왔나?"

기쁨에 벌떡 일어난 그녀.

얼른 최강을 보고 싶다고 생각한 그녀는 문을 열고 나가서는 최강의 집 문 앞에 섰다.

그리고는 최강의 집의 닫힌 문을 보며 미소와 함께 활짝 열었다.

"최강 씨! 지금 돌아온 거예요?"

하지만 안에는 무언가를 만지려다가 말고 몸이 굳은 복면인이 있었다.

"아이, 씨……."

"뭐, 뭐야, 당신……! 설마, 도둑……?"

복면인은 무척 곤란한 듯 빠져나갈 곳을 찾았다.

그러나 그를 본 최소현은 이미 잔뜩 화가 난 상태다.

"이게 감히 누구 집을 털어……! 너 오늘 뒤졌어."

"저기 이봐요. 그냥 조용히 들어가서 다시 자는 게 어때요? 다치게 하고 싶지 않은데."

"이게 어디서 개수작을……!"

붕 떠올라 발이 날아드는데, 그 속도가 엄청났다.

복면인은 깜짝 놀라 피했지만, 다음 공격은 피할 수가 없었다.

파밧! 팟!

방어에 최선을 다했지만, 여기저기 얻어맞고 날아가며 결국 쓰러질 수밖에 없었다.

"꺼으으으윽!"

"일어나! 이 새끼야."

"자, 잠깐만. 잠깐만요…….."

"잠깐은 무슨……! 너 내가 경찰인 건 모르지? 일단 서로 가자. 이게 죽으려고 말이야. 감히 내 남친 집을 털어?"

"그, 그게 아니라……! 그 남친이 시켜서 온 거란 말입니다!"

"뭐? 뭐어……?!"

잠시 후, 복면인은 최소현의 앞에 무릎을 꿇고 소상히 말했다.

"그러니까 최강 씨가 당신한테 이 방에 있는 화살을 전부 가져다 달라고 했다고?"

"네, 그렇습니다."

"그래……. 당신, 혹시 발라스야?"

사내가 커진 눈으로 그녀를 쳐다봤다. 그녀가 그걸 어떻게 알까 싶어서다.

"아~ 걱정 마. 거기 회주가 누구이고, 최강 씨가 원로위원인 건 나도 다 알고 있으니까. 우리 사이에는 숨기는 게 없거든."

"그, 그러셨군요. 안 그래도 당신한테 걸리면 무조건 도망치든가, 그게 아니면 얼른 사실대로 말하라는 지시가 보태어져 있기는 했었는데……. 그게 설마 이런 걸 두고 붙은 지시일 줄은……."

훈련받은 자신조차 쪽도 못 쓰고 당해 버릴 엄청난 실력자.

자기 평생에 여자한테 이렇게 당할 줄도 몰랐지만, 여자가 이렇게 강하다는 건 생전 처음 느껴 보는 거였다.

"내가 알기로는 이건 나중에 헌터라는 사람들을 추적하기 위해 가지고 있는 거라고 했는데……. 하는 일이 그 일과 맞물렸나……."

"저기……. 가능하면 빨리 가져다 달라고 하셨는데요."

사내가 사정하듯 말하자 최소현이 고개를 끄덕였다.

"그래? 알았어, 그럼. 가져가. 아, 그리고 말이야, 다음에 이런 일 있을 거면 나한테 먼저 말하고 가져가. 알았어?"

"네, 알겠습니다."

"가 봐."

"네, 그럼 전 이만……."

사내는 그곳 건물을 벗어나며 혀를 내둘렀다.

"어우, 씨……. 내 생전 저렇게 무서운 여자는 처음 봤네. 어우, 삭신이야……. 무슨 여자 주먹이 돌이야, 아주."

창문을 내다본 최소현이 말했다.

"내 욕하면 쫓아가서 혼내준다!"

"헉!"

"빨리 안 꺼져?"

"네! 갑니다! 가고 있습니다!"

도망치는 사내를 보며 최소현은 입술을 삐쭉 내밀었다.

"하아……. 대체 뭐가 어떻게 돌아가고 있는 거야. 궁금해 죽겠네……."

잠이 다 깨어 버렸는지, 그리움이 가득한 눈빛으로 밤하늘의
별을 잠시 쳐다보는 그녀였다.

* * *

나는 보고를 듣고 피식 웃었다.

"기어이 들켜서 두들겨 맞았다고. 그렇게 조심하라니까."

한 번 생각을 하고 났더니, 자꾸만 최소현이 떠올라 애가
탔다.

전화를 해서 목소리라도 들어 볼까 했지만, 목소리를 듣고
나면 달려가고 싶어 못 참을 것 같았다.

10년.

최소현에겐 며칠이지만, 나에겐 10년이나 그보다 더한 세
월이었다.

하지만 최소현이나 엄마한테 연락을 했다가 혹시라도 조율자
조직의 감시망에 걸릴까 싶어 조심스러운 것도 사실이다.

"곧 연락할 테니까 조금만 기다려요, 소현 씨. 아니, 연락
이 아니라……! 금방 만나러 가겠습니다."

그러자면 이번 일을 반드시 끝내야 한다.

뒤통수를 제대로 쳐 조율자 조직을 괴멸시켜야만 마음 놓
고 최소현도 만날 수가 있었다.

　제이슨은 비서인 레이나의 보고를 받고 표정이 심각하게 변했다.

　"그게 정말이야?"

　"네, 그렇습니다."

　"헌터를 추적하는 자들이 있다니. 흠."

　"역추적을 해 보았지만, 찾을 수가 없었습니다."

　"역추적이 안 된다. 그렇다는 건, 상당히 고도화된 추적 기술과 조직력을 갖추었다는 게 돼. 어디서 우리 헌터들을 찾는지 알아보고, 따돌릴 수 있는 방법을 최대한으로 활용하도록 해."

　"네, 알겠습니다."

　제이슨은 여러 의심 경로를 떠올려보았다.

　"혹시 최강 그자로 인한 일인가? 아무래도 정부요원이 갑자기 사라졌으니 그에 대한 조사를 할 건 당연할 테지. 하지만 그렇다고 해도, 우리를 추적하는 건 그리 쉬운 일이 아닐 텐데."

　비슷한 시각.

　최강에게도 같은 보고가 들어왔다.

　김종기가 그에게 역추적에 대한 사실을 알려온 때문이었다.

　"추적하는 게 들켰다고?"

　'네, 그런 것 같습니다. 따돌렸다고는 하지만, 저쪽에서도 감지를 한 건 틀림없습니다. 어떻게 할까요?'

"저쪽에서 내 의도를 알면 곤란해. 추적을 멈추고 각 요원들 현재 자리에서 대기하라고 해."

'네, 알겠습니다.'

최강은 심각해졌다.

"역시 생각했던 대로 놀라운 정보망을 지니고 있네요. 설마하니, 발라스의 추적을 알아차리다니."

-이제 어찌할 테냐?

"여기서 더 추적했다간 놈들의 경각심만 높일 겁니다. 그 물건들을 받아야 차선책을 찾을 수 있을 것 같네요."

-화살 말이군.

"네. 화살로 그 주인이 어디에 있는지부터 알아보자고요. 그가 놈들의 본거지에 있는 거면 그보다 좋을 수가 없겠지만, 어쩌면 따로 제가 나서서 그를 쫓아다녀야 할지도 모르겠습니다."

-그렇게 해서라도 놈들의 본거지를 찾을 수 있다면 다행이지.

"어차피 발라스에서도 화력을 집중하려면 시간이 필요합니다. 며칠만 더 기다려 보자고요."

* * *

국가정보원 2과 과장 김선호는 최강에게 전화를 걸어 보지만 도통 받지를 않았다.

"왜, 아직도 안 받아?"

"그러게요. 대체 어디서 뭘 하는 건지."

"어쩌겠어. 놔두고 우리만 복귀하라는 원장님의 지시니까 명령에 따르자고."

"이렇게 우리만 가는 게 뭔가 모르게 찜찜해서 그러죠."

"어차피 우리한테는 일절 말도 없이 혼자서 개별적으로 행동한 놈이야. 뭐하러 걱정을 해?"

"그렇기는 해도……."

과장들은 각 요원들을 통솔했다.

"자자, 얼른 짐들 챙기고 돌아갈 준비해!"

"서두르자고!"

그러던 중 요원 하나가 김선호에게 다가와 물었다.

"근데 말입니다, 과장님. 이렇게 아무런 성과도 없이 그냥 돌아가도 되는 겁니까?"

김선호는 잠시 생각에 잠겼다.

"미국 요원들이 순순히 돌아간 걸 보면 뭔가가 있긴 한 것 같은데……. 어쨌거나 원장님 지시니까 따라야지. 서둘러 갈 준비부터 끝내."

"네, 알겠습니다."

김선호는 긴 한숨을 내쉬었다.

"뭔가 나만 모르는 일이 진행되고 있는 것 같은, 이 이상한 기분은 뭔지……. 기분 참 더럽네……."

* * *

며칠 후, 화살이 도착했다.

다른 얼굴, 다른 신분으로 변해 있는 나는 발라스의 요원을 통해 공항에서 물건을 전달받았다.

그리고 여유롭게 최고급 호텔로 와, 상자를 뜯었다.

"후, 택배로 받았으면 며칠은 더 걸렸을 텐데, 발라스 조직을 이용하니까 이렇게 빠를 수가 없네요."

-어서 시작하자꾸나. 놈들이 추적당하는 걸 알아차렸다면 더 기다려선 안 된다.

"네. 아, 그리고 이번 마법은 제가 한번 해 보겠습니다."

-직접 말이냐?

"마법 능력도 상승했는데, 저도 이젠 스스로 이런 것쯤은 해 봐야죠."

-허허, 그래. 그렇게 해 보아라.

나는 손바닥을 비빈 후 정신을 가다듬었다.

그리고는 화살을 손에 쥐며 주문을 외워 갔다.

"라울라 오로코르, 이크나크스……."

집중되지 않을 땐, 주문을 한 번 더 외우는 경우도 있었다.

그러나 순식간에 눈앞의 환경이 변하기 시작했다.

수많은 도시들과 산, 바다가 빠르게 눈앞을 지나쳤다.

마치 한 줄기의 빛이 새처럼 날며 세상을 보여 주는 것 같았다.

그리고 그러던 중 영국의 한 도시에서 막 요리를 하고 있는 한 사내를 볼 수 있었다.

역시나 아는 얼굴이다.

그가 바로 화살의 주인이기 때문이다.

"찾았다!"

늘 그렇듯, 내가 보는 마지막은 하늘 높은 곳에서 특정된 위치를 보여 주는 것으로 끝이 났다.

"위치는 알겠는데, 워낙 도시가 복잡해서……. 잠깐만요. 위성 맵을 통해 그 정확한 위치부터 특정해야겠습니다."

나는 눈앞을 스쳐 지나갔던 기억을 통해 잠시 후 지도 맵으로 내가 마지막에 보았던 장면을 찾아낼 수 있었다.

"맞아. 여기야. 이 건물 2층쯤이었던 것 같은데."

-찾았으면 가자!

재촉하는 케라의 말에 나는 씩 웃었다.

"네, 지금 바로 출발하죠."

다른 얼굴과 다른 신분으로 비행기에 오른 나는 곧장 영국으로 날아왔다.

유럽의 발라스 지부를 부릴 수 있으면 좋으련만, 그런 걸 받으려면 요청도 해야 하고 여러 절차가 필요했다.

은밀히 움직여야 하는 특성상 그럴 수가 없으니 영국에 와서는 하는 수 없이 혼자의 힘으로 다녀야 했다.

"택시를 타고 다니긴 불편하고. 뭔가 차가 한 대 있으면 좋겠는데."

훔치는 건 아무래도 나중에 문제의 소지가 컸다.

하지만 이럴 때 또 해커의 능력이 참 편리하다.

거기에 나에겐 어디든 흔적 없이 침투 가능한 소울 카드가
있었다.

원격조종을 통해 내 컴퓨터로 들어간 나는 연결된 소울 카드를
통해 세계 어디서건 원하는 곳에 침투할 수 있었다.

나는 곧장 영국의 주민관리 시스템에 들어가 새로운 신분을
만들었고, 마치 신청한 지 상당히 지난 것처럼 꾸민 후에 청에
가서 신분증을 찾았다.

"이렇게나 쉬운걸."

그 신분을 통해 중고차 딜러에게 가서 차도 사고 옷도 갈아입은
나는 여유롭게 영국 여행을 즐기며 화살의 주인이 있는 곳으로
향했다.

몇 시간 후.

스르르르르……

나는 한 다가구주택의 앞으로 차를 세우고는 선글라스를 낀
채로 2층을 주시했다.

"저기네요."

-쫓아다니거나 할 필요 없이 곧바로 심문 마법을 사용하자꾸
나!

참 성격들 급하다.

그래, 10년을 나와 함께 시간 속에 갇혀 있었으니 그 울분이 크기도 했을 것이다.

"조금만 지켜보면 안 될까요?"

-왜 그러냐, 최강? 그래야 할 이유가 있나?

케라의 물음에 나는 답했다.

"혹시라도 저자의 부재가 놈들의 경계로 이어질까 그게 걱정되어서요."

-그렇군. 들키지 않고 심문 마법을 펼칠 수 있으면 모를까, 그렇지 않을 경우엔 놈을 잡아 둬야 할 테니까.

"안 그래도 추적당하고 있다는 걸 알아차린 놈들입니다. 그런 상황에 헌터의 부재는 놈들을 예민하게 만들지도 모릅니다."

화살의 주인은 집을 나와 밖을 돌아다녔다.

어딜 가나 나도 뒤쫓았다.

그러나 그의 일과는 평범했다.

마트에 가서 장을 봐서 들어왔고, 다시 나갔지만 지인들과 만나 술을 한잔하고 들어오고 있었다.

"헌터들도 평소엔 한가한 모양이군요."

밤은 깊어 갔고, 얼마 지나지 않아 그의 집에서 불이 꺼졌다.

그런데 뭔가 이상했다.

그가 잠에 들면 숨어들어 가 몰래 심문 마법을 펼쳐야지 하고 투영 마법을 통해 지켜보는데, 그가 침대에 눕지 않고 한쪽 벽 구석으로 가더니 가만히 서 있는 거였다.

"뭐지?"

-저놈 설마……! 너를 알아차린 것 같구나!

"하……! 리얼?"

아무래도 내가 모습을 바꿨다는 생각에 너무 가까이 따라붙었던 모양이다.

하긴, 마트에서도, 지인들과 만나는 자리에서도 나를 보았다면 의심을 품고 있을 만도 했다.

"저것들 진짜……. 하나같이 보통이 아니네요. 히야, 그걸 알아차렸다고?"

전직 특수요원 출신이라도 되나?

예리한데?

-이제 어쩔 것이냐?

"어쩔 수 없죠. 미행을 알아차렸으니 대놓고 나서는 수밖에요. 이럴 줄 알았으면 시간 끌 거 없이 그냥 낮에 나서는 건데. 제가 너무 오버해서 신중했나 봅니다."

-괜한 시간만 낭비했구나.

"이런 날도 있는 거죠, 뭐. 언제나 생각하는 대로 이루어지면 그게 인생인가요?"

아무튼, 들켰으니 괜히 어디 가서 보고라도 하기 전에 놈을 잡아야 한다.

속전속결!

나는 곧장 벽을 통해 관통 마법을 펼쳤다.

쭉 타고 올라간 나는 곧장 그의 방에 나타났다.

역시나 갑자기 나타난 나로 인해 그가 크게 당황한 얼굴이다.

"아니!"

손을 뻗자 그가 저항해 왔지만, 몇 번 주먹이 오가고 잡아끌자 바닥으로 쓰러졌다.

나는 일어나려는 그의 얼굴을 밟아 다시 쓰러뜨린 후, 그를 위에서 짓누르며 팔을 꺾었다.

"끄아아악-!"

"얌전히 있어. 죽기 전에 덜 고통받으려면."

"당신 누구야? 대체 누군데 나한테 이러는 거야?!"

"너희에게 원한이 아주 많은 사람."

"뭐? 이봐, 뭔지는 몰라도 대화로 풀자고. 꼭 이렇게까지 할 필요는 없잖아? 안 그래?"

"기회는 충분히 줬어. 걷어찬 건 너희야."

나는 그의 머리에 대고 주문을 외웠다.

"아쉴레나 미레우라 카뮤쉐리."

* * *

나는 칼에 묻은 피를 닦아 냈다.

그런 나를 보며 케라가 말해 왔다.

-이젠 사람을 죽이는 데 많이 익숙해진 것 같구나.

"좋은 일은 아니죠. 그래도 어쩌겠어요. 남겨 둬 봐야 또 적이 될 자들인데. 죽이는 게 제 앞날을 위해서라도 나은 거겠죠."

그때, 제라로바가 말해왔다.

-잠깐! 설마 이대로 갈 생각은 아니겠지?

"왜요?"

-저놈이 쓰던 귀물이 여기 어딘가에 있을 게 아니냐?

"그걸 챙기자고요? 저 석궁엔 취미가 없는데."

-그게 아니라……! 그걸 파괴할 때 카우라를 거두면 그때와 똑같은 현상이 생길 수도 있는 게 아니냐?

"아아……!"

케라도 환영했다.

-앞으로 어떤 일이 닥칠지 모르는데, 그게 만약 된다면 해서 나쁠 건 없다고 본다.

-나중에 귀물을 모아 지팡이에 시도를 해 보는 것도 좋을 것 같구나!

그놈의 지팡이.

진짜 미련을 못 버리는구나.

환장할 노릇이다.

좀 잊어 줬으면 싶은데.

나는 주변을 둘러봤다.

가만히 눈을 감자 미약한 마력이 느껴졌다.

"뭔가 느껴지는 것 같네요. 천장, 맞죠?"

-이젠 꽤나 능숙해졌구나. 맞다.

의자를 놓고 올라가니 위로 열리는 부분이 있는 게 보였다.

위로 쳐올린 나는 손을 뻗어 그곳에서 석궁과 화살을 발견할 수 있었다.

"바로 해 볼까요?"

-꾸물댈 이유가 없지.

나는 칼에 카우라를 가득 담으며 곧장 활을 향해 검을 내리쳤다.

쩌정-!

그 순간, 은빛의 기운이 스멀스멀 피어올랐다.

예전엔 알아차리지 못했지만, 지금은 보인다.

갇혔던 시간 속에서 수련을 한 덕분이다.

나는 칼을 그대로 놔둔 채로 카우라만 거두어 보았다.

그러자 그 기운들이 빠져나가는 카우라를 따라 검으로 스며들기 시작했다.

마치 주사기를 잡아당기면 약이 쭉 빨려 올라오듯 그렇게 흡수되어 왔다.

"이거 참 신기하네. 카우라는 뭔가를 파괴하는 힘이 강하다고 하지 않았나요? 근데 이렇게 힘을 끌어당기는 능력도 있었네요."

-그것이 어떻게 작용하는지는 노인네만 알겠지.

-원리를 설명할 수는 있지만, 어차피 케라가 알아들을 수 있는 설명이 아닐 게다. 넘어가자꾸나.

"풉!"

-뭐라! 이 썩을 노인네가 주둥이만 살아가지고는!

"자자, 할 일도 많은데 싸우지들 마시고요."

-최강, 너 방금 웃은 거 맞지! 혹시 너도 저 노인네의 말에 동의하는 것이냐?!"

"아우, 두 분 싸우는데 왜 저를 끼워 넣고 그러세요, 부담스럽게. 저는 항상 중립을 지키겠습니다."

검에 다시 마력도 넣었겠다, 나는 그곳을 빠져나가려고 했다.

그러는 사이 잠시 머리를 꿰뚫린 석궁의 주인이 시야에 스쳤다. 그러나 죄책감도 미안함도 없었다.

이미 내 마음속에서 저들은 불구대천지의 원수이다.

내 가슴 속엔 시간 속에 갇힌 원한이 자리 잡았고, 더는 저들을 봐줄 생각도 없다.

세상을 위한 일? 저들의 입장 역시 고려해 줄 생각이 없다.

조율자들이 사라짐으로써 세상이 어찌 변할지는 운명에 맡겨.

* * *

랜드 오브 플렌티.

외부 사람으로부터 통제가 되고 있는 넓은 정원을 가진 양로원이었다.

"사이트에는 도시와 조금 떨어져 있으면서도 주변 경치와 잘 어울리는 양로원이라고 소개되어 있는데, 막상 입원에 대한 경로를 찾아보면 어떻게 신청하는지조차 나와 있지가 않네요."

-여기가 놈들이 위장을 하고 있는 곳이구나.

최강은 투명 마법을 이용해 주변을 둘러보고 있었다.

곳곳에는 물론, 숲 주변에는 상당량의 감시 카메라들이 존재해 있었다.

모르긴 해도, 자연친화적으로 보이는 이곳 양로원 주변 전체로 그러한 감시 시스템이 구축되어 있지 않을까 싶었다.

"여기가 본거지라고 했으니, 들어가 보면 알겠죠."

양로원과 조금 벗어난 최강이 김종기에게 전화를 넣었다.

"나야. 인원은 얼마나 모았어?"

[대략 200명 정도가 그곳으로 향하고 있습니다.]

"화력은 충분하고?"

[값을 이쪽에서 치르는 걸로 하고, 유럽지부로부터 공급받기로 했습니다. 아마 공중 무기 지원도 해 줄 겁니다.]

"순조롭군. 누가 지휘하는지는 몰라도, 도착하는 즉시 가지고 오는 화력을 전부 퍼부으라고 해. 유럽 지부에는 이곳 근방의 통신을 무력화시켜 달라고 부탁하고."

[중간에서 만나는 게 아니었습니까?]

"난 미리 안에 들어가서 놈들을 치려고."

[하지만 그러다가 아군의 화력에 다치시기라도 하면……!]

"걱정 말고 마음껏 퍼부으라고 해. 오늘 이곳에서 원하는 건 오직 살육뿐이니까."

전화를 끊은 김종기는 살짝 걱정스러운 표정을 머금었다.

"원하는 게 살육뿐이다……. 드디어 악마의 본성을 드러내시는 거려나……."

7대의 버스가 도로를 질주하고 있었다.

부우우우웅.

부우우우웅.

버스 안에선 수많은 이들이 무기를 점검하는 중이었다.

처걱. 처걱. 처럭!

그러던 중 그들을 통솔하는 대장에게 전화가 걸려왔다.

"네, 회주님. 네. 네? 음……. 알겠습니다."

잠시 표정의 변화가 있기는 했으나 그는 곧 수긍하며 전화를 끊었다.

그리고는 곧장 무전을 통해 요원들 전원에게 전했다.

"도착하는 즉시 목적지의 주변을 둘러 바로 공격을 시작한다. 안에 있는 이는 그 누구도 살려 두지 마라. 그게 오늘 우리가 할 일이다."

[알겠습니다!]

* * *

투명 마법과 관통 마법을 통해 유유히 안으로 들어간 나는 내부를 돌아다녔다.

그곳 부지는 위성으로 확인했던 것처럼 무척 넓었다.

하지만 넓은 부지에 비해 건물들이 그리 많지는 않았다.

"그 오랜 세월을 유지해 온 조직이 겨우 이 정도 규모라고?"

-뭔가 다른 장소에도 본거지를 두고 있는 게 아닐까?

"그게 아니면 위에 있는 건 그저 감추기 위한 장식이거나……"

제라로바가 즉시 말했다.

-그래! 이 밑에도 뭐가 있는지 확인을 해 봐야겠구나!

나는 즉시 밑으로 쭉 빠졌다.

그 순간, 놀랍게도 긴 통로의 복도가 나타났다.

"역시…… 예상을 빗나가질 않네요."

그런데 복도를 돌아다니던 중 젊은 청년들이 많이 보였다.

대략 20세를 갓 넘긴 자들인 것 같았다.

좀 더 다니다 보니 그들의 훈련장으로 보이는 장소가 나타났다.

두 개의 봉을 들고 훈련에 임하는 이들도 보였고, 칼을 들고 훈련하는 이들도 보였다.

다른 곳에선 활쏘기 연습도 하고 있었다.

"단순히 귀물의 힘만 이용하는 게 아닌, 신체적 능력도 향상시키고 있군요."

그런데 헌터들의 교육장으로 보이는 곳에서 한 중년인이 젊은 청년들을 모아 놓고 교육을 하고 있는 게 보였다.

"우리가 이렇게 매일같이 훈련을 하는 이유는 다들 알다시피 우리가 어떤 귀물에게 선택받을지 알 수 없기 때문이다. 각 귀물에는 신비한 힘이 깃든 만큼, 스스로 그 주인을 고르는 것이 대부분이지. 누군가는 칼을 지니게 될 수도 있지만, 누군가는 활이나 채찍 등 각종 특이한 무기에게 선택받게 될 거다. 하여 그러한 것에 대비하고자 여러 훈련을 거치는 것이다."

"선생님, 귀물들이 옛 신들의 물건이란 게 사실입니까?"

"이 세상에는 수많은 신화와 전설들이 존재한다. 어떤 것들은 누군가가 상상으로 꾸며낸 허구이기도 하지만, 또 어떤 것들은 실제로 존재했던 것이기도 하지. 오래 전, 그들은 인간들에게 신격화되어 왔고, 사악한 힘으로부터 인간들을 지켰다. 그리고 그들이 사라지고 남은 것이 바로 귀물의 존재이다."

"만약 귀물의 선택을 받지 못한 사람은 어떻게 되는 것입니까?"

"헌터로서의 자격은 얻지 못할 것이나, 헌터를 보조하는 역할로서 일하게 될 거다. 비밀요원처럼 정보 수집을 할 수도 있고, 헌터가 알맞은 임무에 임할 수 있도록 주변을 정리하는 일을 맡게 될 수도 있지. 그렇지만 이거 하나만큼은 명심해라. 귀물도 강한 인간에게 끌린다는 걸. 그것이 바로 여러분들이 보다 심신을 단련해야 하는 이유다. 알아들었나?"

"네! 선생님!"

나는 교육장을 벗어나며 피식 웃었다.

"주인을 선택하는 귀물이라. 귀물이라고 해서 아무나 쓸 수 있는 게 아니었군."

근데 귀물들이 강한 자를 선택한다고 하지 않았나?

그럼 나는 거의 대부분의 귀물에게 선택받을 것 같은데.

뭐, 귀물들을 찾으면 알 수 있겠지.

나는 복도 끝에서 엘리베이터를 발견했다.

"엘리베이터가 있네요."

-아무래도 지하가 여기가 끝이 아닌 것 같구나.

"할아버지가 보시기에도 그렇죠? 그럼 어디. 더 내려가 볼까요?"

나는 다시 밑으로 더 내려가 보았다.

생각했던 대로 한 층이 더 있었다.

곳곳에는 커다랗고 넓은 공간들이 많았다.

한 곳에선 폭발이 일어나고 있었고, 다른 곳에선 불길이 일어나기도 했다. 어떤 방은 온통 겨울인 듯 얼음으로 가득하기도 했다. 그로 보아 이곳 층은 귀물을 사용하는 헌터들의 연습장인 듯 보였다.

그런데 그러던 중에 안에서 새들이 가득 날아다니는 장소를 발견할 수 있었다. 그 안에 있는 사람을 본 순간, 나는 그 자리에 멈춰 섰다. 그 안에 중국에서 마을 사람들의 정신을 조종했던 대머리를 발견해서다.

"훗, 찾았다."

                              * * *

조율자 조직의 보안실에서 몇몇이 이상한 걸 발견했다.

"음? 뭐지?"

"왜 그래?"

"저길 좀 봐. 이쪽으로 버스가 엄청 몰려오는데?"

"훈련생들은 이미 다 도착한 거 아니었나?"

"오늘 훈련생들 야외로 나가는 일정이 있는지 한 번 알아봐."

그러한 사실은 곧장 로드인 제이슨에게도 전달되었다.

"뭐? 여러 대의 버스가 이쪽으로 달려오고 있다고?"

그런데 바로 그때였다.

조직 내로 경보음이 울렸다.

위이이잉-! 위이이잉-!

보안실에서 충격적인 광경을 목격하고 누른 거였다.

"버스에서 무장한 자들이 내리고 있습니다!"

"저것들 뭐야?! 설마, 여길 공격하려는 거야?"

바로 그때, 밖에서 돌연 커다란 무언가가 날아오더니 건물로
처박혔다.

푸스스스스!

콰과광-!

그러한 대전차 미사일 같은 것들은 연이어 온 사방에서 날아와
건물들을 파괴하고 있었다.

푸스스스스!

콰과광-! 콰과광-!

"로드! 무장한 자들이 기습을 해 오고 있습니다!"

제이슨은 곳곳에서 날아들며 건물을 화염에 휩싸이게 하는 미사일들을 보며 충격에 빠졌다.

"대체 이게 다 무슨 일이야……. 누가 왜? 무슨 이유로 우릴 공격하는 거냐고?"

"어서 명령을 내리셔야 해요!"

비서의 다급한 재촉에 제이슨이 심각해진 얼굴로 소리쳤다.

"교육생들 대피시키고, 당장 헌터들에게 저들을 막으라고 해!"

"네!"

"아, 이곳에 아직 클로피가 있나?"

"네. 얼마 전 최강이란 자를 처리한 이후로 임무를 배정받지 않아 현재 이곳에 머물고 있습니다."

"그럼 어서 클로피부터 불러! 이 사태를 피를 흘리지 않고 막으려면 그의 도움이 필요하니까!"

"네! 알겠습니다!"

* * *

위이이잉-! 위이이잉-!

[각 교육자는 모든 교육생들을 대피시키십시오. 비상상황입니

다. 현 위치가 공격당하고 있으니 각 교육자께서는 신속히 교육
생들을 대피시켜 주십시오.]

[헌터들은 즉시 지상으로 올라와 공격을 막아 주십시오. 상황
이 매우 위급합니다. 헌터들은 즉시 지상으로 올라와 지원을 부
탁합니다.]

[로드께서 클로피 씨를 찾고 있습니다. 클로피 씨는 즉시 지상
으로 올라와 로드께 찾아와 주십시오.]

[긴급 상황입니다. 긴급한 대피와 방어 태세를 취해 주십시오.
긴급 상황입니다!]

나는 시끄러운 소리를 들으며 웃었다.

"아주 난리가 났군. 이제부터가 시작인가."

막 칼에 묻은 피를 닦고서 방을 나서는데, 웬 사내 하나가 내가
막 나온 방으로 들어섰다.

"이봐, 클로피! 로드께서 너를 찾는다고 하는데, 어서 나오지
않고 뭐하……! 허억! 클로피! 이봐……!"

내 예상이 맞았다.

정신을 조종하는 자를 통해 침입자들을 무력화시키지 않을까
했는데, 딱 그 수순대로 흘러가는 것 같았다.

"저자가 클로피였군. 근데 어쩌나. 이미 죽어 버렸는데."

-자, 이제 너를 시간 속에 가둔 놈만 찾으면 되겠구나!

나는 투명 마법으로 모습을 감추며 앞으로 나아갔다.

"그놈은 죽은 자의 시간도 되돌릴 수 있는 것 같았습니다. 그놈

을 죽이지 않는 한, 이 조율자 조직을 무너뜨리는 건 불가능하다
는 거죠."

-위에 있는 놈들이 그리 오래 버티진 못할 거다. 서둘러야 해.

"압니다. 어차피 발라스 조직으로 이들에게 타격을 입힐 거란
기대는 없었습니다. 시간과 시선을 끌어 주는 것만도 다행이라고
생각했으니까요."

* * *

그러나 최강의 생각과 달리 발라스의 요원들은 제법 잘 싸우고
있었다.

터엉-!

스아아앙-!

저격수들이 마법을 쏘아 내는 자들의 머리를 꿰뚫었고, 사방에
서 총을 쏘며 몇몇 헌터들을 처리하는 거였다.

콰과광-!

물론, 곳곳에서 터지는 알 수 없는 폭발에 몇몇이 몸이 찢겨지
며 산산조각이 나기는 했다.

거기에 생전 처음 보는 마법으로 대항하는 그들의 모습에 충격
을 받은 것도 사실이다.

그러나 그들은 한 번 명령을 받으면 반드시 수행하는 자들이었
다.

냉기로 얼어붙어 부서지는 동료를 바로 옆에서 지켜보면서도, 그들은 총을 쏘고 미사일을 퍼부어 대며 헌터들과 치열한 접전을 이어 갔다.

생각보다 많은 인력의 습격에 헌터들이 죽어 가자, 제이슨은 입이 바짝 타들어갔다.

"클로피는 왜 안 오는 거야?!"

"로드! 클로피가 죽었다고 합니다!"

"뭐……?!"

"아무래도 내부에도 적이 침입한 것 같습니다!"

뭔가를 깨달은 것일까, 제이슨의 눈이 부릅떠졌다.

"빌어먹을……. 저 바깥의 공격은 눈속임이었어. 이미 우리가 어찌 나올지 전부 꿰뚫어보고서 내부로 먼저 침입했던 거야! 그래서 클로피를 죽인 것이고!"

하지만 대체 누가 있어 이런 게 가능할까.

제이슨이 가장 궁금한 것은 그것이었다.

"수천 년을 숨어 지내던 우리를 알아낸 것도 모자라, 이런 군대급의 대대적인 공격이라니……. 누구냐, 대체 뭐 하는 놈들인 거야?"

하늘에선 헬리콥터까지 날아와 창문을 뚫고 총알을 퍼붓고 있었다.

타라라라라랑-!

"조심해, 레이나!"

제이슨은 손목에 있는 팔지의 힘으로 금빛 막을 둘러 레이나를 보호했다.

"자네도 피하는 게 좋겠군. 피난처에 가 있겠나."

"네. 저는 방해만 되겠네요. 저는 가서 연락망을 통해 다른 곳에 있을 헌터들을 불러 모으겠습니다."

"그래 주게. 최하층의 결계는 어떻게든 지켜내야 하니까."

"근데 이미 침입한 자들이 결계를 건드리면 어떻게 하죠?"

"괜찮을 거야. 밑에는 제블런이 있으니까."

"골드 등급의 최상급 헌터…… . 그렇군요."

그사이 밖에선 냉기로 얼어 붙은 헬리콥터가 지상으로 떨어지고 있었다.

휘우우우웅…… .

쿠구궁-!

쩌정-!

헬리콥터는 떨어지는 충격과 동시에 얼음이 되어 산산조각 부서졌다.

그 안에 있던 사람까지도 얼음 조각이 되어 부서졌는지 사람의 형체는 전혀 보이지 않았다.

그뿐이 아니었다.

하늘 위로 치솟아 오른 넝쿨이 헬리콥터를 휘어 감더니, 곧 망치처럼 침입자들을 마구 때리기도 했다.

콰광! 콰광!

"크아아아아-!"

그러한 혼란 속에서 헐크와 같은 근육맨이 온 사방을 휩쓸고 다녔다.

그가 달려들 때마다 발라스의 요원들은 이리 저리 얻어맞고 사방으로 날아갔다.

퍼억!

"끄아아악-!"

타다다다당-!

총을 쏘지만 그는 피부가 단단하여 뚫리지 않았다.

터엉-!

피우우웅-!

퍼억!

그나마 저격총을 쏴서야 피부에 박히는 것 같았다.

"저격수들은 어서 저 덩치부터 처리해! 어서!"

그러나 강철날개를 지닌 자가 하늘 곳곳을 날아다니며 저격수들만 노려 제거해 가고 있었다.

저격수들은 도저히 그가 쏘아내는 깃털 폭우를 피할 수가 없었다.

파사사사삿!

"커윽! 컥! 꺼윽!"

수많은 이들이 그를 떨어뜨리려 계속 사격을 하지만 워낙 빨라 좀처럼 맞질 않았다.

치열한 접전 속에 헌터들의 피해도 있었지만, 시간이 갈수록 전세는 역전되어 오히려 공격을 해 온 발라스의 피해만 더욱 막심해져 갔다.

"겁먹지 마라! 끝까지 공격해! 조직을 부끄럽게 만들지 마라-!"

그런데 바로 그때였다.

혼란스럽던 모든 것들이 일순간 멈추었다.

폭발의 소리도, 비명 소리도 들려오지 않았다.

갑자기 시간이 멈춰 버린 거였다.

그러나 그 모든 것이 멈추었음에도 오로지 한 사람만은 여유롭게 그 중앙을 걷고 있었다.

시간을 지배하는 자, 제블런이었다.

그가 반지를 빛내며 스쳐 지나갈 때마다 머리가 꿰뚫려 죽은 헌터의 시간이 되돌아갔다.

죽은 자가 다시 되살아나고 파괴된 건물들이 파괴되기 이전으로 돌아갔다.

침입자들 역시 마찬가지였다.

죽은 자들은 그대로 놔두었으나 산 자들은 모조리 되돌아가는 시간 속에서 침입 이전으로 양로원 밖으로 나가기 시작했다.

그리고 다시 시간이 흘렀을 때, 헌터들은 혼란스러웠던 장소의 중앙에 서 있는 그를 볼 수 있었다.

"제, 제블런……."

"죽었던 모두가 되살아났어."

"내가 죽었던 건가?"

"역시 골드 등급의 최상급 헌터…… 정말 대단한 능력이야. 단숨에 이 모든 혼란을 정리해 버리다니."

모두가 그를 경이로운 시선으로 바라봤으며, 제블런의 여유와 미소는 그들에게 있어 무척 성스럽게 비춰지고 있었다.

"후훗."

2. 당신들이 시작한 전쟁이야

빙의로
최강요원

더 깊은 지하에 또 다른 공간이 있는 걸 확인하던 나는 기이한
느낌을 받았다.

스륵.

뭐지? 뭔가 익숙한 느낌이었는데.

"케라 형님, 제라로바 할아버지. 방금 전에 그거, 느꼈어요?"

-분명 그 시간의 경계에 갇혔을 때의 그 느낌이었다.

-위다! 시간을 조종하는 놈은 위에 있어!

살짝 허탈했다.

꼭 던전을 들어온 기분으로, 보스 몬스터는 최하층에 있을 거
라고 생각했다.

그런데 지상 위에 있다니, 여기까지 뭐하러 내려왔나 싶었다.

"그럼 다시 위로 올라가야겠군요."

-놈과 직접 마주쳐서는 안 된다. 조심해야 해!

"그럼요. 놈은 시간을 다룹니다. 그것도 원하는 존재나 사물에만 시간을 되돌릴 수도 있는 놈이죠. 저 자체를 노화시키거나, 어린아이로 되돌려 버리면 정말 아무것도 할 수 없을 겁니다. 저도 신중하게 때를 노릴 테니 걱정 마세요."

* * *

발라스의 요원들 모두가 크게 놀랐다.

방금 전까지만 해도 저 양로원 안에서 싸우고 있었는데, 순식간에 밖으로 밀려 나와 있어서였다.

마치 눈 깜짝할 사이에 공간이동 된 기분이었다.

"우리가 왜 여기에 있지?"

"이것도 저놈들이 한 거야?"

"대, 대장. 이제 어떻게 해야 합니까?"

요원들의 대장은 모두를 쭉 둘러봤다.

남은 인원은 이제 고작 40여 명.

이제는 화력도, 공중지원도 없다.

그러나 이대로 물러설 수도 없었다.

"그야 당연히……!"

그는 총을 들고 다시 양로원 내부로 들어가 저들과 싸우려고 했다.

그런데 문 너머의 안쪽으로 충격적인 광경이 보였다.

자신들에 의해 쓰러졌던 이들이 모두 되살아나서 서 있는 거였다.

그 믿기지 않는 광경에 그는 허탈했다.

"뭐야, 저건……. 전부 살아났다고? 저놈들, 무슨 불사신이라도 돼?"

부족한 화력과 인원으로 되살아난 저들과 다시 싸운다?

의욕이 떨어지다 못해 전의가 상실했다.

"이건 다시 해봐야 몇 분도 채 버티지 못하겠군……."

아무리 자신들이 명령에 무조건 따라야 하는 자들이라고 하지만, 더는 의미가 없다고 판단했다.

하여 대장은 모두에게 명령했다.

"우리가 한 일이 충분했는지는 몰라도, 아무래도 여기까지인 것 같다. 전원 이곳에서 철수하도록."

"네! 대장."

"자, 철수다! 모두 버스로 올라타!"

제이슨은 철문 너머로 발라스의 요원들이 되돌아가는 걸 보며 안심했다.

아직 그들이 왜 자신들을 공격했는지 이유는 모른다.

그러나 이 의미 없는 싸움에 더는 피를 흘리고 싶지 않았다.

"다행이로군. 저들이 마음을 바꿔먹어 주어서."

제이슨은 제블런에게 고마움을 전했다.

"고맙네, 제블런. 자네가 아니었다면 정말 피해가 매우 컸을 거야."

"도움이 되었다니 나도 기쁘군."

그때, 누군가가 목이 잘린 시신을 가지고 왔다.

정신 조종 능력이 있던 클로피의 시신이었다.

"제블런 님! 클로피도 살려 주실 수 있겠습니까?"

"물론."

그의 자신감 넘치고 편안한 목소리에 두 사람이 클로피의 시신과 목을 아래로 내려놓았다.

그들은 간절한 기대감을 내비치며 물러났다.

제블런이라면 반드시 클로피를 다시 되살릴 수 있을 거라는 믿음 때문이었다.

모두가 지켜보는 가운데, 제블런이 다가가 반지를 낀 손을 내밀었다.

모두는 그의 능력에 의해 클로피가 되살아날 것이라는 사실을 믿어 의심치 않았다.

스하하핫-!

그런데 막 제블런의 반지에서 빛이 흘러나오려 할 그때였다.

갑자기 그의 옆으로 누군가가 나타났다.

스릇!

스하하핫-!

그리고 모두가 미처 놀라기도 전에 칼을 휘둘러 제블런의 반지를 낀 손가락을 잘라 버리고, 위로 그었던 칼을 다시 내려그어 제블런의 목까지 베어 버렸다.

그것은 정말이지 빛처럼 빠른, 매우 순식간에 일어난 일이었다.

"제, 제블런이……!"

"지금 무슨 짓을……!"

"이럴 수가……!"

"제블런 님이 죽었다고? 이게 말이 돼?"

"어떻게 이런 일이…….”

제이슨은 충격에 휩싸여 원망하듯 최강을 쳐다봤다.

"대체 왜……. 왜 이런 짓을……!"

그들 중에는 최강을 알아보는 자도 몇몇 있었다.

"이럴 수가……. 저자는 분명 제블런 님에 의해 사라졌을 텐데!"

"저자가 어떻게 여기에……!"

"최강, 그놈이다! 우리가 공격했던……!"

최강이 그들 모두에게 환한 미소로 손을 흔들었다.

"안녕! 몇몇은 익숙한 얼굴들도 있네. 모르는 사람도 있을 테니까 내 소개를 하지. 나는 최강이라고 한다. 바로 얼마 전까지만 해도 너희가 없애려고 공을 들인 바로 그 사람이지."

최강은 제블런의 잘린 손가락을 줍고, 손가락에서 반지를 빼며 말을 이었다.

"그렇게나 대화로 해결하자고, 죽이러 온 사람들까지 살려 보내면서 우호적인 뜻을 전했었는데…… 근데 끝내 나를 없애려고 왔단 말이지. 너희가…… 그 시간 속에 갇혀서 내가 얼마나 고통스러웠는 줄 알아? 혼자가 된다는 거, 꽤나 지옥 같은 일이더라고."

제이슨이 충격으로 얼굴을 떨며 물어왔다.

"자네가…… 그 최강이라고?"

"당신이 이자들의 수장인가? 그럼 지금 이 자리에서 당신한테 선포하지. 오늘 이후로 너희 조율자들은 모두 내 손에 죽는다. 내가 참을 만큼 참았다는 건 인정하지? 그러니까 서로 구차하게 이런 저런 말들은 하지 말자고."

그때, 근육으로 가득한 헐크 같은 자가 소리치며 날아들었다.

"로드! 이놈은 제가 처리하겠습니다!"

쿵쿵거리며 달려들던 그는 몸을 높이 띄우더니 최강을 향해 주먹을 내질렀다.

파방-!

강렬한 충격과 함께 강한 돌풍이 사방으로 뻗어나갔다.

그러나 근육맨은 경악하고 말았다.

"아니!"

최강이 가볍게 손바닥만으로 그의 주먹을 너무도 쉽게 막아 낸 때문이다.

최강은 히죽 웃었다.

"내가 그 갇힌 시간 속에서 얼마나 강해졌는지를 알면 아마 깜짝 놀랄걸?"

최강은 순식간에 사라졌다가 근육맨 뒤쪽에서 나타났다.

보는 이들은 많았지만 모두는 방금 전에 무슨 일이 일어난 건지 알지 못했다.

그러나 곧 일어나는 결과는 매우 참혹했다.

"어……."

근육맨의 몸이 머리부터 사선으로 갈라져 쓰러지는 거였다.

쿠궁-!

"헤이몬!"

그 과정에서 그가 차고 있던 목걸이가 산산조각 났는데, 거기서 마력을 감지한 최강은 검 끝으로 부서진 목걸이를 찔러 그 마력을 흡수했다.

마력 흡수를 끝낸 최강은 충격에 휩싸인 조율자들 모두를 향해 검 끝을 들이밀었다.

"미리 말해 두는데. 난 며칠 전보다 몇 배는 더 강해졌어. 그러니까 각오 단단히 하는 게 좋을 거야. 자, 그럼 시작해 볼까?"

제이슨이 두 손을 펼쳐 보이며 나섰다.

"잠깐! 잠깐만 기다려 보시오!"

최강은 놀라운 움직임으로 달려들어 검부터 휘둘렀다.

쿠궁-!

둘 사이에서 금빛 막이 생성되긴 했으나 제이슨은 엄청난 충격에 벽까지 날아가 처박혀야 했다.

퍼억!

"로드!"

최강은 그런 제이슨에게 말했다.

"잠깐이라는 말은, 내가 말로 하자고 했을 때 했어야지. 이젠 늦었어."

로드가 공격당하자, 조율자의 헌터들이 분노하여 최강을 노려봤다.

"저놈은 우리의 적이다! 모두 힘을 합쳐 놈을 없애자!"

"가자!"

"내가 저놈을 찢어죽이겠어-!"

"제블런 님과 헤이몬의 복수를 하자!"

"으아아아아아-!"

최강은 자신을 향해 몰려드는 헌터들과 수많은 화염, 냉기, 폭발을 보며 히쭉 웃었다.

"그래, 이렇게 나와야지. 서로 더는 대화가 필요치 않다는 걸 인정하자고."

* * *

제라로바가 흥분한 목소리로 말했다.

-귀물 따위에 의존하는 놈들에게 진정한 마법의 힘을 가르쳐 주어라!

"좋습니다! 어디 그동안 갈고닦은 원소의 힘 좀 보여 줄까요?"

최강이 뜨거운 불을 떠올리자 순식간에 그의 손 위로 불이 나타났다.

"퍼져라, 화염의 벽."

최강으로부터 시작된 불길은 점점 거대해지더니 사방으로 퍼져나갔다.

거대한 화염이 높은 담벼락처럼 밀려오자 모두가 혼비백산했다.

"피, 피해!"

방어 형태를 갖출 수 있는 몇몇이 동료들을 보호했다.

"크윽! 뜨거워……!"

한차례 화염폭풍을 견뎌낸 그들에겐 혹독한 시련이 기다리고 있었다.

갑자기 하늘에서 생성된 불덩어리가 유성처럼 모두를 향해 쏟아져내리고 있었기 때문이다.

쑤아아앙-! 쑤아아앙-!

"후후, 어디서 많이 본 것 같지? 근데 파괴력도 상상하는 그대로일 거다."

콰광-! 콰과광-! 콰광-!

퍼서서서석……!

쏟아져 내리는 수십여 개의 화염에 건물이 무너지고, 땅이 움
푹 파였다.

강철 날개를 지닌 자가 그 화염 하나를 막아 내려다가 얻어맞고
튕겨 날아갔다.

공중폭격.

그 위력은 그것에 맞먹었다.

"말도 안 돼……. 이게 저놈의 힘이라고?"

"대체 귀물도 없이 어떻게 이런 힘을 쓸 수 있는 거야?"

콰광!

어디서 일어나는지 알 수 없는 폭발이 최강을 덮쳤다.

츠르르르릇.

그러나 애초에 카우라를 감싸고 있어 그리 큰 타격은 되지
않았다.

최강은 곧 한쪽을 노려봤다.

그곳에 당혹스러워 하고 있는 여자가 있었다.

"당신, 그거 정말 귀찮은 능력이야."

최강은 검을 집어넣고 손아귀에 있던 바람을 사방으로 뿌려
댔다.

그러자 형체로만 보이는 바람의 골렘이 나타났다.

가슴 속에 화염을 갖춘 그 골렘들은 미친 듯이 달려 폭발을 일으키는 여자에게 달려들었다.

"오, 오지 마!"

콰광! 콰광!

"으으으, 오지 마! 오지 말라고-!"

그녀는 여러 번 폭발을 일으켜 골렘들을 소멸시켰지만, 전부를 막진 못했다.

하나의 골렘이 그녀에게 달려들어 폭발을 일으킨 거였다.

콰과과광-!

비명을 지를 새도 없었다.

그 폭발로 여자의 시신이 조각조각 흩어져 사방으로 날아들 뿐이었다.

뒤이어 거대한 얼음 화살과 빛의 화살들이 빼곡하게 하늘을 맴돌다가 헌터들을 덮쳤다.

헌터들은 저마다 가진 능력으로 날아드는 화살들을 막으려 온 힘을 다하지만 화살은 사방에서 날아들며 그들을 꿰뚫었다.

파바바바밧-!

"커걱!"

"끄억!"

제이슨은 세상 만물의 힘을 아무렇지도 않게 사용하며 헌터들을 도륙하는 최강의 모습에 절망했다.

"이렇게나 강한 자였는가……. 우린 대체 무엇을 건드린 것이야……."

하지만 이대로 있을 수는 없었다.

"막아야 한다……. 어떻게든 막아야 해……!"

그는 최강에게로 달려들었다.

"그만……! 제발 그만하시오! 제발……!"

무감정한 눈빛과 표정으로 마법을 펼치던 최강이 살며시 표정을 바꾸며 제이슨을 쳐다봤다.

"꽤나 처절하게도 말하네. 저기요? 누가 보면 내가 악인인 줄 알겠습니다. 얌전히 살던 사람을 죽이러 왔던 건 당신들인데. 내 입장이선 이게 지금 권선징악이거든?"

최강의 입장에서 이들은 아무리 대화로 하자고 해도, 싸우지 말자고 부탁해도 무조건 죽이려고만 들던 자들이었다.

거기에 평생 시간 속에 갇혀야 할지도 모른다는 두려움까지 가졌던 만큼 조금도 봐줄 생각이 없었다.

하지만 저런 표정으로 저렇게 사정해서야, 냉혈인이 아닌 만큼 살짝 마음이 약해지는 것도 사실이다.

"우리가 잘못했네! 그러니 제발 멈춰 주시게……!"

최강은 더욱 매섭게 마법을 펼쳤다.

어둠의 사람을 만들고, 모두를 덮치게 하여 어둠의 가루로 만들어 버렸다.

"내가 그랬잖아. 여기서 멈추지 않으면 내가 당신을 보러 간다고. 이건 내 경고를 듣지 않은 결과가 아닐까?"

"아네! 우리가 경솔했어! 그러니 제발……. 여기서 멈춰 줘
……. 허흐흐흑……."

일순간 모든 마법의 폭풍이 걷혀졌다.

제이슨은 넙죽 엎드려 눈물로 호소했다.

최강도 그 모습을 보니 왠지 할 맛이 사라졌다.

"어떻게 할까요?"

-마음 약해지지 마라, 최강!

-그래! 이놈들은 그저 힘에 굴복하여 꼬리를 내리는 것이다!
만약 반대였다면, 놈들이 너를 살려 뒀을까? 절대 아니라고 본다!

최강은 고개를 끄덕였다.

이들의 말이 구구절절 옳아서다.

하여 그는 제이슨에게 그대로 전달해 물었다.

"그럼 대답해 봐. 만약 내가 힘이 부족해서 너희에게 붙잡혔다
면, 너희는 나를 살려 뒀을까?"

"그건……."

"대답 잘해야 할 거야."

"아마도 사로잡아 능력을 지웠겠지."

죽였을 거란 말은 잘도 피해갔다만, 다음 질문엔 어찌 나오나
싶다.

"내가 능력을 잃은 탓에 나와 내 주변 사람들 모두가 죽게 된다
면? 결국 당신들이 나를 죽게 만드는 것과 뭐가 다르지?"

"그것은……."

"운명이니 받아들여라. 너희는 너희가 해야 할 일을 했을 뿐이다. 그런 거 아냐? 앞으로의 내 삶이 어떤 지옥이 되건."

최강은 기가 찼다.

"그렇게나 서로에게 신경 쓰지 말고, 공존하자고 했을 땐 안 듣더니. 이젠 상대하기 벅차니까 생각이 달라졌나? 당신들이 수천 년간 이어 온 그 율법이……! 이렇게 하찮은 거였냐고!"

율법.

그랬다.

장로들이 그토록 외치며 강행을 압박했던 것이 바로 그 율법 때문이었다.

힘 따위에 굴복한 율법이라면 대체 지금까지 왜 이토록 오랜 세월 명맥을 유지해 왔을까.

하지만 제이슨은 로드로서 헌터들이 이렇게 죽는 걸 가만히 지켜볼 수가 없었다.

"내가 책임지겠소. 그러니 다른 헌터들은 놔두고 나만 죽이시오. 모든 건 내 지시였으니까."

최강이 피식 웃었다.

"혼자 다 짊어지고 멋지게 생을 마감하겠다? 재미있군. 그럼 마지막으로 이거 하나만 더 물어볼게. 당신 하나 책임지고 죽고 나면, 헌터들이 다시는 나를 노리지 않는다고 약속할 수 있나?"

"그건……."

"왜, 약속할 수 없어?"

제이슨은 결코 장로들이 뜻을 굽히지 않으리란 걸 알고 있다.

자신이 죽고 난다면 분명 새로운 로드를 새우고 귀물을 되찾아 이자를 죽이려 시도할 것이다.

거짓을 말한다면 지금의 위기를 모면할 수 있다지만, 과연 그걸로 끝일까?

"우리의 장로들께선 조율자의 원칙과 율법을 끝내 고수하실 것이외다."

그런데 바로 그때였다.

갑자기 최강의 등 뒤에서 공간이 열리더니 검을 찔러 오는 자가 있었다.

예전에도 만났던, 공간을 넘나드는 자였다.

푸욱-!

그는 최강의 등을 정확하게 찔러 넣으며 환호했다.

"해치웠다!"

모두가 표정까지 환해지며 그를 칭찬했다.

"잘했어, 본!"

"네가 우리를 구했다, 본! 네가 최고야!"

"드디어 놈을 없앴다! 와아아아아-!"

"이제 그만 일어나십시오, 로드! 우리를 살리려고 그러신 건 알지만, 저딴 놈에게 무릎을 꿇다니, 당치도 않은 일입니다!"

"맞습니다, 로드! 일어나십시오!"

제이슨은 너무도 허무하게 상황이 종료된 것 같아 살짝 믿기지가 않았다.

"정말로 이렇게…… 끝났다고?"

그러나 그 순간, 놀라운 일이 일어났다.

허공은 물론, 모두의 눈앞으로 수없이 많은 손바닥 만 한 얼음
들이 나타난 것이다.

"이게 뭐지?"

스핫-!

곧 강렬한 빛줄기 하나가 쏘아졌고, 그 빛들은 얼음에 반사되
며 놀랍도록 빠른 빛의 그물을 만들었다.

그리고 그 빛이 사라진 순간, 최강을 찔렀던 본은 물론이고,
모든 헌터들이 그 자리에서 초점을 잃고 쓰러지고 있었다.

털썩. 털썩.

오로지 제이슨만 빼놓고 말이다.

"이, 이게 무슨……! 이보게들. 어이, 이봐……!"

그런 제이슨의 뒤로 최강의 목소리가 들려왔다.

"당신과는 생각이 다른 저들의 말로가 어때 보이나?"

본이 찔렀던 최강의 몸은 흙이 되어 허물어지고 있었다.

그것은 그가 만든 분신에 불과했던 것이다.

"크흐흑, 꼭 이렇게까지…… 해야 했는가……?"

"방금 전까지 환호하던 저들을 보고도 그런 말이 나오다니.
뻔뻔한 줄을 알아야지."

* * *

나는 로드라 불리는 자를 보았다.

"이봐, 조율자의 로드. 하나 궁금한 게 있는데. 당신들 조직은 여기 말고 다른 곳에도 있나?"

"크윽, 그걸 내가 알려 줄 거라고 생각하나?"

"있단 소리군."

나는 뒤를 돌아봤다.

조금 전 습격에서 살아남은 발라스의 요원들이 떠나가는 건 나도 봤다.

"적당한 순간에 잘 빠져 줘서 방심을 만들어 내긴 했지만, 지금 가 버리면 곤란한데."

하지만 지금은 그들이 필요했다.

그래서 다시 전화를 걸었다.

"어, 나야. 요원들이 된통 당해서는 빠졌는데, 그놈들 다시 오라고 해."

내가 전화하는 사이, 뒤에서 약간의 움직임이 느껴졌다.

나는 그가 무슨 갈등을 하는지 알 것 같았다.

"허튼수작은 그 정도로 충분하지 않아?"

나는 다시 뒤돌아 그를 보았다.

강한 원한과 분노가 그의 표정에 가득 어려 있었다. 그렇지만 자신이 기습한다면 나를 이길 수 있을지 판단이 서지 않았다는 표정이다.

"내가 당신을 살려 둔 건, 세상 곳곳에 퍼져 있을 당신들 조율자들, 그리고 헌터들, 그들한테 전하라는 이유야. 곧 내가 가진 모든 힘들이 그들을 사냥하게 될 거라는 걸 알렸으면 싶어서."

"끄음……."

"왜, 분해? 그래서 두 번이나 기회를 줬잖아. 분명 멈추라는 말도 전했어. 듣지 못했던 거야?"

"들었다."

"그럼 더 할 말이 없겠군. 이건 당신들이 시작한 전쟁이야. 둘 중 하나가 사라져야 끝나는. 그리고 분명한 건, 내가 원하던 관계는 아니었다는 거야."

나는 그의 손을 잡아 반지를 뺐었다.

"뭐하는 짓이야! 안 돼, 돌려줘ㅡ!"

나는 그를 밀쳐 넘어뜨렸다.

"싫은데. 전부 빼앗을 거야. 듣자하니 이 귀물이란 것들은 스스로 주인을 선택한다고? 그리고 강한 사람에게 이끌린다고도 하던데. 맞나?"

"그걸 어떻게 알지?"

"밑에서 수업을 하더라고. 거기서 조금 주워들었지. 근데 나 정도 되는 사람이면 과연 귀물의 선택이 어떨까……?"

나는 혹시나 싶은 마음에 그가 끼고 있던 반지를 손에 끼어보았다.

그러자 그가 말했다.

"강하다고 해서 무조건 귀물이 받아들이지는 않아!"

그런데 놀랍게도 반지에서 기이한 빛이 흘러나와 아른거렸다.

그것은 손에 감겨 검의 형태를 만들기도, 방패의 형태를 만들기도 했다.

나는 놀라 눈을 큼지막하게 뜨며 놀라는 그에게 웃어 보였다.

"후후, 그건 아닌 것 같은데? 이걸 봐. 원래부터 내 것 같지 않아?"

"그럴 수가……. 나는 이끌림을 받고, 교감하기까지 반년도 넘게 걸렸거늘……."

나는 혹시나 해서 미리 챙겨 두었던, 시간을 다루던 자의 반지도 끼어 보았다.

"그럼 혹시 이것도 되려나?"

죽은 발라스의 요원들을 살려 볼까 싶어 손을 뻗었다.

그렇지만 다 되는 건 아닌가 보다.

아무런 반응이 없었다.

"쳇, 이건 안 되나 보네. 이게 정말 쓸 만한 능력인 것 같았는데. 그래도 뭐, 보호 수단을 하나 얻었으니까. 이걸로 만족."

그러는 사이 버스가 다시 되돌아와 도착했다.

발라스의 요원들은 잔뜩 경계하며 들어왔다가 나를 보며 얼른 다가왔다.

"혹시 당신이 이렇게 만든 겁니까?"

"당신이 이들의 대장인가?"

"네, 그렇습니다."

"내가 누구인지는 알고?"

"조력자가 있을 거라는 것만 들었습니다. 한국 사람이고요."

"홋, 그렇군."

나는 핸드폰을 꺼내 신분 표식을 보여 주었다.

"나는 원로위원 중 하나, 최강이라고 한다."

금빛의 문양을 본 모두가 크게 놀라며 나를 향해 허리를 굽혔다.

"모, 몰라뵀었습니다!"

"원로위원께 인사드립니다!"

달라진 태도에 나는 고개를 끄덕였다.

"워낙에 윗사람에 대한 신분을 감추는 조직이니까 모를 수밖에. 아무튼 시킬 게 있어서 다시 불렀어. 지금 저기 죽어 있는 자들이 가지고 있는 목걸이며, 반지, 검이나 다른 무기들 할 거 없이, 전부 수거하도록 해. 액세서리도 전부 다."

"네! 알겠습니다!"

로드가 매우 걱정하며 나에게 물었다.

"귀물로 대체 뭘 하려는 것인가?"

"이 반지처럼 내가 쓸 수 있는 건 쓰고, 안 되는 건 파괴하든가 보관을 하든가 그러겠지. 원래 전쟁이 끝나면 전리품은 챙기는 게 상식이잖아."

"당신은 우리가 무얼 위해 그 힘을 써 왔는지 아무것도 몰라! 부탁하네, 제발 여기서 멈춰! 우리는 세상을 지켜야만 한다고!"

"그럼 하던 대로 세상이나 지킬 것이지, 나는 왜 죽이려고 들었는데? 후…… 같은 말을 자꾸 반복하려니까 짜증이 나려고 하네. 우리 이제 이 대화는 멈출 때가 된 것 같지 않아?"

그때, 뭔가가 떠올라 그에게 물었다.

"아, 근데 말이야. 올라오기 전에 보니까 요 밑에 이상한 공간이 있던데. 혹시 창고인가?"

"그건……!"

"훗, 뭔지는 몰라도 표정을 보니 중요한 장소인 모양이군. 대답하기 싫으면 안 해도 돼. 내가 직접 가서 보면 되니까."

"이, 이봐! 잠깐만!"

나는 발라스의 요원들에게 말했다.

"나는 잠깐 다녀올 테니까, 몇몇은 물건들을 가지고 먼저 출발해. 웬만하면 한곳에 모아 두고, 나 이외에는 개봉 금지. 알아들었나?"

"네, 원로위원님."

"그리고 나머지는 대기. 또 뭘 시키게 될지 모르니까."

"이자는 어찌할까요?"

대장의 물음에 나는 로드를 쳐다봤다.

"당장 쫓아내면 사람을 불러올지 모르니까 일단 잡아 둬."

"네, 알겠습니다."

그런데 로드가 나에게 사정하듯이 말해왔다.

"갈 거면 나도 데려가! 경고해 줄 게 있으니까 나도 데려가라고! 그곳엔 당신이 건드려선 안 되는 게 있어! 정말이야!"

이제 가진 귀물도 없겠다, 그는 더 이상 나에게 위협이 되는 존재가 아니었다.

그리고 가이드쯤 하나 있는 것도 괜찮지 않을까?

"안내인을 자처하겠다면 뭐, 데려가 주지."

* * *

나는 조율자들의 로드를 데리고 3층까지 내려왔다.

그는 나와 함께 모든 걸 관통하여 내려오자 무척 놀라워했다.

"이런 거였군. 이래서 침입을 알 수가 없었던 거였어."

"로드, 당신 능력자들 중엔 이런 능력을 가진 사람은 없었나 보지?"

"로드가 아니네. 그건 내 직함이고. 제이슨이라고 부르게."

"그래? 알았어, 제이슨."

"비슷한 능력을 지닌 이들이야 있었지. 하지만 임무 중에 죽거나, 이후부터는 귀물의 선택을 받지 못했거나. 그런 이유로 현재로서는 없는 상태라 해야겠군."

"그렇군."

"한데 자네는 대체 얼마나 되는 마법을 사용할 수 있는 겐가?"

"아마 상상도 못 할 만큼 많을걸? 거기에 아까 헌터들을 몰아붙였던 원소 마법들은 상상하는 대로 모든 걸 이뤄 내지. 단점이라면 마력이 쭉쭉 빨려 나간다는 거겠지만."

"상상하는 대로 뭐든 한다고……."

"근데 내 스승께선 그런 나도 아직 부족하다고 하고 계시지."

"스승? 혹, 자네 안에 빙의된 영혼을 말하는 겐가?"

"그거에 대해 들었나보군."

"비웬이 와서 그러더군. 자네가 빙의된 존재에 의해 특별한 능력을 얻은 것 같다고."

비웬.

강력한 전류가 흐르는 검을 지녔던 사내다.

거기에 토르처럼 강력한 힘을 지니기도 했었다.

만약 내게 마법이 없었다면, 그 당시에 꽤나 고전하지 않았을까, 그런 생각을 해 봤다.

뭐, 다신 없을 이들이지만.

내가 그들의 귀물들을 모조리 부수어 버렸으니까.

"아무리 내가 살려 주겠다고 했다지만, 너무 캐묻는군. 가이드 역할을 자처했으면 그것만 해."

나는 앞으로 걸었다.

복도의 양옆으로는 아무것도 없었다. 위층만 해도 여러 훈련장이 즐비했는데.

그래서 나는 의아해하며 물었다.

"이봐, 여긴 뭐가 이렇게 아무것도 없지? 그리고 저 복도 끝에 있는 금고엔 뭐가 있어?"

"이곳은 관리자 권한 없이는 올 수 없는 곳이야. 그렇지 않으면 함정이 발동하지."

"함정. 근데 그걸 지금 나한테 이렇게 말해도 되나?"

나를 막을 수 있는, 그나마 시도해 볼 법한 유일한 기회였을 텐데.

왜 그걸 이렇게 다 공개하여 포기하나 싶었다.

"방금 전에 이곳을 온 방법을 보고서 깨달았거든. 어떤 함정이든 아무 소용이 없다는 걸 말이야. 당신은 어떻게 붙잡히든 다 통과해서 빠져나갈 수 있을 테니까."

"이용은 해 볼까 했는데, 소용없는 걸 알았다?"

띠딕!

제이슨은 한쪽 벽에 손을 대어 함정을 무력화시키며 답했다.

"천장에선 그물이 떨어지고, 양쪽으로도 레이저와 무기가 쏘아져 침입자를 죽이게 되어 있지. 허나 당신이 이곳까지 온 방법이면, 그게 다 무슨 소용이겠나. 어떤 무기든 당신을 지나칠 텐데."

"이해가 빠르군."

제이슨은 복도 끝으로 가 나를 쳐다봤다.

"굳이 열 필요는 없을 것 같은데."

"그렇긴 하지. 그럼 그냥 들어가자고."

나는 그의 어깨를 잡고 쑥 하고 금고 안으로 들어갔다.

안은 생각보다 무척 넓었다.

각각의 무기들과 물건들이 저마다 유리관 안에 넣어져 장식되어 있었다.

그렇게 있는 물건만도 족히 100개가 넘을 것 같았다.

"지금까지 우리 조율자 조직을 유지해 온 귀물들이라네."

"정말 많군."

"저마다 우리의 보물과도 같은 것들이지. 귀물들의 진짜 능력은 훨씬 대단하지만, 우리가 나약하기에 그 힘을 다 끌어내지 못하는 게 대부분이야. 그나마 적합성이 좋은 이들이 사용하는 게 다라고 해야 할까. 거기다가 귀물들은 세월이 흐를수록 점차 약해지고 있어, 우리의 힘도 그만큼 약해지고 있지."

하나하나 물건들을 구경하던 나에게 그가 물어왔다.

"자네는 우리가 왜 이런 귀물들을 모으기 시작했다고 보는가?"

"듣기로는 이런 비슷한 힘들로 세상을 어지럽히는 자들을 막기 위함이라고 하던데."

"당신에게 부탁을 하기 위해서라도, 우리의 진실을 말해 주도록 하지."

"진실이라……. 훗, 시간을 끄는 게 아니고?"

"그런 게 아니라……!"

"미리 말해 두지만, 시간을 끌어 봐야 소용없어. 모든 통신수단을 다 막아 뒀으니까. 여기서 허용되는 건 오로지 내 핸드폰뿐이지."

"끄음……."

"자, 시간은 많으니까 설명해 봐. 당신이 말하고자 하는 당신들의 그 진실."

제이슨은 그나마 가졌던 희망을 내려놓은 얼굴로 입을 떼 갔다.

"아주 오래전, 세상에 악마 같은 것들이 나타나기 시작했어. 대항할 힘이 없던 인간들은 무력하게 죽임을 당했지. 그런데 악마와 함께 신이란 존재들도 나타났다네. 그들은 그 악마를 무찔러 주었고, 우리 인간은 그들을 신으로서 모시며 숭상했지. 그러던 어느 날, 신들은 말했어. 자신들은 다른 세상의 사람들이라고 털어났지. 그곳에서 일어난 인간과 악마의 전쟁이 이곳까지 번진 거라고 말해 준 거야. 그러면서 이곳과 통하는 그 문을 닫아야 한다고 했지."

머릿속에서 제라로바가 흥미로운 목소리로 외쳤다.

-차원을 이동하는 통로가 있는 거로구나!

그렇다면 귀물의 존재 자체가 그 통로를 통해 들어온 물건이라는 건데.

뭔지는 몰라도 무척 오래된 신화 속의 이야기를 듣는 것 같군.

아무튼 제이슨은 계속 말을 이었다.

"이곳 세상엔 그런 통로들이 몇 개가 더 있어. 저마다 각각 다른 세상으로 연결되어 있다고 하더군."

"그 말은, 그 통로들이 어디에 있는지 전부는 모른다는 건가?"

"우리가 두 개의 통로를 찾아 관리하고 있지만, 다른 곳 어딘 가에 하나가 더 있는 걸로 알아. 그리고 그것은 다른 사악한 존재들이 감추며 지키고 있지."

"선과 악의 싸움, 뭐 그런 다툼 중이라는 것 같은데. 내가 모르는 세상 뒤에선 재미있는 일이 일어나고 있었군."

"우리가 힘을 못 쓰게 되면, 결국 그들은 슬금슬금 기어 나와 세상을 어지럽히게 될 것이네. 아니, 이제 곧 그렇게 되겠지. 자네가 귀물의 적합자들을 전부 죽여 버렸으니까……."

"그래서 뭐 어쩌라고? 그런 자들을 막기 위해서라도 당신들을 한 번은 용서해 달라. 그런 소리를 하고 싶은 거야?"

"아니."

아니라고?

그럼 뭐야?

"그들의 존재를 알고 있으라는 말을 해 주는 것이네. 우리는 이렇게 사라지지만, 당신이 그걸 알아야 그들을 막아 줄 테니까."

"근데 어쩌나? 나는 전혀 그럴 생각이 없는데."

제이슨이 나를 강한 기대로 쳐다봤다.

"뭐야, 그 부담스러운 눈빛은?"

"당신이 살인마가 아니라는 건 알아. 그저 화가 많이 난 걸 테지. 우리가 꽉 막혀서는 당신을 죽이려고만 했으니까."

"훗, 사람은 꼭 어려워져 봐야 후회란 걸 하지."

"당신은 좋은 사람이야. 그래서 다행이라고 생각해. 당신 주변 이들이 피해를 보면 결국 당신은 나서 줄 테니까."

"후우……. 왠지 듣기 불편한 소리 같은데……."

"당신이 매우 두렵고 강력한 존재인 건 사실이지만, 결국 우리 일을 대신하게 될 거야."

"여기 로드는 뻔뻔한 순으로 지도자를 뽑는 모양이군."

제이슨이 주변으로 있는 모든 귀물들을 둘러보았다.

"만약 이것들을 모두 가져간다면, 파괴는 하지 말아 주게나. 차라리 적합자를 찾아서 당신도록 해."

내 사람들에게 그런 힘을 주라고?

능력을 지니게 되면 사람은 자만에 빠진다.

절대적 권력을 손에 넣었다는 생각에 악에 물들기도 한다.

내 주변으로 과연, 그렇지 않을 사람들이 있을까?

"흠……."

조율자들은 자신들만이 지닌 오랜 율법과 교육, 대대로 이어 온 자손들을 통해 그 신념을 전함으로써 유지해 올 수 있었을 테지만, 보통의 조직이 그런 힘들을 얻게 되면 정말 뒤죽박죽이 될 거다.

안 그래도 머리가 복잡한데 거기까지 신경 쓰고 싶진 않다.

내가 김종기한테 회주를 맡긴 게 왜 그런 거였는데?

근데 머리 아플 그런 일까지 떠맡으라고?

"하아……. 어쩐지 의욕이 확 떨어지는데요……."

-설마, 여기서 그만두려고?

-최강아! 그 오랜 세월을 갇혔던 원한을 떠올려라! 이놈들의 사정 따위 들어 줄 필요도 없는 것이야!

그래, 열 받은 걸 다 풀지 못한 건 사실이다.

지금도 그렇게 오랜 세월 갇힌 것만 생각하면 피가 거꾸로 서는 것 같다.

하지만 떨어진 의욕에 불을 지필 재료가 부족했다.

오히려 이들과 경쟁하던 세력이 있다고 하니, 어째 속 시원하게 복수하러 왔다가 혹만 더 붙여 가는 기분이었다.

불을 살짝 긁적이던 나는 그에게 말했다.

"좋아, 그럼 내가 진짜 마지막 기회를 한 번만 더 줄게."

제이슨이 나를 희망 가득한 시선으로 쳐다봤다.

"그게 뭐든, 무엇이든 받아들이겠네!"

나는 씩 웃으며 말했다.

"전부 내 밑으로 들어와. 그럼 살려도 주고, 그 세상을 어지럽힌다는 놈들도 같이 상대해 주도록 하지. 어때?"

* * *

나는 비행기에 올라 휴식을 취하듯 편안하게 누웠다.

승무원이 주는 음료를 받아 마시며, 나른한 기분으로 누워 있는 느낌이 무척 좋았다.

"좋다……."

한두 번 겪어 본 일도 아닌데 뭐가 좋냐고?

나의 시간으로는 이런 기분을 느껴보는 게 거의 10년 만이다.

기내식으로 나오는 함박스테이크도 정말 맛있다.

고기가 포함된 무언가를 먹어 보는 것도 10년만이기 때문이다.

물었을 때 풍기는 향과 입안 가득히 퍼지는 육즙이 얼마나 감미로운지.

"음……. 그래, 이게 너무 그리웠어. 저기, 뭐 다른 거 없어요? 고기라면 뭐든 좋은데."

승무원도 아마 기내식으로 이렇게 배를 채우는 사람은 처음 봤을 거다.

그렇지만 당신도 내 처지를 겪어 봐!

이러지 않고는 못 배길걸?

"저는 진짜 눈물이 나올 것 같네요. 기내식 맞아? 고기향이 왜 이렇게 좋아."

-같은 마음이다. 이 맛있는 걸 그 오랜 세월을 끊고 있었다니. 정말 힘겨운 시간이 아니었나 싶구나.

-최강아, 도착하면 튀김부터 먹으러 가자꾸나! 나는 그것이 너무 먹고 싶어 미칠 것 같구나!

몇 가지 기내식에, 각종 음료에, 아이스크림까지.

승무원들 사이에서 서로 수군거리는 소리가 들려오지만, 상관

없다.

어차피 퍼스트 클래스는 무한제공되는 것이니 가능한 이때에 마음껏 즐기련다.

"영국으로 넘어갈 땐 최대한 신분을 감춰야 해서 조심했는데. 이제야 좀 마음 편히 이런 것도 해 보네요."

-한데 과연 조율자 놈들이 너의 뜻에 따르겠느냐?

"훗, 귀물들이 전부 저의 손에 있는 이상, 그들의 선택지는 많지 않습니다. 받아들이지 않으면 사냥이 계속될 것이고, 내가 굳이 처리하지 않더라도 서서히 적대 세력에 의해 무너지겠죠. 제 밑으로 들어오는 것 외에는 방법이 없을 겁니다."

* * *

사무실에서의 수리를 끝낸 사내가 몸을 일으키며 제이슨에게 말했다.

"이제 통신은 되실 겁니다."

"수고했네."

수리공이 나가자 비서인 레이나가 착잡한 표정의 제이슨에게 물었다.

"정말로 그의 말대로 하실 생각이십니까?"

"자네도 피난처에서 카메라를 통해 바깥 상황을 보았을 게 아닌가?"

"그랬죠. 정말 너무도 무서운 자였습니다. 빛이 번뜩인 순간 모든 화면이 꺼지는데, 저는 로드까지 당하셨을까 봐 얼마나 걱정이 많았는지 모릅니다."

"나는 그저 그자가 남긴 메시지에 불과해. 하니 뜻을 전해야겠지."

"로드……."

제이슨이 씁쓸한 표정으로 그녀에게 부탁했다.

"회의를 진행해야 하는데, 이만 나가 주겠나?"

"네, 로드."

잠시 후, 제이슨은 긴급 회의 요청 버튼을 눌렀다.

급작스러운 위기의 순간에만 누르는 버튼으로, 참석 불가능한 상황이 아니라면 무조건 참석해야만 하는 비상 버튼이었다.

곧 두 자리를 제외한 나머지 자리가 채워지며 모두가 모습을 드러냈다.

"긴급 회의라니? 대체 무슨 일인가, 로드?"

"혹 그곳에 무슨 변고라도 생긴 것인가?"

"다크 웨이브라도 감지된 겐가?"

제이슨은 긴 숨을 들이마시고는 길게 뱉어냈다.

"설명하기에 앞서, 우선 이것부터 보셨으면 합니다."

영상에는 발라스의 요원들이 대대적인 공격을 퍼붓는 광경이 나왔다.

잠자코 지켜보는 장로들의 표정도 점차 심각하게 물들었다.

제블런의 능력으로 모두가 되살아나고 무너진 곳들이 원래대로 복원될 때에는 장로들 전원이 안심하는 표정을 머금기도 했다.

그러나 제블런이 최강의 손에 의해 죽고, 헌터들이 그의 능력에 도륙당할 때에는 경악하여 그 누구도 입을 다물지 못했다.

"이럴 수가……!"

"저자는 대체 누구란 말인가?"

"어찌 저런 능력을 지닌 자가 존재할 수 있단 말이야?"

제이슨이 허탈한 웃음을 흘리며 말했다.

"후후, 제가 보낸 보고서를 잊으신 겁니까? 얼마 전에 제거했다던 최강, 바로 그자가 아닙니까?"

"그자는 제블런에 의해 제거했다고 전하지 않았는가? 근데 저자가 어찌 저리 살아있어?"

"가둔 시간의 경계를 깨고 나왔다고 하더군요. 그 갇혀 있던 만큼 그는 더욱 강해져서 돌아왔고, 끝내 자신을 그리 만든 우리에게 복수를 온 겁니다."

"마지막에 화면이 꺼졌던데. 헌터들은 어찌 되었는가?"

"저자를 처리하러 갔던 인원들 전원은 물론, 몇몇 팀까지 포함하여 저희 컨트롤 타워에 있는 헌터들 전원이 그 자리에서 전부 사망하였습니다."

참혹한 결과와 그에 대한 보고.

장로들은 할 말을 잃었다.

"큰일이군. 제블런이 사라졌다는 걸 다크 웨이브에서 알기라도 하는 날에는 놈들이 가만히 있지 않을 터인데."

제블런의 존재가 주는 억제력이 무척 대단했기에 하는 말이다.

제이슨이 1장로를 보며 물었다.

"지금 그들이 문제라고 보십니까? 최강 그자가 우리 헌터들의 주력을 전부 제거했음은 물론, 보관하고 있던 귀물들까지 모조리 가져가 버렸단 말입니다!"

"뭐라……! 귀물들을 모두 빼앗겼단 것인가?!"

"그가 마지막 기회라면서 말했습니다. 자기 밑으로 들어온다면 살려 줄 것이나, 그렇지 않는다면 자기 능력이 되는 한, 우리모두를 쫓아 제거할 거라고요."

"건방진……!"

제이슨은 답답한 나머지 두 주먹을 불끈 쥐고 책상을 강하게 내리쳤다.

쾅!

"크윽! 건방진 건 그가 아닙니다! 바로, 우리라고요! 그의 힘앞에 우리가 얼마나 무력한 존재인지 보셨지 않습니까?!"

"그럼 그자의 제안대로 굴복하자는 것인가, 로드! 그건 있을수 없는 일이네!"

"저는 제 눈앞에서 헌터들이 허망하게 죽어 가는 걸 직접 목격하였습니다. 다시 힘을 모아 대항한들, 저희들은 이길 수 없습니다. 골드 등급의 두 헌터로 기습을 한다면 희망은 있을 것이나, 실패한다면 저희는 모두 죽을 것입니다. 그럼 앞으로 다크 웨이브는 누가 막는단 말입니까? 지금도 더는 그들을 막을 여력이 없는데, 귀물조차 없는 우리가 무슨 수로요?! 그러니 오래된 율법에 매달리지 마시고 현실을 직시하십시오, 제발!"

장로들의 반발은 심했다.

"건방진 소리!"

"로드가 되어서 어찌 그런 나약한 소리를 내뱉는가!"

"뛰어난 지도력 하나만 믿고 그 자리에 올렸거늘! 우리가 실수했군, 그래! 저리 나약해서야 어찌 로드의 자격을 갖추었다고 하겠는가!"

제이슨은 피식 웃었다.

그는 마치 모든 걸 내려놓은 것만 같은 표정이었다.

회의의 결과가 예상했던 것에서 한 치도 벗어나지 않았기 때문이다.

아니, 애초에 이들이 설득되리라고는 눈곱만큼도 생각지 않았다.

그저 그의 말을 전해야 했기에 청한 회의였다.

"저는 장로님들께 그의 말을 전하였습니다. 그리고 최강 그에게 장로들의 거절 의사를 전할 것입니다. 그럼 곧 사냥이 시작되겠지요. 선택을 하셨으니, 그에 대한 결과는 장로들께서 감당하시지요."

"자네, 설마……! 우릴 배신하겠다는 것인가?!"

"저는 저를 따르는 이들을 데리고 그의 밑으로 들어갈 것입니다. 그것만이 유일하게 다크 웨이브에 대항하고, 그들로부터 세상을 지킬 수 있는 길이라고 생각하니까요!"

"자네가 그러고도 무사할 거라고 보는가!"

"누가 무사하고 세상을 지키는지는, 두고 보면 알게 되겠죠."

뚝.

제이슨은 전원을 내려 회의에서 나와 버렸다.

독단.

그것이 어떤 결과를 가져올지는 모른다.

그렇지만 제이슨은 자신의 선택을 믿었다.

"최강, 그는 전쟁을 끝낼 열쇠가 될 것이다. 결코 우리가 그의 밑으로 들어가는 게 아니야. 우리가 그를 얻게 되는 것이지……!"

* * *

한국에 도착해서 나는 가장 먼저 집으로 왔다.

막 해가 져 가는 시간에 도착했고, 2층을 올려다보니 최소현의 방에 불이 켜져 있었다.

두근. 두근.

계단을 오르면서도, 그 짧은 복도를 걸으면서도 나의 심장은 터질 듯 두근거렸다.

그녀를 만날 생각에 제정신일 수가 없었다.

이 얼마 만에 보는 건지.

"후우……."

흐뭇한 미소로 긴 숨을 쉬기를 잠시.

똑똑똑.

나는 그녀의 집 문을 두드렸다.

"누구세요?"

"접니다, 최강."

후다닥 달려 나오는 소리와 함께 닫힌 문이 급하게 열렸다.

씻은 지 얼마 안 되었는지 그녀가 젖은 머릿결로 환히 웃고 있었다.

거기에 맑은 눈과 붉은 입술은 얼마나 매혹적인지.

오랜만에 보는 얼굴이지만, 정말 예쁘다.

그리고 기뻐하는 저 표정까지도 너무 그립고 보고 싶었다.

"나, 돌아왔어요."

그녀가 해맑게 웃더니 폴짝 뛰며 안겨들었다.

와락!

"어서 와요. 아, 이제야 만나네. 너무 좋다."

"이제야 만나다니요?"

"며칠밖에 안 떨어졌는데, 막 1년쯤 된 것처럼 엄청 보고 싶었던 거 있죠. 큰일 났어, 정말. 나 혼자만 이렇게 좋아해서 어쩌자는 건지."

나는 팔을 둘러 그녀를 더욱 꼬옥 안아 주었다.

"저는 10년…… 아니, 꼭 100년 된 것처럼 보고 싶었습니다.

너무 그립고, 너무 만나고 싶었어요. 사랑합니다, 소현 씨."

그녀가 조금 떨어져 예쁘게 웃었다.

"정말? 나 그렇게 많이 사랑해요? 호홋, 그런 말을 들으니까 또 막 손해 보는 기분은 아니네. 헤헤."

그 예쁜 미소를 보고 있자니 나는 더 이상 참을 수가 없었다.

나는 곧바로 입을 맞췄고, 더 진할 수 없을 만큼 그녀의 입술을 탐했다.

콰당!

급하게 문을 닫은 나는 더는 참지 않기로 했다.

최소현도 나의 뜻을 아는지 꽤나 거칠고 저돌적임에도 불구하고 호흡을 맞춰주었다.

그래서 나는 오늘 그녀를 갖기로 결심했다.

우리의 밤은 더없이 뜨겁고 격렬하게 흘러갔다.

다음 날 아침.

오랜 피로가 쌓였던 탓일까.

정말 기절한 듯이 잔 것 같다.

어쩌면 전날의 격렬함에 살짝 지쳤던 건지도 모른다.

우리의 뜨거운 사랑은 몇 시간이고 멈출 줄 몰랐으니까.

그런데 눈을 뜨기도 전에 입술에 무언가 축축한 것이 닿았다.

쪽.

"언제까지 잘 거예요?"

그녀가 나의 입술에 계속해서 뽀뽀를 해 왔다.

꿈에 그리던 행복한 광경이 아닐까.

이대로 시간이 멈췄으면.

정말 이 행복을 지킬 수 있다면 나는 무슨 짓이든 할 것이다.

"지금 몇 시예요?"

"11시도 넘었어요."

"훗, 출근하기에도 한참 늦어버렸네요."

"안 그래도 지혜 씨한테 전화가 왔어요."

"그래서 뭐라고 그랬어요?"

"일이 있어서 연차를 급하게 써야겠다고 했죠. 근데 지혜 씨가 뭐라는 줄 알아요?"

"훗, 뭐라고 그러는데요?"

쪽.

내가 그녀의 볼에 뽀뽀를 하며 묻자 그녀가 막 웃었다.

"자기는 연차가 있는 줄도 몰랐데요. 풉!"

"크그극! 그리고 보니 누구 하나 연차 쓰는 걸 못 봤네요. 일의 특성상 밤낮없이 일할 때도 많으니."

"최강 씨가 워낙에 자기 권한으로 휴가를 종종 줬으니까. 아무튼 서로 엄청 어색해하면서 끊은 거 있죠."

"배 안 고파요?"

"엄청 고파요. 어제 체력을 너무 소진했나 봐."

그러면서 힐끔 쳐다보는데, 그런 부끄러워하는 모습조차 왜 이렇게 예뻐 보이는지.

사람이 콩깍지가 쓰인다는 게 이런 거 아닐까?

손짓 하나, 머리 쓸어 넘기는 거 하나.

뭐 하나 예쁘지 않은 게 없다.

오랜 그리움 때문인지 그녀가 더욱 소중하게 느껴졌다.

우린 밖으로 나가 비어 버린 속부터 채웠다.

그런데 식사를 하는 중에 최소현이 나를 가만히 쳐다봤다.

"뭐지……."

"뭐가요?"

"분명 내 남자인 건 확실한데, 뭔가 모를 변화가 있는 것 같은
거 있죠. 어제의 저돌적인 것을 제외하고는 좀 더 차분하고 성숙
해진 느낌? 얼굴도 묘한 세월이 느껴지는 것 같고. 이번 임무,
그렇게 힘들었어요?"

정말 내가 겪은 걸 어떻게 다 설명을 해야 할지.

나도 말하고 싶다.

전부, 다.

그렇지만 내 여자에게 만큼은 믿음을 주고 싶은 게 남자 된
자존심이다.

어떤 순간에도 나를 믿고 걱정을 안 했으면 하는 그 생각을
깨고 싶진 않았다.

때론 그런 배려가 숨기는 것 같고, 속이는 것 같은 느낌으로
다가올 수도 있을 것이나, 나는 그녀가 나에 대한 걱정만큼은

안 하고 살았으면 싶었다.

그래서 나는 미국의 도난당한 기밀을 얻는 부분까지만 설명을
해 주었다.

"아마 그들은 호텔로 돌아가서야 상황을 알았을 겁니다."

"호호, 그 묶여 있던 사람도 엄청 황당했겠네요. 근데요, 그러
면 결국, 그 해킹 집단만 이득을 취한 거네요? 그죠?"

"거래 직후에 곧장 멀리 떠났을 그들이라. 추적할 여력까지는
없었네요."

사실은 조율자 조직을 치기 위해 움직임을 최소화해야만 했던
사정이지만, 여기까진 설명을 해 줄 수가 없었다.

"그럼 이제 유럽 지부의 회주를 만나서 그곳을 장악하는 것만
남은 건가요?"

"그런 셈이죠. 내가 얻은 그 기밀을 만남의 도구로 쓸 계획이니
까."

"그럼 미국으로 가겠네요?"

"아마도?"

"그럼 이번엔 나도 데려가면 안 돼요?"

"훗, 그러고 싶어요?"

그녀가 손가락을 꼼지락대며 말했다.

"아니, 놀러 가는 게 아니라는 건 나도 아는데……. 어제 이후
로 내 마음이 또 막 커져 버려서……. 더는 멀리 떨어지고 싶지가
않단 말이에요."

나는 손을 뻗어 최소현의 볼을 만졌다.

그리고 더 없이 사랑이 가득 담긴 눈빛으로 말했다.

"나도 마찬가지예요. 당분간은 정말 떨어지고 싶지가 않아."

그녀가 좋아서는 물어왔다.

"그럼 나도 데려가 주는 거?"

"네. 그렇게 합시다."

"호홋! 아싸~! 나도 같이 간다~!"

* * *

늦은 저녁.

나는 김종기를 만났다.

대통령 관저에서 홀로 움직이던 그는 소파에 앉아 있는 나를 보고 흠칫 놀라기는 했지만, 곧 안심하며 다가와 맞은편에 앉았다.

"휴우, 연락이라도 주시지요. 갑자기 찾아오셔서 놀랐습니다."

"혼자서 이 넓은 곳을 쓰는 게 외롭진 않나? 나는 왠지 텅 빈 기분일 것 같은데."

뒤늦게 나의 존재를 알아차린 경호실 요원이 놀라며 다가오려고 했으나 김종기가 손을 들어 보이고는 휘이 저었다.

됐으니 가 보라는 지시였다.

"혼자 쓰는 것에 이젠 익숙해지려고 노력하고 있습니다."

"제왕의 무게를 견디는 게 쉬운 일은 아니겠지. 대통령 신분에 재혼을 하는 것도 여의치는 않을 테고."

"허허, 재혼 얘기만 나와도 말도 많고 탈도 많을 겁니다. 그런 일로 골치를 썩일 바에는 혼자인 게 편하죠."

"그렇군. 자, 그럼 이제 본론, 유럽 지부 회주와의 만남, 연결 지을 수 있겠어?"

"그쪽에서 어찌 나올지, 솔직히 잘 모르겠습니다. 요청을 해 봐야 할 문제라고 봅니다."

"미국의 도난당한 기술이 내 손에 있으니까, 그걸 돌려주는 빌미로 자리 좀 잘 만들어 봐."

"네, 알겠습니다."

그와 해야 할 말은 하나 더 있었다.

"아, 그리고 말이야. 이번에 희생된 발라스의 요원들. 유족들에 게 충분한 보상을 해 주도록 해. 그들 덕분에 내가 없애고 싶은 자를 쉽게 처리할 수 있었거든. 나도 여유가 있었으면 살려줬을 텐데, 그렇지가 못했어."

"네, 그렇게 하겠습니다. 한데…… 그자들은 대체 뭐 하는 자들 이었습니까?"

그도 영화에서나 나올 법한 마법을 쓰는 사람들을 봤으니 궁금 한 것이 많을 것이다.

나는 복잡하게 설명하지 않고 간단하게 말했다.

"세상에 나 같은 존재가 돌아다니지 못하게 막는 조직. 그런 거더군."

"흠, 그렇군요."

"그렇지만 그들도 곧 내 밑으로 들어오게 될 테니까, 걱정은 마."

그가 살짝 놀란 표정을 보였다.

"그들이 최강 님 밑으로 들어온다고요?"

"안 그러면 전부 없애겠다고 했거든."

그 대답을 듣자 그는 이해가 간다는 듯 수긍했다.

"휴우……. 그렇군요."

"그럼 수고해. 좋은 소식 기다리고 있을게."

"네, 들어가십시오."

* * *

오랜만에 출근을 할까 해서 넥타이를 매는데, 모르는 번호로 전화가 걸려왔다.

"누구지?"

거기다가 국제발신이어서 처음엔 보이스 피싱이 아닐까 싶었다.

그런데 받아 보니 아는 사람이었다.

[제이슨입니다.]

"훗, 결정은 내렸나?"

[저를 포함한 일부는 당신의 제안에 따르기로 결정했습니다.]

"일부는 아니라는 건데……. 흠, 역시 그 장로라는 자들이 거부를 한 모양이군."

[네. 앞으로도 설득은 불가능할 거라 생각합니다.]

"일단 당신의 뜻은 알았어. 수거했던 귀물은 당신에게 맡기도록 하지. 최대한 빠른 시일 내에 가까운 자들 중에서 귀물의 주인을 찾도록 해. 나로 인해 생긴 공백이 클 테니까."

[네, 알겠습니다.]

전화를 끊자 제라로바가 물어왔다.

-귀물을 그리 순순히 내어줘도 되겠느냐? 너에게서 귀물만 얻으려는 속셈이면 어쩌려고?

"어차피 저들은 본거지를 옮기지 못하는 약점이 있습니다. 그런 마당에 나를 속였다간 더 참혹한 결과로 이어질 걸 아는데, 설마 그걸 반복하려 할까요."

본거지를 옮길 수 없는 약점.

그것은 바로 귀물이 보관된 그 아래층의 공간 때문이었다.

그곳엔 다른 차원으로 통하는 문이 결계로 봉인되어 있었다.

조율자 조직은 다크 웨이브로부터 그곳을 지켜야 한다는 사명이 있어, 본거지를 옮기는 건 불가능한 일이었다.

"그리고 나의 제안을 듣고 나서 일부러 그걸 보여 준 제이슨인 걸 보면, 그럴 생각은 없어 보입니다. 먼저 신뢰를 보였으니, 이쪽에서도 그 신뢰에 보답해야죠."

막 출근할 준비를 마치고 나가려고 하는데 이번엔 케라가 물어왔다.

-그 장로라는 자들은 어찌할 것이냐? 놔둔다면 걸림돌이 될 수도 있다.

"같은 조율자 조직으로 그들을 치라고 할 순 없고, 그건 발라스를 이용해 볼까 합니다. 저격수들 몇 보내 보도록 하죠."

-장로라면, 그들도 귀물 한둘쯤은 지니고 있을 거다.

"그렇다고는 해도, 예상치 못한 총알은 피하기 힘들 겁니다. 마법사의 약점이 대부분 그런 거니까."

미리 대비를 하고 있다면 모를까, 나와 같은 육체적 능력과 감각이 있지 않고서는 피하기 어렵다고 본다.

늘 신체를 보호하는 마법을 쓰고 있는 게 아니라면, 아무리 귀물을 지녔다 한들 살아남지 못할 거라는 게 내 생각이었다.

* * *

최강이 던진 칼은 어김없이 조율자 조직의 장로들에게 날아들었다.

그들의 위치 정보는 제이슨이 제공해 주었다.

피유우우웅-!

옥상 위에서 총구를 빠져나온 총알이 허공을 갈랐다.

쎄에에에에엑-!

먼 거리를 바람을 타고서 반대편 건물로 날아간 총알은 순식간에 유리창을 꿰뚫었다.

퍼억!

목표물이 쓰러지고, 내부에 있던 이들이 비명을 지르는 건 당연한 수순이다.

그러나 장로들 중에 몇몇은 방탄유리에 막히고, 허상을 만들어 피하는 등, 순순히 당하지만은 않았다.

공격이 시작되었다는 걸 깨달은 장로들도 가만히 있지는 않았다.

그들은 대책을 강구하기 위해 회의를 열었다.

"3장로와 4장로, 그리고 9장로가 당했소!"

"이제 남은 건 우리 여섯뿐이구려."

"최강이란 자가 세계적인 조직을 손아귀에 넣으려 한다고 하던데, 아무래도 그 조직의 암살자인 듯싶소."

"이대로는 우리도 얼마 지나지 않아 희생된 장로들처럼 될 것이오. 거기에 최강 그자가 직접 찾아오기라도 하는 날에는 끝장이란 말이오!"

"안타깝게도 남은 골드 등급의 헌터 둘이 제이슨 쪽으로 넘어갔다고 하더이다. 이젠 우리를 보좌하는 자들을 제외하고는 귀물을 다루는 자들도 얼마 없는 상황이오."

1장로가 고심 끝에 말했다.

"그럼 처음 최강이란 자를 제거해 달라고 하였던 조직과 손을 잡아 봄은 어떠시오?"

반발은 있었다.

"그들이 어떤 조직인지도 모르고 어떻게 무턱대고 손을 잡는단 말입니까?!"

"맞소! 그들이 범죄나 저지르는 조직이라면, 결코 함께할 수 없소이다!"

1장로가 격양된 목소리로 말했다.

"그럼 이대로 앉아서 죽음을 기다리자는 거요!"

그러자 2장로가 말했다.

"살기 위해 원칙을 어길 거라면, 우리가 저 제이슨과 다를 게 뭐란 말입니까? 그 말씀은 지금, 최강이란 자로 인해 우리가 이런 어려움을 겪기에 그자에게 굴복하기 싫다뿐이지, 우리의 율법과 원칙을 깨자는 건 매한가지인 겁니다!"

"우리가 지금까지 지켜 온 뜻이 옳다는 걸 증명하려면, 일단은 살아야 합니다. 이렇게 저들의 수에 공격당하고 제거당하면서 수천 년을 이어 온 명맥을 끊을 작정이오? 모두가 걱정하듯, 최강 그자가 찾아오면 대항할 방법도 없는데?"

5장로가 침음을 삼키며 말했다.

"크음, 1장로께서 하신 말씀에 모순이 있다는 건 스스로도 인정하리라 봅니다. 그렇지만……! 우리로서 지금 아무런 방법이 없다는 것도 인정은 해야 합니다. 지금이야 우리만 노리는 듯 보이지만, 만약 우리 손발까지 다 끊어 낼 작정으로 덤벼온다면,

그땐 정말 아무것도 못 해 보고 모두가 죽게 될 겁니다. 하여 본 장로는, 1장로의 뜻대로 다른 세력과 힘을 합해야 한다는 것에 찬성하는 바이오."

뜻은 지키되, 잠시만 눈을 감자.

모두의 뜻은 그렇게 통합되었다.

그렇게나 율법과 조직의 원칙을 고수해야 한다고 자존심을 세웠던 자들.

하나 그들은 자신들의 목숨이 경각에 놓이자, 스스로 그 원칙을 깨 버렸다.

사실 그들이 놓고 싶지 않았던 건, 율법과 원칙이 아니라 자신들의 그 알량한 자존심이 아니었을까.

* * *

나는 오랜만에 김선애를 찾았다.

들어갈 때 같이 들어갈까 해서 기다리는데, 차가 도착했다.

내가 붙여 준 경호원들의 차였다.

그런데 내리는 건 선애 혼자만이 아니었다.

"선애야!"

"어! 최강 오빠!"

선애는 다짜고짜 달려와 안겨들었다.

어우, 얘가 왜 이래.

부담스럽게.

남자 애라면 몰라도, 여자 애가 달려드니까 괜히 민망했다.

"아, 그래. 나도 반가워. 잘 지냈어?"

"이렇게 얼굴 본 게 보름만인 건 알아? 요 며칠은 전화도 없고, 나는 나 잊을 줄?"

인연을 맺게 된 이후로 간혹 걱정되는 마음에 전화를 자주 했었다.

진우가 나를 보고 싶다는 말에 화상 전화도 종종.

근데 요 며칠 연락이 없었던 게 서운했던 모양이다.

"미안. 오빠가 중요한 임무가 있었거든."

"임무? 뭐야, 무슨 첩보원이라도 되는 사람처럼?"

"아, 그게……."

아, 내 정신 좀 봐.

얘는 내가 무슨 일을 하는지 모르지.

나는 얼른 말을 돌렸다.

"뒤에 있는 건 누구? 친구?"

"응. 내 짝꿍. 예쁘지?"

"훗, 그렇구나. 그래서 오늘 집에 놀러 온 거야?"

"우리 집에서 공부도 같이 하고, 잠도 자고 그러려고요."

학교를 다른 곳으로 옮겼는데, 짝꿍과 친한 친구가 된 모양이다.

"안녕하세요, 이진선이에요."

"안녕? 난 선애 오빠. 뭐, 친오빠는 아니지만, 비슷하니까 너무 부담스러워하진 말고."

그러자 선애가 내 팔짱을 낀다.

"내가 좋아하는 오빠야. 엄청 잘생겼지?"

"얘는. 누가 보면 오해할라."

"근데 손에 든 건 뭐야, 오빠?"

"어, 이거. 오랜만에 같이 고기나 구워 먹을까 해서."

"진짜? 잘됐다. 우리 엄청 배고팠는데."

집으로 함께 들어가자 진우도 나를 반겼다.

"최강 형!"

"어이쿠, 우리 진우. 나날이 몸무게가 늘어 가네? 야, 근데 너 운동 좀 해야겠다."

번쩍 들어 보니 정말 예전과 다르게 몸무게가 많이 늘었다.

식사를 거르지 않고 먹고, 먹고 싶은 것도 잘 먹다 보니 살이 찌는 모양이다.

잠시 후.

우리는 식탁에서 고기를 구워 먹으며 대화를 나눴다.

"진선이라고 했지?"

"네."

"우리 선애, 학교생활은 어때? 괜찮아?"

"공부도 잘하고…… 애들하고도 잘 어울려요. 성격이 워낙 밝아서요."

"그래? 오~ 김선애. 다시 봤는데?"

김선애가 눈을 크게 뜨며 말했다.

"이거 왜 이래? 내가 볼 참고서가 없고, 공부할 기회가 없어서 그랬지, 원래 공부 잘했거든?"

"머리는 좋은 것 같아서 다행이다."

"어어……! 그 말 꼭 아닌 것 같았다는 것처럼 들리는 건 뭐지?"

"하하핫! 뭐, 조금?"

"이 오빠가 진짜!"

그런데 선애 친구 진선이는 뭔가 좀 달라 보였다.

웃고는 잇지만, 그 미소에서 약간의 그늘이 보였다.

그렇지만 처음 본 사이에 이런저런 것들을 물을 수는 없고.

그냥 사정이 있겠지 하고 넘어갔다.

"근데 오빠. 아까 임무 때문에 연락을 못 했다는 건 무슨 말이야?"

"에효, 얘가 또 뭐 하나 제대로 물었네. 그냥 이 오빠가 바쁜 일이 있었나 보네. 그렇게 생각하고 넘어가면 안 돼?"

"청소년기에는 원래 궁금한 건 제대로 알고 넘어가야 하는 거거든. 그러니까 거짓말할 생각 말고 솔직하게 털어놓지? 그동안 연락 안 한 이유?"

어찌 된 게, 최소현보다 더 꼬치꼬치 캐묻는다.

하여간 당돌해서는.

그래도 예전의 주눅 든 모습보단 백번 낫다.

이런 모습의 선애가 되어주어 얼마나 기특한지 모른다.

"정말 알고 싶어?"

"응. 그래야 다음에도 그런 일이 있으면 이해를 해 보든가 하지. 안 그래?"

"훗, 듣고 보니 네 말도 틀리지는 않네."

나는 품을 뒤져 신분증 하나를 꺼냈다.

"그럼 어디 이 오빠의 진짜 정체를 밝혀 볼까? 짠!"

선애가 아래로 국가정보원이라고 적힌 신분증을 보고는 깜짝 놀랐다.

"이거 뭐야? 오빠 막 공무원도 사칭하고 다녀?"

"품! 쿨럭! 야……! 넌, 내가 그럴 사람으로 보이냐?"

"그럼 이건 뭔데?"

"보면 몰라? 국정원 요원이라는 신분증이잖아. 거기다가 오빠 직책이 과장이다? 어때, 대단하지?"

"진짜? 헐……!"

"그래도 청탁은 안 된다. 그러다가 쇠고랑 찬다는 거 잊지 마."

"와, 이 오빠 진짜 정체가 몇 가지야?"

"네가 아는 이 오빠의 능력이 빙산의 일각이라는 것만 알면 돼."

"어우~ 저 잘난 척하는 것만 없으면 진짜 멋지겠는데. 그지, 진선아?"

진선이가 당황해서 어쩔 줄을 몰라 했다.

"어? 얘는 무슨 그런 곤란한 걸 묻고."

"뭐냐, 너? 왜 이렇게 부끄러워해? 너 설마, 우리 오빠한테 반한 거?"

"어우~ 야~~!"

<u>"호호호호!"</u>

밥도 먹고, 게임도 같이 하다가 시간이 늦어 집을 나섰다.

"오빠 갈 테니까, 씻고 일찍 자도록 해. 알았지?"

"잔소리 안 해도 알아서 잘하거든?"

"그래, 동생도 잘 챙겨라, 선애야. 이 오빠가 며칠 연락 없어도 이해하고."

"또 어디 멀리 가?"

"어. 조만간 미국으로."

"그렇구나. 조심히 잘 다녀오고, 그래도 연락 자주 해. 안 그러면 확 기억에서 지워 버릴 테니까."

"오빠를 그렇게나 좋아하는 선애가 과연 그럴 수 있을까?"

"성질 긁지 말고 조용히 가지?!"

"큭큭. 그래, 간다! 안녕!"

밖으로 나온 나는 왠지 기분이 홀가분했다.

녀석들이 알까.

그 갇힌 시간 속에서 녀석들도 내 그리움의 한 부분이었다는 사실을.

"잘 지내고 있어서 다행이야. 후우……!"

나에겐 너무 오래 안 본 그리움이 있었고, 그래서 이렇게 찾아온 거였다.

잘 지내고 있는 걸 보고 싶어서.

그런데 바로 그때, 연락이 왔다.

김종기로부터의 연락이었다.

"어, 나야."

'유럽지부 회주와의 접선 장소가 잡혔습니다.'

"그래? 잘됐군. 언제인데?"

'일주일 후입니다.'

"알았어. 수고했어."

'그리고 말씀하신 자들의 암살은 일부 실패했다고 합니다. 실패 이후에 목표물의 행적도 묘연한 상황이고요.'

"그렇군. 뭐, 쉽게 제거될 거라고는 생각 안 했어. 아무튼 계속 찾아보라고 해. 남겨 둬 봐야 방해만 될 자들이니까."

'네, 알겠습니다.'

장로들을 단번에 제거하리라고는 생각지 않았다.

"그래도 일부라고 하는 걸 보면 몇은 처리했다는 건데. 아직까지는 예상 범위네요."

-다크 웨이브라는 놈들이 어떤 놈들인지 빨리 보고 싶구나.

"그놈들도 마법을 사용한다는데, 걱정도 안 되세요?

케라가 자신 있게 답했다.

-너의 능력이 예전 같았다면 신중하라고 했을 테지. 하지만

지금은 아니야. 그만하면 내 전성기 때와 비교해도 그리 부족한 실력은 아니니까. 거기에 노인네의 마법까지 있는데 두려울 게 뭐가 있겠느냐?

"그래도 꼼꼼하게, 체크하면서 진행했으면 합니다. 가장 경계해야 할 건 늘 방심이더란 말이죠."

* * *

최강이 가고 난 후, 선애와 진선이는 잠옷으로 갈아입었다.

"나 화장실 좀 다녀올게?"

"응, 그래."

그사이 진선은 핸드폰을 확인했다.

무음으로 해 둔 카톡이 매우 많이 와 있었다.

[시간 끌지 마라.]

[빨리 끝내고 연락해.]

[너 설마 마음 바꿔먹은 거 아니지?]

[너네 집에 확 불 질러 버린다.]

[배신은 죽음이란 거 기억해.]

[답장 안 하지?]

진선은 손을 떨며 메시지를 입력했다.

[누가 찾아왔었어. 기다려. 지금 할 거야.]

문이 열리며 선애가 들어오자 진선은 얼른 핸드폰을 숨겼다.

"뭐 하고 있었어?"

"어? 아, 그냥. 게임."

"놀다 보니까 너무 늦어서 공부하긴 틀린 것 같다. 그지?"

"응, 그러네."

"졸린데, 오늘은 이만 잘까?"

"어, 그래."

"근데 너 왜 그래? 어디 아파? 막 떠는 것 같아. 춥지는 않은데."

"아니. 괜찮아. 자자, 얼른."

"그래, 그럼. 그래도 추우면 얘기해? 내가 온도 올릴 테니까."

선애는 진선을 챙기다가 잠자리를 정리하려고 등을 돌렸다.

그사이 진선의 손길이 가방으로 향했다.

어째서인지 진선의 손에는 칼이 들려 있었다.

그리고 갑자기 눈빛이 바뀌어서는 천천히 선애를 향해 다가가고 있었다.

* * *

나는 정신없이 차를 몰았다.

끼이이이익-!

번쩍!

신호 위반과 속도 위반 카메라가 번뜩이며 찍었지만 개의치 않았다.

[형아-! 우리 누나 죽어-! 으아아아아앙-!]

머릿속에선 진우의 울음소리가 떠나질 않았다.

"왜…… 대체 왜……!"

끼이이이익-!

병원 앞에서 차를 멈춘 나는 곧장 차에서 내려 입구를 향해 달렸다.

"저기요! 여기에 차 대시면 안 됩니다! 저기요!"

안으로 들어간 나는 곧장 지나가는 의사에게 물었다.

"저기 말씀 좀 물을게요. 나이는 15세, 이름 김선애라는 애가 여기 실려 왔을 텐데요."

"아, 그 자상 심한 애 말이죠? 지금 긴급 수술 들어갔습니다. 구급차에서 오면서도 여러 번 심정지가 왔었다고 하더라고요."

"수, 수술실이 어디입니까!"

계단을 오를 시간도, 엘리베이터를 기다릴 여유도 없었다.

나는 계단 쪽으로 가서는 곧장 벽 속으로 손을 넣어 그대로 빨려들듯 3층으로 올랐다.

그리고는 의사가 말한 3 수술실로 치달렸다.

타다다닥!

그 앞에선 진우가 울음을 토하고 있었다.

"진우야!"

"형아……! 으아아아아앙……!"

곁에 있던 진선이는 옷이 온통 피투성이다.

경호원들도 표정이 굳어져서는 면목이 없다는 듯 고개를 숙이고 있었다.

왜 이런 일이 일어났는지 사정이 궁금했지만, 지금 그걸 물을 때가 아니다.

저 안에 있을 선애가 죽을까 봐 마음이 급했다.

"걱정 마, 진우야. 이 형이 누나 꼭 살려 줄게."

나는 경호원들에게 말했다.

"여기 딱 지켜서, 누구도 나가지도 들어오지도 못하게 해."

"네."

* * *

나는 수술실 문을 힘으로 열어 재끼고는 안으로 서둘러 들어갔다.

수술실로 들어가자 상황이 급박한 듯 기기들의 경고음이 쉴새 없이 흘러나왔다.

의사들도 다급하게 소리를 지르고 있었다.

"석션! 정신 똑바로 차려! 혈관이 안 보이잖아!"

"네! 선생님!"

삐이이이이이이이!

"선생님! 어레스트입니다!"

"김철근, 집게 잡아!"

"네!"

마음이 급해진 의사는 수술 보조에게 집게를 잡으라고 한 후에 손을 집어넣고 직접 심장을 쥐어짰다.

개복 수술 과정에서 혈관을 봉합하지 못한 상황에 겨우 집게로 잡아 둔 상태였다. 아무래도 제세동기를 쓸 수도 없으니 급하게나마 이렇게 해서라도 심장을 움직이려는 것 같았다.

"아직 늦지 않았어. 다행이야……."

간호사가 나를 발견하며 깜짝 놀랐다.

"누, 누구세요? 여기 수술실이에요! 아무나 들어오시면 안 됩니다!"

의사도 눈이 커져서는 나를 쳐다봤다.

"당신 뭐야! 다들 뭐 하고 있어, 안 내보내고!"

나는 모두에게 말했다.

"애부터 살려야 하니까 모두 물러서. 당장!"

"당신 미쳤어?! 여기서 이 손 놓으면 애는 죽어!"

나는 의사의 멱살을 잡아 끌어당겼다.

"그 손을 떼야 살릴 수 있으니까 물러서라고."

의자를 밀쳐내고 집게도 빼 집어던졌다.

피로 가득 차 가는 개복된 선애의 몸을 보고 있자니 나도 모르게 감정이 북받쳐 눈물이 나올 것 같았다.

그렇지만 지금은 이래서는 안 된다.

선애를 살릴 수 있는 건 오로지 나밖에 없었다.

정신을 차린 나는 얼른 선애의 몸에 손을 대고 주문을 외워 갔다.

"라올 스미라가 가이라스 코나디아⋯⋯."

그곳에 있던 모두가 밝게 빛나는 빛을 보며 저마다 눈이 큼지막 하게 변해 가고 있었다.

* * *

의사의 진료실로 의사 둘과 보조를 맡았던 간호사 둘, 그리고 마취의 하나가 와 있었다.

문은 건장한 경호원이 지키고 있어, 안에 있는 이들은 살짝 주눅이 든 모습들이었다.

나는 모두에게 말했다.

"여기 계신 모두, 오늘 보신 건 함구하셔야 합니다."

그러자 의사가 물어왔다.

"당신, 대체 정체가 뭐야?"

나는 신분증을 보여 주었다.

"국가정보원입니다. 오늘 보신 사항은 국가의 안보에 직결되는 사항이며 비밀에 붙여야 할 일이므로, 발설 시에는 그에 따른 강력한 처벌 또는 그에 상응하는 조치가 내려진다는 점, 명심하길 바랍니다."

의사가 나를 빤히 쳐다봤다.

"당신, 나 당신 알아. 지난번, 그 일도 당신이지?"

"무슨 말씀이신지."

"이 병원에서 몇 년 사이로 기적 같은 일이 일어났었어. 내가 CCTV를 확인했을 때, 딱 당신이 거기에 있었어. 매번 당신이 있었다고……!"

나는 그의 이름을 보았다.

"이진환 선생님?"

그리고 그와 시선을 마주쳤다.

"사람이 살았습니다. 그럼 다행 아닌가요?"

"그거야……."

"방금 전에 죽을 뻔한 그 아이, 아직 범인이 안 잡혔습니다. 이제부터 알아볼 거지만, 왜 노려진 건지도 아직 모릅니다. 즉, 살아 있는 걸 누군가 알면 다시 죽이려고 들지도 모른다는 거죠. 무슨 말인지 이해하시죠?"

나는 모두를 보았다.

"오늘 수술은 실패한 겁니다. 김선애는 범인이 잡힐 때까지 며칠간 죽은 거로 할 테니 협조 부탁드리겠습니다."

나는 경호원들에게 지시를 내렸다.

"비밀엄수에 대한 서명 받고 풀어 주도록 해."

"네."

물론, 기억을 지우는 게 가장 편하고 안심이 되기야 하겠지.

그렇지만 당장 범인을 찾아야 할 지금, 그 고난이도 마법을 몇 명이나 하고 있을 순 없다.

지금은 그놈부터 찾아야 한다.

증거가 사라지기 전에.

*　*　*

최소현도 연락을 받고서 깜짝 놀라 달려왔다.

"최강 씨! 이게 다 어떻게 된 일이에요? 선애가 칼에 찔렸다니요? 아니, 왜요?"

"아직 아무것도 몰라요. 이제부터 알아봐야죠."

최소현은 주변 눈치를 살피더니 가까이 다가와 간절한 얼굴로 물었다.

"그래서 애는요? 살렸어요?"

"네. 살렸어요. 조금만 늦었어도 저조차 손을 못 쓸뻔했고요."

그녀는 가슴을 쓸어내렸다.

"하아, 다행이다…… 정말 다행이다……."

"그렇지만 잠깐 죽은 걸로 해 둘까 합니다."

"네? 아니, 왜요?"

"등과 옆구리는 물론, 복부까지 칼에 7번이나 찔렸어요. 원한에 의한 복수이거나, 정말 확실히 죽이기 위해 찌른 게 아니고서는 그럴 수가 없죠."

"그래서 이제 어쩌려고요?"

"알아봐야죠. 지금부터."

우리 둘은 곧장 진우와 진선이가 있는 곳으로 갔다.

진우는 누나의 상태를 몰라 눈물만 흘리고 있었다.

죽은 걸로 하기로 했지만, 이 어린 것이 큰 충격이라도 받을까 걱정되어 그런 말은 하지 못했다.

"진우야, 진선아. 생각하기 어렵겠지만, 무슨 일이 있었는지 설명을 해 줬으면 해. 대체 선애한테 무슨 일이 있었던 거지?"

진우가 울면서 말했다.

"진선 누나가 막 소리를 질렀어요. 나와 보니까 바닥엔 피가 있었고, 밖으로 나가는 문이 열려 있었어요."

나는 이번엔 선애와 같이 있었을 진선에게 물었다.

"진선이 넌? 같이 있었을 거잖아. 무슨 일이 있었던 거야?"

"그게요. 갑자기 문이 열리더니 복면을 쓴 사람이 들어왔어요. 그리고는 막 선애를 칼로 찌르는데, 저는 몸이 얼어붙어서 아무것도 할 수가 없었어요. 너무 놀라고…… 너무 무섭고…… 하지 말라고, 도와 달라고 소리라도 쳐야 하는데……. 허흐흑, 너무 무서웠어요. 허흐흐흐흑!"

"후우……. 그래. 무서웠을 거야. 왜 안 그랬겠어……."

나와 최소현은 잠시 두 아이와 떨어져 대화를 나누었다.

"대체 현관문은 어떻게 연 걸까요?"

"번호 키쯤이야 전문가라면 얼마든지 열 수는 있었을 겁니다. 전극 조절이나 자력 조절로."

"근데요, 좀 이상한 게 있어요. 선애 친구가 무사한 건 정말 다행스러운 일이긴 한데요, 가해자가 목격자가 될 저 애를 그냥 놔뒀다는 게 좀……."

"밑에 경호원들이 지키고 있는 걸 감안했다면, 도망치는 데 급급했을 수도 있습니다."

"뭐, 거기까지 알고 있다면 그럴 수도 있겠네요. 도망칠 여유를 벌었어야 했을 테니까. 아무튼 CCTV부터 따 보죠."

당장에 누가 그랬는지 조사해서 알아내고 싶었다.

만나면 아주 진짜 패 죽여 버리고 싶은 마음이다.

그러나 저 아이들을 저대로 놔두고 돌아다닐 순 없었다.

"애들요. 애들부터 챙깁시다. 특히 진우는 저렇게 놔두면 안 돼요."

보살펴 줄 사람 하나 없이 홀로 병원에 둘 순 없었다. 선애가 죽은 걸로 하려고 하는데, 진우가 병원에 있다가 그걸 들어서도 곤란했다.

그래서 난 진우에게 다가가 말했다.

"진우야, 형은 누나 저렇게 만든 범인을 잡아야 해. 그래서 지금은 진우하고 같이 있어 줄 수가 없어. 그러니까, 형이 데려다 주는 곳에 잠깐 있자. 알았지?"

"그럼 우리 누나는요?"

"수술이 많이 길어질 거야. 형이 어떻게든 살릴 거니까, 너는 아무 걱정하지 마. 자, 가자."

나는 진선에게도 말했다.

"너도 가자. 집으로 데려다줄게."

"네……."

자꾸만 오른손을 숨기고 감싸는 모습이 이상해 보였지만, 많이 놀랐을 테니 불안해서 저러나 싶었다.

잠시 후.

나는 진우를 신정환의 집에 맡겼다.

아이를 맡김에 있어 딱히 떠오르는 사람이 없었다.

엄마에게 맡길까도 했지만, 대전은 너무 멀어 그가 제일 나은 선택지였다.

"며칠만 맡기겠습니다."

"어, 걱정 마. 우리 집사람이 잘 살필 거야."

"그리고 밤늦게 죄송하지만, 대표님께도 부탁이 하나 있습니다."

"안 그래도 나도 전화 받고서는 사고가 난 일대 주변으로 모든 CCTV 살펴보라고 했어. 우리가 설치한 보안 카메라 말고도 각 지자체에서 설치한 것들까지 전부 다."

"역시, 이래서 손발이 맞는 사람이 필요한가 싶네요."

"뭐라도 건지면 바로 연락 줄게."

"네, 전 먼저 아파트 카메라부터 보러 가겠습니다."

"알았어."

나는 슬쩍 안을 보았다.

신정환의 부인이 진우에게 딸 신아빈을 소개시켜 주는 게 보였다.

안심한 나는 곧장 차로 갔고, 거기서 최소현이 내게 물어 왔다.

"여긴 누구 집이에요?"

"예전 국가정보원 과장이었던 신정환의 집입니다."

"아~ 지금은 우신경비보안의 대표로 두었다던?"

"그래도 아이까지 있는 가정집이 더 편하지 않을까 싶어서요."

"그렇긴 하네요."

나는 진선에게 집 주소를 묻고 한 빌라 앞에 데려다주었다.

"정말 여기서 내려 주면 돼?"

"네. 괜찮아요."

한쪽에서 담배를 피우는 무리가 보여 살짝 걱정스러운 마음도 들었지만, 진선이 괜찮다고 하니 수긍했다.

"알았어. 그럼 다음에 보자."

"저, 저기 잠깐만요!"

"어, 왜?"

"선애…… 정말 괜찮은 거예요? 그렇게 병실로 들어가신 이후로 의사들과 같이 나오셨는데, 선애는 어떻게 된 거예요?"

거짓으로 말할까, 아니면 그래도 친한 친구인데 진실을 말해야할까 살짝 고민이 되었다.

근데 뭔가 걸리는 게 하나 있었다.

바로 진선의 손이었다.

그래서 나는 일단은 모두가 알고 있는 사실대로 말했다.

"살기는 힘들 거라고 하더라. 워낙에 상처가 많고 출혈도 심해서……."

"그, 그럼 죽었다는 거예요? 하지만 아까 진우한테는……!"

"지금도 충격이 심한 진우한테 어떻게 그렇게 말해. 알아도 며칠 후에 알려 주려고."

"그, 그렇구나……."

"친구를 잃은 너도 슬프겠지만, 잘 견뎌 줘. 그럼 이만 우린 알아볼 게 있어서 가 볼게."

"네……."

차를 타고 가는 길, 최소현이 내게 물어왔다.

"진선이한테도 사실을 안 알려 주는 거예요?"

"저기요, 소현 씨."

"네."

"보통 초보자들이 칼을 다룰 때 하는 실수 중에, 손을 다치는 경우가 많지 않나요?"

"그렇죠. 이게 꽉 잡고 찔러야 하는데, 사람의 신체가 은근히 쉽게 칼이 들어가진 않거든요. 특히 뼈나 근육이 있는 쪽은 찔렀을 때에는 경직도 되어서 잘 안 들어가기도 하고요. 그래서 손잡이가 밀려서 날에 검지가 베이는 경우가 많아요."

"근데 내가 저녁을 함께 먹을 때까지만 해도 멀쩡하던 손이 지금은 베여 있다면?"

"설마……! 지금 진선이를 의심하는 거예요?"

"역시 너무 과할까요?"

보통의 사람이라면 너무했다고 했을 것이다.

그러나 최소현은 형사다.

그녀는 증거와 상황에 집중했다.

"아뇨. 이 시점에 손에 칼에 베인 상처가 있다는 건 정말 이상하죠. 목격자이긴 하지만, 진술에 거짓이 섞였을 수도 있다는 걸 감안해야 할 것 같아요."

"일단 사고 현장부터 가 봅시다."

그리고 나는 가면서 신정환에게 전화를 걸어 하나 더 부탁했다.

"접니다. 아까 봤던 여자아이, 사람 좀 붙여 주세요."

[경호인 건가?]

"경호, 감시, 둘 다입니다. 누군가를 만나면 그에 대한 조사도 부탁드립니다."

[흠, 그래, 알았어.]

아직 그곳에서 어떤 일이 일어났는지는 아무것도 모른다. 그렇지만 의심이 있다고 해서 충격을 받았을 아이에게 다짜고짜 하나하나 따져 가며 묻는 것도 문제는 있었다.

우선은 조사부터 해 보자.

그런 후에 뭔가 맞아떨어지지 않았을 때, 추궁은 그때 해도 늦지 않을 것이다.

빙의로
최강요원

3. 그 마음을 똑같이 겪어 봐야지

빙의로
최강요원

아파트에는 이미 경찰이 잔뜩 와 있었다.

경찰이 폴리스 라인을 두고 지키고 서 있었지만, 관할이었던 곳이어서 최소현의 도움이 컸다.

"나 알지?"

"아, 네. 최소현 경위님 아니십니까?"

"안에는 누가 와 있어?"

"강력 3팀 전부 와 계십니다."

"반장님도?"

"네."

"알았어. 일단 좀 들어갈게."

우린 장갑과 비닐 덧신을 신고서 안으로 들어갔다.

그러자 윤석준 반장이 놀라며 최소현을 보았다.

"야, 최소현! 네가 여긴 왜 있어?"

우린 사정을 설명했고, 그는 안타까워하며 우릴 위로했다.

"그랬군. 보살피던 아이들이 이렇게 되어서 정말 안 됐어."

나는 그에게 물었다.

"나온 증거는 좀 있습니까?"

"채취 중이긴 한데, 지문에 관한 건 아직 모르겠고, 흉기가 보이질 않습니다. 그리고 피 묻는 족적이 몇 개 있고요."

"흉기가 보이질 않는다는 건, 누군가가 찌르고서 그 흉기를 가져갔다는 게 되겠군요."

"거기에 피 묻은 족적이 있는 건, 찔렀을 때 신발에 묻었다는 거고요. 그게 계단까지 이어진 걸 보면, 범인은 피해자를 찌른 후에 계단을 통해 내려간 것 같습니다."

누군가가 침입을 한 게 이렇게나 확실한데.

진선을 의심했던 게 살짝 미안해진다.

이럴 줄도 모르고 추궁부터 했으면 얼마나 미안하고 민망했을지.

추궁을 미룬 건 잘한 일이지 싶었다.

"아파트 CCTV는요?"

"애들이 따러 가긴 했는데. 어떻게 관리실로 같이 가 보겠습니까?"

"네, 부탁합니다."

우린 사건 현장을 국과수가 조사하도록 맡기고 관리실로 이동했다.

그곳엔 윤석준 반장의 말처럼 강력 3팀의 다른 팀원들이 와 있었다.

"반장님은 왜 오셨어요? 어? 최소현? 너는 또 웬일이고? 최강 씨까지?"

"그렇게 됐어요. 그나저나 뭐 좀 나온 거 있어요?"

우린 가볍게 눈인사를 했고, 곧 먼저 살피러 온 정찬석이 말했다.

"수상한 놈이 하나 있기는 해. 사고가 일어나기 30분 전에 모자에 검은색 후드까지 쓰고서 계단을 올라간 누군가가 있더라고. 그리고 119에 신고가 된 시각, 여기 내려오는 거 보이지? 이 새끼가 범인이면 정말 침착한 새끼야. 뛰지도 않고 천천히 걸어서 아파트를 빠져나가더라고."

"얼굴은 안 보이는군요."

"보니까 빠져나가는 내내 고개 한 번 안 들더라고. 마스크까지 쓴 것 같고."

윤석준 반장은 그를 유력한 용의자로 보고 말했다.

"지금부터 주변 CCTV 전부를 따서라도 동선을 파악하도록 해. 가다가 택시를 탔는지, 버스를 탔는지. 누구 다른 사람의 차를 탄 건 없는지, 어떤 건물로 들어가는지 전부 다."

"네, 반장님."

강력 3팀 팀원들이 우르르 나가는 걸 보며 최소현이 윤석준 반장에게 말했다.

"반장님, 지금 이 영상들 저희가 복제 좀 해 가면 안 될까요?"

"왜, 설마 국정원 쪽에서 조사를 하려고?"

"저희도 가만히 있을 수는 없어서요."

"이거 참…… 공권력을 이렇게 쓰면 안 될 텐데……."

"반장님, 제발요."

"뭐, 알았어. 복사해 가. 국정원 요원이 말하는 건데, 우리 경찰이 무슨 힘이 있다고. 달라면 줘야지."

은근히 관리실 직원 보고 들으라는 듯이 말하는 그의 행동에 나는 많은 고마움을 느꼈다.

"다음에 식사 한 번 사겠습니다."

"뭘 또 식사까지야. 아무튼 도움이 되셨으면 좋겠습니다. 대신 용의자 먼저 잡으시면 저희 쪽에 인계해 주시는 거 잊지 말아 주시고요."

"네, 알겠습니다."

최소현이 밖으로 나가며 내게 물어왔다.

"근데 잡으면 정말로 인계하려고요?"

"시체는 발견하게 해 드려야죠. 사건은 종결해야 하니까."

"아……. 저기, 최강 씨? 화난 마음은 알겠는데, 그래도 진짜 살인을 할 생각은 아니죠? 그죠? 저기요?"

* * *

우신경비보안 통합관리실 실장 장예인은 메시지를 받았다.

[아파트 관리실 영상 보냄. 확인 바람.]

보안업체 특성상 24시간 교대근무는 당연했다. 범죄는 어떤 시간에 어떻게 일어날지 알 수 없기에 철저한 감시가 필요했다.

그래서 통합관리실에는 총 4명의 실장이 있었고, 이번 야간 담당을 맡고 있는 게 장예인 실장이었다.

"보안 메일로 온 영상 확인해 봐."

"네, 실장님."

"영상 왔지? 틀어 봐."

커다란 화면으로 영상이 나오는 가운데, 장예인이 모두에게 말했다.

"자, 모두 집중! 오늘 저녁에 일어난 사건으로 지금 당장 긴급으로 다뤄서 용의자 잡아야 하니까 모두 주의 있게 보도록 해."

영상은 용의자로 추정되는 인물이 아파트 계단을 올랐다가 내려오고, 아파트를 빠져나가는 것까지 찍혀 있었다.

"자, 다들 봤지? 시간 확인하고, 이동 경로 추정해서 추격 시작해. 이동 경로가 불명확한 곳은 현장요원 통해서 각 차량의 블랙박스 확보하라고 하고!"

모두가 신속하게 움직였지만 그럼에도 장예인은 더욱 재촉했다.

"대표님 특급 지시로 내려온 사항이니까, 다들 이번 일만 집중해서 파! 살인미수 용의자라고 하니까 우리가 꼭 잡자고."

* * *

추적에 대한 결과를 기다리느라 잠시 차에 타고 있었다.

최소현은 살짝 내 눈치를 살피더니 물어 왔다.

"기분은 좀 어때요? 괜찮아요?"

"선애를 살릴 수 있어서 다행이라고 생각하는 와중에도, 대체 누가 왜 그 아이를 노린 건지 이해가 안 됩니다. 게다가 요즘은 학교 내에서도 교우들과 사이도 좋다고 들었는데."

"혹시 이전 학교에서 문제가 되었던 아이들과 연관이 된 게 아닐까요?"

겁을 잔뜩 주긴 했지만, 충분히 가능성이 있는 얘기다.

그 아이들의 부모들 전부 범죄에 대한 재판을 받아야 하는 입장에서, 강마석 회장이 보이스피싱을 통해 가진 현금까지 잔뜩 빼앗은 일로 아주 집이 풍비박산이 났을 것이다.

그 모든 일들을 선애 때문이라고 생각했다면, 충분히 원한을 가질 만했다.

하지만 아무리 멍청해도, 가장 먼저 의심받을 걸 몰랐을까?

"흠……."

그러고 있는데 메일이 왔다.

띠링.

"왔네요."

대용량으로는 오기 힘들기에 파일은 나눠서 도착했다.

나는 그것들을 하나로 묶은 후에 긴 영상을 재생시켰다.

"저쪽 길로 갔네요. 소현 씨가 영상 보면서 어디로 가면 되는지 알려 주세요. 내가 그대로 운전할게요."

"네, 알겠어요."

골목길로 가다가 도로변을 통해 이동하고, 택시를 타는 것을 확인하며 도로를 내달렸다.

용의자가 내린 곳에서 다시 골목길을 다니기를 잠시.

"여기까지네요. 용의자가 지금 저 골목으로 들어가는 게 마지막 영상이에요."

밝게 빛나는 주택가 골목이었다.

양쪽으로는 차도 세워져 있었다.

"이 골목에는 카메라가 없군요. 그래도 반대편으로 나갔으면 어딘가에 찍혔을 텐데……."

근데 왜 영상을 여기까지만 보내 준 걸까.

그때, 사내 하나가 반대편에서 뛰어오더니 말했다.

"최강 이사님 되시죠?"

"그런데요. 누구시죠?"

"우신 소속 직원입니다. 다름이 아니라, 용의자가 이쪽으로 들어왔다는 말에 먼저 주변 주차된 차량의 블랙박스를 구해 볼까

했습니다. 그런데…… 여길 보십시오."

"음……."

세워진 차의 블랙박스 앞으로 녹색 테이프가 붙어 있었다.

"누군가가 먼저 테이프로 가려 버렸군요."

"네, 그렇습니다. 황당하게도 이 골목길에 세워진 차들 전체에 붙어 있었습니다."

"통합관리실에선 뭐라 합니까? 반대편으로 나간 사람은 못 봤답니까?"

"네, 없다고 합니다. 그래서 저희가 차량 블랙박스를 확보하려고 했는데, 상황이 이러네요."

"다른 경로로 갔을지도 모르니까 계속 찾아 주세요."

"네, 알겠습니다."

우신의 직원은 골목 끝으로 가며 동료를 만난 후 다른 곳으로 이동하는 모습이었다.

"아무래도 우신 쪽 직원들이 이곳 일대에 쫙 퍼진 것 같은데요."

최소현의 말에 나는 고개를 끄덕였다.

"이곳에서 놓쳤으니 이 주변에서 실마리를 찾으려고 하는 거겠죠."

최소현이 주택가를 보며 난감해했다.

"이곳은 담이 대체로 낮아서 집과 집 사이로 넘나들기도 쉬워요. 다른 곳에서 나와서 옷이라도 갈아입었으면 정말 찾기 어려올 텐데…….”

나는 시계를 보았다.

벌써 새벽 4시.

사람들이 깨어나 이동을 시작하면 이후로는 추적하는 게 더욱 어려워진다.

“어쩔 수 없네요. 마법을 사용해 봐야겠습니다.”

“추적하는 게 가능하겠어요?”

“그건 아니지만, 어디로 향했는지는 쫓을 수 있을 겁니다.”

예전에 집에 불이 났을 때, 그곳에서 어떤 일이 벌어졌는지를 알아내기 위해 주변 환경이 기억하는 과거의 기억을 환영처럼 보이게 만들었던 적이 있었다.

하여 난 그것을 펼쳐 보고자 했다.

“시간 속에 갇혀서 마법을 익혀 둔 보람이 있네요. 이젠 제가 할 수 있는 것도 많아서.”

-그 일이 너에게 큰 도움이 되기는 했지.

최소현은 자기한테 하는 말인 줄 알고 되물었다.

“네? 시간이요?”

“아뇨. 주문을 떠올리려고 혼자 중얼거린 겁니다.”

“아, 네…….”

“곧 신기한 걸 보게 될 테니 기대해요.”

나는 살짝 물러난 후에 손을 펼쳐 주문을 외우기 시작했다.

“아쿼르 세프샤프 이라쿠나트. 놔르 아모라토카 타라

파라쿠…….”

긴 주문이 끝나고 주변이 과거와 겹쳐졌다.

그리고 누군가가 골목으로 들어서더니 차에 테이프를 붙이는 광경이 보이기 시작했다.

“앗! 저 사람인가 봐요!”

“쉬이잇! 집중에 방해됩니다.”

“아, 미안요. 나도 모르게 그만 흥분을 해서는.”

그런데 그가 테이프를 붙이고 다시 나타난 건 한참 후였다.

환경의 시간을 돌려 보니 약 2시간 후인 것 같았다.

“사전에 이곳을 통해 도망치려고 블랙박스부터 가려 뒀던 거네요. 어둠을 틈타 담을 타 넘으며 여기로 나타났고, 사라진 것도 같은 방법으로 사라졌어요.”

“도주로까지 철저히 계획을 해 둔 거였네요.”

환영에는 용의자가 한쪽 골목을 통해 들어가고 있었다.

나는 곧장 환영을 지우고 용의자가 들어간 골목으로 들어갔다.

그렇게 골목으로 들어가 다시 마법을 펼치기를 여러 번.

어둠 속에 숨어있던 용의자가 지나가던 차량으로 뛰어들 듯이 타는 걸 볼 수 있었다.

“공범?”

“누군가가 도주를 도와준 것 같습니다.”

“차의 번호를 볼 수 있나요?”

나는 다시 손을 돌려 용의자가 차에 뛰어들 듯 올라타는 장면에서 환영을 멈추었다.

"네, 봤어요. 2022. 스펙트라."

"이젠 차량 동선을 파악해야겠군요."

아침 6시.

우린 여러 경로를 통해 차량의 동선을 추적했으나 곧 허탈함만 가져야 했다.

외딴곳에 차가 버려져 있는 걸 발견해서였다.

"차를 여기에다가 버리고 갔네요."

"아이 하나 죽이는 데 이렇게까지 용의주도하다고……? 이것들 뭐야 대체……."

"그러게요. 뭔가 좀 이상한데요?"

나는 다시 그곳에서 과거의 기억을 보기 위해 환영마법을 펼쳤다.

환영에선 차를 타고 이곳에 도착한 누군가가 홀로 내려 풀숲 쪽으로 걸어가는 게 보였다.

분명 용의자가 함께 있어야 하는데, 운전사 한 명뿐이었다.

"뭐지? 용의자는 어디 갔죠?"

나는 턱을 쓸어내렸다.

"중간 어딘가에서 차를 바꿔 탔네요. 후우……."

"말도 안 돼……."

"아마도 신호대기 중이거나 카메라가 찍히지 않는 곳에서 바꿔 탔을 겁니다. 이 차는 당연히 대포차일 게 분명하고……."

"최강 씨, 이거…… 단순한 살인사건이 아닌 것 같아요. 뭔가 상당히 많은 사람들이 조직적으로 연관이 있어 보여요."

나는 이들의 조직적인 행동에 분노가 치밀었다.

그래, 최소현의 말처럼 이것은 단순히 누군가가 복수를 하고자 움직인 게 아니다.

조직적으로 잘 짜인 살인 계획인 거였다.

"어떤 놈들인지는 몰라도, 니들은 내 손에 죽는다. 니들, 사람 잘못 건드렸어……."

어떤 일이건 큰일을 앞두고 그것을 혼자 해결하려고 하면 시간이 많이 걸린다.

근데 난 혼자가 아니다.

우신경비보안이라는 내 개인적인 조직은 물론, 발라스라는 세계적인 조직이 내 발아래 있었다.

해서 나는 이것들을 백분 활용코자 했다.

"얘기는 들었지?"

'네, 들었습니다.'

"좋은 일 좀 해 볼까 해서 아이 하나를 후원했는데, 어떤 놈들이 조직적으로 움직여서 그 애를 죽이려고 했지 뭐야. 그러니 내가 열이 받아 안 받아?"

'충분히 화나실 만도 합니다. 제가 직접 명령해서 놈들을 반드시 찾으라고 지시하겠습니다.'

"내가 자료 보내도록 할게. 거기서부터 시작하면 일이 훨씬 빨리 진행될 거야."

'네, 알겠습니다.'

발라스.

지금은 하는 일이 달라졌지만, 예전엔 정말 무서운 조직이었다.

마음만 먹으면 찾지 못하는 사람이 없었고, 뭐든 위장하여 사고로 꾸밀 수도 있었다.

한데 그 조직이 지금 나의 명령으로 나를 열 받게 만든 조직을 추적하기 시작했다.

어떤 조직이건, 며칠이 채 안 걸릴 거라는 게 내 생각이었다.

"어디 한 놈만 걸려라. 줄줄이 전부 찾아 줄 테니까."

나는 선애를 우신경비보안의 꼭대기 층에 데려다 놨다.

그곳이 그 어떤 곳보다도 안전하다고 판단해서다.

그런데 선애를 보고 있을 최소현에게서 전화가 걸려왔다.

"선애가 깨어났다고요? 네, 알았어요. 지금 바로 올라갈게요."

다행이라는 생각으로 올라가는데, 이번엔 신정환에게서 전화가 걸려왔다.

엘리베이터에서 내린 나는 충격에 정신이 다 멍했다.

"그거 정말이에요? 진짜 걔가 돈을 받았다고요? 허…… 말도 안 돼."

너무도 기가 막혔다.

도저히 믿을 수 없는 걸 들어서다.

나는 곧장 복도를 걸어 방으로 꾸며진 사무실로 들어갔다.

그런데 나를 보자마자 침대에 앉아 있던 선애가 울먹이며 달려와 안겼다.

"오빠……!"

"어, 그래. 선애야……. 몸은 좀 어때? 괜찮아?"

"허흐흐흐흑! 허흐흐흐흑!"

정말 많이 무서웠던 듯 선애는 한참을 울었다.

얼마나 울어대는지, 그 두려웠던 마음이 내 가슴까지 스며든다.

나는 더 화가 나고 분노가 치밀었지만, 선애 앞이어서 꾹 참았다.

"이번에도 오빠가 날 살렸다면서? 고마워, 정말……. 나 진짜 너무 무서웠어. 정말 별일을 다 당해 봤지만, 이렇게까지 무서웠던 적은 진짜 없었던 것 같아."

"진선이. 걔야? 너를 찌른 게, 진선이였어?"

"어……. 걔가 그랬어. 근데 난 걔가 나한테 왜 그랬는지 정말 모르겠어. 오자마자 친해져서는 정말 잘 지냈단 말이야. 근데 어떻게 나한테 이럴 수가 있어? 내가 자기한테 얼마나 잘했는데……."

최소현도 다가와 말했다.

"나도 방금 전에 선애한테 그 얘기 듣고 얼마나 놀랐는지 몰라요. 근데 최강 씨는 어떻게 안 거예요?"

"진선이 손에 난 상처, 그게 의심스러워서 내가 진선이 뒤로 사람 붙였던 거, 기억하죠?"

"네."

"진선이가 다른 아이들로부터 돈을 받더랍니다. 그것도 꽤나 두꺼운 봉투로. 그 직후, 진선이한테 돈을 전한 아이들을 쫓았다고 하는데, 이후에는 별다른 소득은 없다고 하는군요."

"헐……! 그럼 지금 애들이 돈을 주고 살인을 지시했단 거예요?"

"그 애들이 왜 진선이한테 그런 지시를 내린 건지는 지금부터 더 알아봐야죠."

* * *

이진선은 불안한 마음에 핸드폰을 확인했다.

[입 잘 닫고 있어라.]·

[오빠들이 알아서 처리할 거니까, 넌 조용히 주둥이만 닫고 있으면 돼.]

[괜히 혼자 자책해서 일 망치면 알지? 니네 엄마, 병원에서 쥐도 새도 모르게 죽을걸?]

진선이는 주변 아이들의 눈치를 살피다가 메시지를 적었다.

[선애하고 친한 오빠가 국정원이라고 했어. 가만히 안 있을 것 같은데, 찾아오면 뭐라고 해야 해?]

[그냥 시키는 대로 말을 해! 미리부터 겁 집어먹지 말고. 알았어?]

[어. 알았어.]

[조심해라. 우리 전부 다 엿 되게 만들지 말고.]

진선이는 책을 꺼내고 필통을 꺼내면서도 손을 부들부들 떨었다.

전날 자신이 한 행동이 떠올라 소름이 끼쳐서다.

"야, 이진선!"

그녀는 누가 자기를 부르는 거 하나에도 화들짝 놀랐다.

"어?! 왜, 왜?"

"담탱이가 너 오래!"

진선이는 말을 전한 아이에게 다가가 물었다.

"무슨…… 일인데?"

"그걸 내가 어떻게 아냐? 불러오라고 하니까 말한 건데. 궁금하면 니가 직접 가서 물어봐라?"

진선이는 복도를 걸으며 중얼거렸다.

"그래…… 아무 일도 아닐 거야……. 오늘 선애가 결석했으니까, 아마 그거 때문일 거야. 나는 아무것도 안 했어. 그냥 나도 피해자인 것처럼 하면 돼……."

하지만 상담실에 도착한 순간, 진선은 몸이 얼어붙고 말았다.

그곳에 딱 봐도 얼굴에 경찰이라고 쓰인 아저씨 둘이 앉아 있어서였다.

"서, 선생님, 이분들은 누구세요?"

"아, 형사님들이셔. 어제 있었던 일로 너한테 물어볼 게 있다고 하셔서. 나도 방금 선애 얘기 전해 듣고서 얼마나 놀랐는지……. 휴, 아무튼 목숨에는 지장이 없다고 하니 얼마나 다행이냐."

"네?"

진선이는 동공이 심하게 흔들렸다.

그녀는 자신이 잘못 들었다는 생각에 다시 물었다.

"선애가…… 살았다고요? 그럴 리가 없는데……. 어제는 분명 살기 어렵다고 들었는데……."

"그랬는데 위급한 상황은 넘겼다지 뭐야. 정말 다행이지. 어떻게 내 담당 학생한테 이런 일이 일어나. 끔찍하다 진짜."

윤석준 반장이 선생님에게 말했다.

"유일한 증인이어서 몇 가지만 물을 겁니다. 그래도 증인의 개인적인 심리가 있는 만큼, 조사 중에는 잠시 자리를 비켜 주셨으면 합니다."

"네, 알겠습니다. 편하게 묻고, 필요하면 불러 주십시오."

선생님이 나가고 윤석준 반장은 서 있는 진선에게 말했다.

"그러고 서 있지 말고, 이쪽으로 앉아요, 학생."

"네? 아, 네……."

윤석준 반장은 서류를 살짝 정리하며 웃음 지었다.

"뭘 그렇게 주눅이 들어있고 그래. 죄지은 것도 아닌데."

"그, 그게…… 경찰을 보면 무서워서……."

"경찰을 보면 무섭다? 보통은 안심을 해야 맞는 걸 텐데. 이상한 일이네. 경찰이 무서울 땐, 뭔가 만나서는 안 될 행동을 했을 때이거든."

"그런 건 아니고……."

윤석준 반장은 손에 깍지를 끼고는 말했다.

"별거 묻는 거 아니니까, 편히 있어요. 그럼 지금부터 질문을 좀 할게? 알았지?"

"네……."

편히 있으라는 말에 진선은 그 말을 그대로 믿었다.

그런데 날아드는 질문은 결코 편히 있을 수 있는 게 아니었다.

"그래서 흉기는 어떻게 했어요, 학생?"

"네?"

"흉기. 니가 선애 찔렀다면서?"

진선은 의자를 뒤로 끌며 벌떡 일어났다.

"아, 아니에요……. 저, 아니에요……!"

"학생은 이런 일이 처음 있는 일이라서 잘 모르는 모양인데. 우리 형사들이 확실한 일도 아닌 걸로 이렇게 범인으로 몰아세우고 하진 않아. 이런 질문을 할 땐 대부분 유력한 용의자이거나, 확실한 증거가 있을 때인 거라고. 알아?"

"무, 무슨 증거가 있다고 그래요. 괜히 생사람 잡지 마요. 저 진짜 아니라고요! 저, 갈래요. 조사 안 받을래요."

그녀는 조사를 거부하고 나가려 했으나, 막 들어오며 앞을 막고 있는 사람이 있었다.

바로 최강이었다.

"또 보는구나, 진선아."

"허업⋯⋯!"

최강의 등장에 진선은 깜짝 놀라 손으로 입을 틀어막으며 물러섰다.

최강은 문을 닫고 들어와서는 진선을 강하게 쏘아봤다.

"무슨 증거가 있냐고? 그 어떤 증거보다도 확실한 게 있지. 바로 피해자의 진술."

"아냐⋯⋯."

"선애가 깨어나서 직접 말했어. 네가 찔렀다고. 그러니까 말해. 흉기는 어디에 있고, 그렇게 한 이유가 뭐야?"

"아냐! 나 아니라고!"

"이미 네가 다른 애들한테 돈을 받은 것까지 전부 알아냈어! 그 돈이 너의 엄마 병원비로 들어간 것도! 지금 너한테 돈을 준 애들도 쫓고 있는데. 하나하나 호명해 볼까?"

최강은 사진을 꺼내 탁자에 하나씩 내려놓았다.

"최주린, 윤재이, 함단비, 이규린."

"전부 작년에 퇴학당한 애들로, 동급생 성매매 시키고 포주 노릇까지 했던 애들이야. 내가 더 말해 줘야 할 게 있어?"

진선은 그 자리에 털썩 주저앉았다.

"허흐흐흡! 저도 어쩔 수가 없었어요. 그 언니들이 먼저 접근을 해 왔어요. 저도 처음엔 이렇게까지 해야 하는 일인 줄 몰랐다고요……! 허흐흐흑!"

최강은 천천히 다가가 자세를 낮췄다.

"너, 선애가 왜 이 학교로 전학을 왔는 줄 알아? 전에 있던 학교에서 집단폭행을 당해서. 동생이 사고를 당했는데, 그 가해자들이 오히려 집단폭행을 하고 소문을 안 좋게 내서 따돌림까지 당하게 만들었어. 그래서 새로 시작하려고 이 학교로 전학 온 거였다고."

"선애가…… 그런 얘기는 못 들었는데……."

"선애가 그러더라. 네가 자기한테 왜 그랬는지 이해가 안 간다고. 친해졌다고 생각했는데, 네가 그럴 줄은 몰랐다고."

"허흐흐흡!"

"아마도 선애는 너의 그런 소극적인 모습을 보고, 예전의 자신의 모습이 떠올랐겠지. 그래서 더 잘해 주려고 했던 걸 거야."

"허흐흐흑! 죄송해요…… 잘못했어요……. 어흐흐흑!"

"이미 상황은 일어났고, 지금은 그 상황을 정리할 때야. 그리고 거기에는 너의 증언이 절실히 필요해. 모든 걸 회피하고 싶고, 받아들이기 어렵겠지만…… 이젠 선애를 위해서라도 진실을 말해 줘야 할 때야."

잠시 후, 최강과 윤석준 반장, 그리고 정찬석이 학교에서 함께 나왔다.

진선이는 경찰차가 와 따로 어디론가 데려가고 있었다.

"어떻게 이런 일이 일어날 수 있는 건지, 정말 세상이 너무 무섭게 변했네요."

모두는 조금 전의 진선이 했던 말을 떠올렸다.

－우리는 그 언니들을 관리자라고 불러요. 일부러 촉법소년 연령 안에 있는 애들 중에 쓸 만한 애들을 포섭한다고 들었어요. 각 학교에 안테나라는 애들을 심어 두고서는, 돈이 필요한 애들이나 형편이 어려운 애들로 골라서 범죄를 시킨다고 하더라고요. 그렇지만 철저하게 계획을 짜 주기 때문에 시키는 대로만 하면 절대 걸릴 일이 없다고, 설사 걸리더라도 촉법소년이니까…….. 괜찮다고 했어요. 아무리 사람을 죽여도 전과자는 안 된다고 …….

최강은 한숨을 내쉬었다.

"애들이 애들을 고용해서 사람을 죽인다. 이게 정말 애들끼리만 짜고서 일어날 수 있는 일일까요? 제가 아는 한 최소 두 명의 성인이 개입되어 있습니다. 흉기를 가져가고 일부러 족적을 남긴 자를 태운 운전사, 그리고 타기 좋게 문을 열어 준 사람까지. 아마도 흉기를 가져가고 족적을 남긴 용의자도 촉법소년이겠죠. 걸릴 경우, 딱 이 두 아이만 꼬리를 자르면 그만일 테니까."

"운전을 한 사람은 면허가 있을 테니까, 성인인 게 당연하겠네요."

"이 사건, 더 파 봐야 알겠지만, 촉법소년 아이들만 골라 조직적으로 운영하는 청부 살해 조직이라고 생각됩니다."

"후……. 듣고 보니까 저희도 같은 생각이 드네요. 아~ 이 나쁜 새끼들. 어떻게 잡지, 이것들을?"

"분명 관리자라고 하는 그 애들을 뒤에서 조종하는 놈들이 있을 겁니다. 그 애들을 잡아서 캐 보면 알겠죠."

그 일은 이미 발라스에서 알아서 하고 있었다.

최주린, 윤재이, 함단비, 이규린은 자기들의 반지하 숙소에 모여 있었다.

"아~ 그 등신 같은 년. 야, 진선이 얘는 너무 쫄보라서 다른 일은 못 시키겠다. 안 그러냐?"

"처음이 어렵지. 두 번, 세 번 하다 보면 애들 다 똑같아지는 거 몰라?"

"하긴, 뭐. 주사기 주면 길 가다가 잘 찌르고, 뒤에서 돈 주워 주는 척하는 사이에 커피에 약 타고. 애들이 조금만 가르쳐 놓으면 일은 참 잘 하지."

"돈 주워 주는 애가 카메라 위치까지도 미리 알아 두고 가리지. 착착! 진짜 가르치는 보람이 있다니까."

"멀쩡하게 학교까지 잘 다니는 애들, 누가 의심을 하겠냐고. 안 그러냐?"

"이번에도 경찰들은 엉뚱한 사람을 쫓으면서 등신짓만 하겠지. 오빠들 일 준비하는 거 장난 아니잖냐."

"일은 따로 시키고, 시선은 다른 곳으로 돌리고, 거기에 도망치는 길까지 전부 찾지 못하게 완벽하게 한다고 하던데. 야, 내가 봐도 그건 절대로 못 잡겠더라."

"등신아, 그 일로 먹고사는 오빠들인데, 잡히면 그게 더 이상하지."

"그런가? 호호호호!"

방 내부는 보통의 가출팸의 환경과는 차원이 달랐다.

깔끔했고, 좋은 냉장고는 물론, 한쪽으로는 최신형 컴퓨터까지 있었다.

황당하게도 안에는 동전노래방 기계까지 놓여 있었다.

이러니 피시방이나 노래방 전전할 필요 없이 안에서 모든 게 해결이 가능한 것이다.

어린 나이임에도 불구하고 모든 것이 잘 갖춰진 삶.

하는 일이 나쁜 짓인 걸 알지만, 그 만족감과 충족감이 크기에 어느새 이 아이들은 이것을 당연한 일처럼 느끼고 있었다.

하지만 그러기를 잠시, 곧 문 두드리는 소리가 들려왔다.

쾅! 쾅! 쾅!

소리가 어찌나 컸던지 네 명이 하나같이 몸을 움찔했다.

"아, 씨. 깜짝이야!"

"씨팔, 열라 놀랐네. 뭐야!"

쾅! 쾅! 쾅!

곧 젓가락을 확 집어 던진 이규린이 성질을 내며 일어났다.

"그렇게 해서 문이 부서지겠냐?! 왜 아주 발로 확 차버리지? 누구야?!"

처걱. 처걱.

대답은 안 하고 손잡이를 돌리는 소리만 계속 들려왔다.

번호 키나 보조 잠금장치 같은 것도 없이 손잡이 키로만 된 집.

그런데 손잡이의 잠금장치가 갑자기 돌아갔다.

처럭!

"허업!"

밖에서 잠금장치를 열었다는 사실에 놀란 이규린은 헛바람을 집어삼켰다.

끼이이익!

바로 그때, 갑자기 문이 활짝 열렸고, 곧 검은 복면을 한 사내들이 순식간에 안으로 들이닥쳤다.

꺄아아아악-!

* * *

나는 주택가로 들어서며 최소현과 전화통화를 했다.

[그래서 그 애들은 찾았어요?]

"네. 찾았어요. 며칠 사이로 그 애들이 만난 사람들을 신정환 대표가 추적 중에 있고요. 발라스에선 신정환 대표가 찾아낸 인물들을 넘겨주면 그 신상을 파악하고 있을 겁니다."

[역시 조직들이 움직이니까 순식간이네⋯⋯. 하아, 나도 같이

다니면서 돕고 싶었는데.]

"소현 씨는 출근을 해야 하니까요. 작은 일이 아니어서 국가정보원의 일로 끌어올 수도 있긴 하겠지만, 개인적인 일과 섞여서 그러기는 싫은 부분도 있네요."

[알았어요. 그럼 퇴근하고 봐요.]

"네. 이따가 볼게요."

사실 최소현을 쉬게 하는 건 내 권한으로 얼마든지 가능했다.

게다가 숨기는 게 많지 않아서 조직을 움직이는 것도, 마법을 쓰는 것도 부담이 없었다.

그렇지만 그녀가 있으면 나는 독해질 수가 없다.

그래서 일부러 그녀를 떼어 놓은 거였다.

끼이이익.

한 건물의 반지하 계단을 내려간 나는 문을 열고 안으로 들어갔다.

겉보기와는 다르게 방은 깔끔하게 잘 꾸며져 있었다.

가구들 하며, 침대와 컴퓨터, 거기에 노래방 기기까지.

돈을 제법 쓴 티가 났다.

문제라면 황당한 과소비의 흔적이 보인다는 거겠지만.

아이들끼리 살면서 돈을 펑펑 쓸 수 있으니 거슬릴 게 뭐가 있었을까.

안으로는 발라스의 요원 셋이 나를 기다리고 있었다.

"알아낸 건?"

"애들 핸드폰에서 주기적으로 통화를 한 번호를 발견했습니다. 자동통화 녹음을 들어 봤는데, 이 번호의 주인이 일을 시킨 자였습니다."

이들이 먼저 와서 확인을 마쳤을 테니, 일일이 듣기보단 묻는 게 빠르지 싶었다.

"내용을 요약해서 말해 봐."

"대체로 누군가를 죽이라는 지시였습니다. 죽이는 대상에 따라 금액이 달라졌고, 목표 대상에 대한 정보는 텔레그램 쪽으로 전송받은 것 같습니다."

"용의주도한 놈들이었어. 아이들 핸드폰으로 그런 통화를 하고 정보를 주고받지는 않았을 텐데?"

"네, 맞습니다. 아이들 개인 핸드폰은 여기에 있고, 최주린이란 애가 이 대포폰을 통해 지시를 받아 왔던 걸로 보입니다."

그래, 이 아이들이 걸렸을 때의 경우까지도 생각해두었겠지. 지시를 내린 핸드폰도 대포폰일 건 당연할 테고.

"이 아이들에게는 살해를 실행할 아이들의 관리를 맡기고, 자신들은 뒤에서 수사에 혼선을 주고 알리바이를 조작한다. 후우…… 넌 어떻게 생각해?"

"네? 어떤 부분을……."

"예전 발라스의 추악했던 부분을 더 뛰어넘는다고 생각지 않아? 비슷하지만, 이놈들은 아이들을 건드렸어. 아이들을 이용해 아이든, 어른이든 죽이도록 시키잖아."

"용서할 수 없는 일이죠. 이젠 저희들이 막아야 할 일이기도 하고요. 저희가 찾아서 전부 제거하겠습니다."

"아니. 나도 같이 움직일 거야. 그놈들도 알아야지. 자기들이 저지른 추악한 짓에 누가 피해를 봤는지를 말이야."

"네, 알겠습니다."

"애들은?"

"따로 조용한 자리로 옮겨 두었습니다. 안내할까요?"

"어. 가보자고. 어떤 얼굴들을 하고 있는지 궁금하군."

차를 타고 이동한 곳은 어느 외곽도로 옆으로 있는 한적한 공장이었다.

도로와도 조금 거리가 있었고, 다니는 차들의 소음 탓에 공장에서 어떤 일이 벌어지건 주변으로는 어떤 소리도 퍼지지 않을 것 같았다.

"이런 곳은 다 처분할까 했는데. 놔두니까 다 쓸모가 있군. 이번 기회에 생각을 정정해야겠어."

안으로 들어가자 네 명의 여자아이들이 의자에 묶여 있는 게 보였다.

아이들은 자기들을 잡아 둔 사내들이 나에게 허리를 숙여 인사하자 무척 주눅이 드는 것 같았다.

보다 무서운 사람이 나타났다고 생각하는 모양이었다.

"왜 이렇게들 겁에 질려 있어? 너희들 원래 겁 같은 거 없는 애들이잖아. 이 사람 저 사람, 수틀리면 확 죽여 버리고, 죽이라고 시키기도 하고. 안 그래?"

맨 끝에 있는 아이가 물어왔다.

"아저씨 누구세요? 우리한테 왜 이래요?"

나는 그 아이를 쳐다봤다.

"최주린. 네가 여기 애들의 리더라지?"

"그, 그걸 어떻게……. 제 이름은 또 어떻게 알았어요?"

나는 품에 있던 사진을 바닥으로 한 장씩 던졌다.

"니들 이름이며 얼굴까지 전부 다 알아. 최주린, 윤재이, 함단
비, 이규린. 가족 사항은 물론, 최주린 네가 의붓아버지의 성폭행
에 못 견뎌 가출한 것까지 전부 다."

친구들은 몰랐는지 최주린의 얼굴이 붉게 물들어서는 친구들
을 힐끔거렸다.

그리고는 악을 쓰며 소리쳤다.

"너, 뭐야! 씨팔! 뭔데 내 뒷조사를 하고 다니는 건데!"

"훗, 친구들한테 공개되기에는 쪽팔린 얘기였나? 근데 쪽팔리
고 기분 더러운 거에 앞서, 한 가지 잊은 거 없어?"

"잊기는 뭘 잊어? 닥치고 이거나 풀어, 이 납치범 새끼야!"

"흠, 난 공손하지 않은 애들이 가장 싫은데. 그럼 잠깐 교육부
터 하고 시작하자고."

내가 손을 내밀자 곁에 있던 자들 중 하나가 공구로 쓰이는
가위를 가져왔다.

내가 가위질을 몇 번 해 보이며 웃자 그제야 현실을 깨달은

걸까, 최주린의 표정이 하얗게 질려갔다.

"뭐, 뭔데! 뭘 하려는 건데! 야이, 미친 새끼야! 너 지금 미성년
자한테 이래도 된다고 생각해? 니들 내가 여기서 나가면 전부
콩밥 먹일 줄 알아. 가만히 안 놔둘 거라고!"

"알았어, 알았어. 가만히 있어."

나는 최주린에게 다가가서는 손가락을 하나 잡았다.

"미친……! 놔, 이거 놓으라고! 하지 마. 하지 말라고……!"

처걱!

"꺄아아아아아아악-!"

최주린은 고통에 고개를 위아래로 흔들고 몸을 바들바들 떨며
고통의 표정조차 잔뜩 굳어지고 있었다.

"커흐흐흐흑! 푸으으으으……! 끼아윽……! 크허허허허헉!"

고개를 비틀며 견디려 하지만, 처음 겪는 신체 절단의 고통은
쉽게 견뎌지는 게 아니었다.

"이런, 손가락이 하나 잘렸네. 오른손 검지라서 젓가락질은
어렵겠어. 뭐, 양식을 좋아한다면 상관없겠지만……."

최주린이 눈이 붉게 물들어서는 살벌한 눈빛으로 나를 째려봤
다.

"이 씨팔……. 너, 내가 죽인다……. 너 우리가 어떤 사람들인
지 모르지? 너 같은 거 찾아내서 죽이는 거? 우리한테는 별것도
아냐……. 기다려, 내가 나중에 어떻게 하는지……."

"흠, 그래. 열여섯. 만으로는 아직 생일이 안 지나서 열넷 어린

나이치고는 고집도 있고 도전정신도 투철하군. 근데 반면, 머리는 나쁜 것 같아. 내가 방금 이런 행동을 한 이유를 다시 떠올려 보면 그렇게는 말을 안 했을 텐데. 그럼 다시 교육에 들어가자고."

나는 주변에 있는 이들에게 시켰다.

"다리 받칠 거 가져오고 저기 톱 좀 가져와. 움직이지 못하게 다리 잘 묶고."

"네."

최주린은 눈이 뒤집어져서는 소리를 질렀다.

"꺄아아아악-! 거기 누구 없어요! 여기 사람이 납치됐어요-! 꺄아아아아악-!"

옆으로 줄줄이 묶여 있는 아이들이 몸을 떨며 그런 최주린을 말렸다.

"야이, 미친년아 좀 가만히 있어! 네가 그러니까 저 사람이 더 그러는 거잖아!"

"그래, 정신 좀 차려, 이년아……!"

"너 그러다가 진짜 죽어, 알아?"

곧 최주린의 다리가 온통 쇠로 된 철근 받침대에 놓인 채 묶였다.

"자르고 나면 지혈해야 하니까 용접기로 여기 철판 좀 달구고 있어."

"네, 알겠습니다."

나는 톱을 들고 최주린에게 물었다.

"준비됐어?"

바들바들 떨던 최주린은 겁에 질려서는 창백해진 얼굴로 말했다.

"저, 저기요. 제가 잘못했습니다. 말…… 조심할게요."

"자기 잘못을 인정한다는 건가?"

"네."

"음, 좋은 자세야. 근데 잘못을 했으면 벌은 받아야지?"

나는 톱을 정강이에 올려놓고는 썰기 시작했다.

거그극! 거그극!

너무 잔인한 거 아니냐고?

안다.

잔인한 거.

"꺄아아아아아악-!"

거그극! 거그극!

그 썰리는 소리가 들려올 때마다 최주린은 미친 듯이 발버둥을 쳤고, 옆에 있던 아이들은 차마 볼 수 없다는 듯이 시선을 피했다.

"너희들은 우리 선애를 칼로 몇 번이나 쑤셔 놓고는, 뭘 이런 걸 가지고 벌써부터 난리야. 이제부터가 시작인데."

다리를 잘라내고 철판으로 그 다리를 지져서 지혈을 시키고.

최주린은 이미 고통에 혼절을 해 버렸다.

철커덩!

나는 다시 의자에 앉으며 남은 셋을 보았다.

"내가 있잖아. 원래 이렇게 잔인한 사람은 아니거든? 근데 그렇게 선하기만 한 사람도 아니라서. 그리고 근래 사람을 칼로 많이 베고 다녀서 그런가, 이젠 이런 것도 그렇게 부담이 가거나 징그럽지는 않네."

그래, 지금까지 내가 죽인 사람이 몇인데.

처음에야 소름도 끼치고 며칠 밤잠을 설쳤지만, 지금에 와서는 아무렇지도 않았다.

"그래도 이런 나한테는 철칙이 있어. 선한 사람, 나약하고 힘없는 사람은 절대 건드리지 않는다는 거. 죄 없는 사람은 더더욱. 근데 너희는 아니잖아? 내가 보기에 너희들은…… 흠, 이 표현이 적절해. 아이의 탈을 쓴 악마들."

아이들은 눈물로 호소했다.

"잘못했어요. 다신 안 그럴게요."

"제발 풀어 주세요. 경찰서에 가서 자수할게요. 엉엉……!"

나는 그런 아이들을 보며 고개를 끄덕였다.

"반성. 좋지. 하아……!"

벌떡 일어난 나는 잠시 숨을 골랐다. 그리고 다시 아이들에게 얼굴을 들이밀었다.

"근데 너희들의 반성이란 게, 정말 찰나인 것 같더라. 내가 작년에 너희들 재판 결과를 다 읽어 본 거 모르지? 거기서도 그랬다면서. 잘못했다, 반성한다. 다시는…… 안 그러겠다. 근데 지금 너희들의 모습을 봐. 사람을 죽일 촉법소년 아이들을 관리하고 사람을 죽이라고 지시하고 있잖아. 이게 너희가 말하는 반성은 아니잖아?"

아이들은 진짜 반성을 하겠다, 제발 용서해 달라, 울음을 토하며 말했다.

하지만 왜 이런 호소가 내 귀에는 전혀 안 박혀 들까.

내가 이 아이들을 사람처럼 안 보고 있어서?

뭐 그것도 맞다.

이놈들은 정도가 지나쳤다.

누가 있어 이 아이들의 행동에 경악하지 않을 수 있을까?

누군가가 그랬다. 촉법소년법은 올바른 계도를 위해서라도 반드시 필요하다고.

아이들에겐 기회를 줄 필요가 있다고.

하지만 그건 단순 절도, 성매매, 폭행이나 금품갈취.

이 정도 선에서만 적용되어야 하지 않을까?

그래, 사람에겐 여러 상황이 있을 수 있으니 우발적 살인도 실수라는 그늘 아래 놓아둔다고 치자.

그렇지만 이런 계획 살인에, 살인자들의 관리를 맡는 이들에게까지 적용되어서는 안 된다고 생각한다.

이 아이들은 수많은 가정의 아이들로부터 아빠와 엄마를 빼앗았고, 또 아들과 딸들을 빼앗았다.

오로지 자신들의 자유와 풍족한 삶을 위해.

"나는 이렇게 생각해. 이 나라의 법은, 너희를 처벌하기에는 한계도 있고 너무 나약하다고. 그래서 따로 나만의 처분을 내릴까 하는데……. 물론, 그 전에 너희에게서 알아야 할 게 있지만."

나는 핸드폰으로 전송된 사진을 보며 아이들에게 보여 주었다.

"자, 이 사람 보이지? 혹시 너희한테 일을 지시한 게 이 사람인가?"

아이들이 누가 먼저랄 것 없이 고개를 끄덕였다.

"네! 그 사람 맞아요!"

"이름은 무엇이며, 어떻게 알게 됐지?"

"이름은 도룡이라고 했어요! 도룡 오빠라고 부르면 된다고!"

"도룡?"

딱 들어도 본명은 아닌 듯싶다.

도끼, 쌍칼, 쇠뭉치, 주먹 등 조직원들이 말하는 호칭 중 하나가 아닐까.

"우리가 몇몇 가출팸을 관리하고 있었거든요. 근데 그 오빠가 먼저 접근해 왔어요. 자기들 관리자가 잡혀 들어가서 그러는데, 우리보고 그 일을 맡아서 해 볼 생각 없냐고요."

"겨우 열여섯인 너희가 가출팸을 관리했다고? 개중에는 고등학생도 있을 텐데 어떻게 그게 가능하지?"

"그게…… 우리가 돈을 써서 흥신소 아저씨들을 고용했거든요. 우리 뒤에 엄청 큰 조직이 있는 것처럼 꾸며서 고등학생들도 우리한테는 찍소리도 못해요. 저희가 시키면 시키는 대로 하는 고등학생 오빠들도 많아졌고요."

어떤 놈들인지는 몰라도 이런 아이들인 걸 알아서 골랐던 게 아닐까.

아이들의 행동이라고는 볼 수 없는 놀라운 재주였을 테니까.

"그렇군. 알았어. 그리고 처분을 내리기 전에 미리 말해 두는데, 너희가 어디로 가건, 우리가 감시하고 있다는 걸 절대로 잊지 마. 설사 너희가 해외로 밀항을 한다고 해도, 거기에도 우리의 눈이 있을 거야. 신고? 아마 그 신고를 받고 오는 건 경찰이 아닐 거야. 경찰이더라도 우리 사람이겠지. 그러니까 평생 죄짓지 말고 죽은 듯이 살아."

아이들은 마른 침을 꿀꺽 삼켰다.

아이들의 시선이 다리가 잘리고 손가락이 잘린 친구를 향했다.

내 처분이 어떤 건지 불안했기 때문이다.

나는 그 아이들을 보며 편안한 미소를 머금어 주었다.

"걱정 마. 너희가 해 온 일에 비하면 별로 처벌이라고 할 것도 없으니까."

나는 손가락을 까딱였다.

그러자 사내들이 내 앞으로 와 고개를 숙였다.

나는 그들에게 흘러가듯 말했다.

"팔이나 다리, 자기들이 원하는 부분으로 하나씩 잘라 버려."

"네, 그렇게 하겠습니다."

아이들의 표정이 두려움으로 물들었다.

아이들은 울며 몸부림쳤다.

"살려주세요! 제발 용서해 주세요! 아아아앙~! 아저씨······!"

"꺄아아아악! 안 돼에에에에!"

나는 공장을 나서며 긴 숨을 뱉어 냈다.

"후우······. 자식을 잃은 부모의 마음은 창자가 잘려나가는 마음이라더라. 그러니까 너희들도 뭐라도 잘려서 그 마음을 똑같이 겪어 봐야지. 평생을 곱씹을 수 있도록."

-녀석, 많이 잔인해졌구나. 그래도 어린아이들인데.

"이거 왜 이러세요. 저도 사람입니다. 전 아이들은 절대 안 건드려요."

-그럼 저 아이들은 뭐고?

"저런 악성 폐기물과 비교하는 것 자체가, 우리나라의 맑고 희망찬 아이들에 대한 모욕 아닐까요?"

-크후후, 그런 뜻이었군. 그래, 저런 것들에게는 자비를 베풀 필요가 없지.

아이라는 관념은, 결코 나이로 따져서는 안 된다.

그것이 내 판단이고, 내 생각이었다.

* * *

조직 내부에서 도룡이라고 불리는 사내가 시내를 걷다가 전화를 걸었다.

"어, 나여, 도룡. 바쁘냐? 아, 그려? 그럼 나 좀 도와줘야

쓰것다."

그는 웃으며 통화하는 듯 보였지만 주변 상점의 거울과 세워진 오토바이의 미러를 통해 뒤에서 쫓아오는 이들을 확인했다.

"어떤 놈들이 자꾸 졸졸 쫓아다니지 뭐야. 뭔가 좀 찜찜한 것이 기분이 이상허네? 이~ 거기서 보자고."

도룡을 쫓던 두 사람은 도룡이 한 건물 옆 주차장으로 들어가자 서둘러 뒤따랐다.

그런데 도룡이 한가운데 서서는 팔짱을 끼고 기다리고 있었다.

"니들 뭐냐? 뭔데 내 뒤를 졸졸 쫓아다니는 거여?"

"네가 도룡이냐? 같이 좀 가야겠다."

"나가 왜? 그래야 할 이유라도 있는가?"

"너를 보고 싶어 하는 분이 계신다. 괜히 혼나지 말고, 조용히 같이 가자."

"이~ 그려. 무슨 말인지는 알겠어. 근데 혼날 건 나가 아녀. 니들이지."

그 순간, 뒤에서 조용히 다가오던 둘이 쇠파이프를 휘둘러 앞선 두 사람의 머리를 때렸다.

텅! 텅!

"아따~ 소리 좋고!"

온 신경을 도룡에게만 집중하던 터라 전혀 몰랐던 둘은 그대로 머리를 얻어맞고 쓰러졌다.

털썩.

털썩.

도룡이 나타난 둘을 보며 히쭉 웃었다.

"어이~ 친구~! 고마워이~?"

"뭘 이런 걸 가지고. 근데 이놈들은 뭐냐?"

"나도 몰러~ 근데 뭔가 기분이 싸하기는 하네. 이것들이 뭔일로 나를 쫓아다녔을까나."

"끌고 가서 족쳐 볼까?"

"아휴, 우리 친구! 아주 서비스도 기똥차구마이~!"

"심심하던 차에 잘됐지 뭐. 킄킄킄!"

* * *

우신경비보안의 대표 사무실로 통합관리실 2실장 이혁재가 들어왔다.

"어, 이 실장. 장 실장한테서는 얘기 들었지?"

"네, 업무 인계받았습니다. 근데 지금 급하게 이것 좀 먼저 봐 주셔야 할 것 같습니다."

"뭔데?"

이혁재는 영상을 하나 보여 주었다.

도룡을 뒤쫓다가 오히려 뒤통수를 맞고 쓰러지는 두 사람이 찍힌 영상이었다.

"뭐야, 이거. 혹시 우리 사람이야?"

"저도 확인해 봤는데, 우리 사람들은 아니었습니다."

"풉!"

"대표님?"

신정환의 실소에 이혁재는 의문이 들었다.

누군가가 얻어맞고 쓰러진 이 상황이 웃을 상황은 아니었다.

"아, 미안. 좀 한다는 놈들이 어이없게 당하는 걸 보니까 황당해서."

"네?"

"이 사람들은 우리와 협력 중에 있는 다른 쪽 사람이야. 내가 그쪽에 알려서 조치를 취하라고 할 테니까, 이 실장은 하던 일을 계속해 줘."

"네, 알겠습니다."

이혁재가 나가려고 하자, 신정환이 다시 그를 불렀다.

"아, 근데 말이야. 이 두 사람이 뒤쫓던 이놈. 이놈 주변도 파고 있는 거지?"

"네, 그동안 다닌 곳을 역추적해서 만나고 다닌 사람들 전부 파고 있습니다. 자료는 말씀해 주신 쪽으로 보내고 있고요."

"그래, 알았어. 그렇게 해 주면 돼."

이혁재가 나가자 신정환은 다시 웃음을 흘렸다.

"발라스에서 훈련받았다는 놈들이 말이야. 이렇게 어이없게 당하기나 하고. 으이그, 한심한 놈들."

그는 곧장 전화를 걸었다.

"어, 난데. 지금 영상 하나 보내 줄 테니까 확인해 보라고."

* * *

나는 운전을 하고 가다가 차를 옆으로 멈춰 세웠다.

그리고는 영상을 보는데, 한숨이 다 나왔다.

"어휴……."

발라스의 현장요원이란 것들이 기껏 깡패한테 당한다고?

"요원들 모두가 훈련소 재입소를 가장 두려워한다고 하던데. 니들은 죽지 않으면 거기로 다시 들어가야겠다."

잠시 후, 나는 발라스 요원들 몇을 불러 도룡이 두 사람을 끌고 들어간 곳에 도착했다.

그런데 안에서 무슨 일이 있는 건지 꽤나 시끄럽다.

쿠당탕!

여기저기 부서지는 소리와 싸우는 소리가 들려오고 있었다.

"먼저 온 손님이 있나? 왜 이렇게 시끄러워?"

시장 골목 안쪽에 있는 정육 시설로 들어가는데, 몇몇 사람들이 신음을 토하며 쓰러져 있었다.

그리고 머리를 맞고 붙잡혔다고 생각했던 요원 하나는 도룡이란 자를 두들겨 패고 있었다.

퍽! 퍽!

곧 두 사람이 피투성이가 되어서는 나를 발견하며 얼른

다가왔다.

"오셨습니까."

나는 주변을 둘러보고는 그래도 밥값은 했구나 싶었다.

"만나면 확 훈련소로 재입소시킬까 했는데. 그래도 할 일은 했네."

"죄송합니다. 뒤에서 그렇게 때릴 줄은 몰라서……."

"현장요원이면 뒤에서 총을 쏴도 피할 줄 알아야지 말이야. 됐고, 상황 정리됐으면 끌고 와."

"네."

우린 장소를 이동하여 도룡을 매달았다.

그런데 그러는 중에 도룡에 관한 정보가 속속들이 날아들었다.

"공산파 넘버 쓰리……. 이름 민도룡? 뭐야, 진짜 이름이 도룡이었어?"

요즘 누가 자식 이름으로 이런 걸 쓰지?

부모가 누구인지, 참 자식 미래는 전혀 생각 안 하고 지었다.

작명소든 어디든 사람에 맞게 짓는다고는 하지만, 이름을 도룡이라고 짓다니.

그리고 이놈이 하는 일을 보면, 분명 그 작명소도 엉터리일 게 분명했다.

"전과 6범. 폭행, 납치, 감금, 살인미수……. 나쁜 짓은 다 하고 살았네."

하기야 조직 생활 하면서 그 정도 전과가 없는 게 오히려 이상하지.

띠링!

그리고 굳이 부탁하지도 않았는데도 민도룡이 속한 공산파의 보스인 강원식에 대한 자료도 메일로 도착했다.

"하여간 신 대표님, 센스 하고는. 일을 너무 잘하셔. 악연을 인연으로 바꾼 보람이 있다니까."

지금 두 조직이 수백 명에 관해 알아보고 계속해서 그 관련된 자들을 모두 파헤치고 있었다.

민도룡 그가 만난 이들과, 다시 그들이 만난 사람들까지 전부 다.

주변 인물들과 연관된 자들을 파다 보니 그렇게나 많아졌다.

아주 뿌리까지 전부 캐낼 작정이다.

"잠깐만. 이건 또 뭐야. 공산파 두목인 강원식이 국민선호당 이춘배 의원을 만난다고?"

나는 곧장 신정환에게 전화를 걸었다.

"방금 전에 보내 준 자료 봤습니다. 설마 이번 일…… 정치권과도 관련이 있는 거였어요?"

[지난 총선 당시, 지지율이 비슷했던 자유진보당 조웅태가 선거유세 중에 심장마비로 쓰러진 건 알고 있나?]

"뉴스에서 봤던 기억이 납니다."

[내가 그 당시 영상을 어렵게 구했거든? 근데 이게 자꾸 보다 보니까 묘한 게 보이네. 너도 한 번 확인해 봐.]

보내 준 영상은 선거유세 중이어서 사람들로 복잡해 보였다.

그런데 시장상인들과 인사를 하던 중 다가온 중학생 여자아이들과 악수를 하고 사진을 찍은 직후에 쓰러지는 걸 볼 수 있었다.

"말도 안 돼……. 그럼 이 애들도……?"

중학생 여자아이들이 악수를 청하고 사진을 찍자고 하는데, 어떤 경호원이 경계를 할까.

아마도 그 점을 노렸을 것이다.

사진을 찍는 척, 붙어서 주사를 놓았을 건 굳이 확인해 볼 필요도 없다.

"나이만 어리다뿐이지, 이건 조직적인 에이전트랑 다를 게 없잖아……."

애들에게 살인이나 시키는 양아치들이 어떤 것들인가 해서 팠던 건데, 의외로 그 뒤에 거물이 숨겨져 있었다.

이들은 세상에 결코 번져서는 안 될 암 덩어리다.

신속하고 철저하게 도려내야 한다는 강한 의욕이 내 가슴속에서 활활 타올랐다.

* * *

강원식은 거의 다 지어져 가는 건물을 바라보고 있었다.

"내가 이 자리에 오기까지 20년이 걸렸어. 이제 이거 하나만 지어지면 내 앞날도 쫙 피는 거야."

"이제 3개월 후면 준공입니다. 축하드립니다, 회장님."

"너희들도 이제 그 3개월 후면 번듯한 곳에서 일하게 될 거다. 깡패 소리 듣는 것도 거기까지인 거지. 불법에서 벗어나, 합법적으로 캐피탈 사업을 할 거야. 너희들도 이제 회사 직원이 되는 건데. 어때, 좋지 않아? 월급 많이 줄게, 이것들아."

"회장님만 믿고 달려온 인생, 이제 꽃길만 걷겠군요."

"그래. 니들은 죽을 때까지 내 새끼들이다. 끝까지 책임져 줄 테니까 걱정 마라. 그러자고 세우는 건물 아니겠냐."

차에 오르고, 막 건설현장을 벗어날 때였다.

한 통의 전화가 걸려와 강원식의 표정을 찌푸리게 만들었다.

"뭐! 시장이……?! 도룡이 이 새끼는 뭘 하고? 알았어. 내가 그쪽으로 갈 테니까 기다려."

"회장님, 무슨 일이십니까?"

"우리 사업장이 쑥대밭이 됐다는구나."

"혹시 쌍두파 놈들이 아닐까요?"

"그 새끼들……. 내가 이 생활 접기 전에 확실히 쓸어버릴 거야. 창창한 앞날을 두고 그놈들한테 발목 잡힐 수는 없지. 야, 꽉 밟아!"

"네! 회장님."

강원식은 사업장으로 들어서며 얼굴이 엉망진창인 자들을 보았다.

"어떻게 된 건지 입 달린 새끼 있으면 제대로 설명을 해 봐!"

곧 사내 하나가 다가와 고개를 푹 숙인 후에 설명을 시작했다.

"어떤 놈들이 도룡 형님 뒤를 밟았다고 합니다. 그래서 정배 형님이 뒤통수를 빡 때려서는, 여기로 끌고 왔지 말입니다."

"그런데?"

"그놈들이 정신을 차리더니, 어떻게 풀었는지 밧줄을 풀어서는 다짜고짜 덤비기 시작했습니다."

"그래서 진 거야? 이런 등신 같은 새끼들……!"

"회장님, 이런 말씀 드리기 정말 송구스럽지만, 그놈들 진짜 장난 아니었습니다. 보통의 싸움꾼과는 질이 달랐습니다."

강원식이 주변 카메라들을 둘러봤다.

"야, 카메라들 많잖아. 뭐 찍힌 것 좀 없는지 가져와 봐!"

"네, 금방 가져오겠습니다."

강원식은 겨우 둘이서 열댓 명을 단숨에 쓰러뜨리는 것을 보며 입가를 쓸어내렸다.

"뭐야, 이것들……. 그냥 싸움꾼이 아니잖아?"

"쌍두파에서 이런 놈들은 못 봤습니다. 어떤 놈들일까요?"

"근데 하필이면 도룡을 끌고 갔다고……."

"회장님, 혹시…… 그 일에 꼬리가 밟힌 것이면……."

"그럼 골치 아프지. 도룡 이 새끼, 일을 어떻게 처리했기에 이런 일이 일어나. 이거, 경찰이나 다른 쪽 놈들이 개입하기라도 했으면 우리 전부 아작 나는 거는 순식간이야. 다들 알지? 큰일 앞두고서 일 망칠 수는 없으니까, 당장 도룡 그놈하고 관련된 거 싹 정리하고! 여기 사업장도 접어!"

"그럼 애들 관리는 어찌합니까?"

"크음, 아깝지만 끊어 내야지. 자칫 의원님까지 곤란해질 수도 있으니까 잘 정리해."

"네, 회장님."

* * *

연이어 도착하는 자료에 나는 머리가 다 멍했다.

이춘배 의원.

이 내용이 사실이라면, 맞수가 되는 당의 의원은 물론이고, 거슬리는 언론인과 같은 당 의원까지 내키는 대로 전부 죽여 왔다는 게 된다.

그것도 아이들을 이용해서.

"일이 잘못되어도 저놈 선에서 정리가 될 거라고 여겼겠지. 이렇게까지 관련자 모두를 광범위하게 조사할 수 있는 조직은 아마 없을 테니까."

신우와 발라스가 함께 움직였으니 가능한 일이다.

감시망을 가진 신우가 자료를 넘겨주고, 발라스가 그 인물들 하나하나를 조사를 했으니 하루 만에 이런 결과를 얻을 수 있었던 거다.

나는 밧줄에 묶인 도룡을 향해 다가갔다.

"깨워."

자극적인 향을 맡은 도룡이 오만상을 다 찌푸리며 깨어났다.

"커걱! 퀘! 뭐여, 이거. 뭔 냄새가 이리 독하다냐."

도룡은 그제야 자신의 처지를 알며 피식 웃었다.

"니들 뭐냐…… 이거 안 내려?"

"입만 곱게 놀리고 묻는 말에 바른말만 하면, 쉽고 간단하게
끝날 거야."

그가 나를 빤히 쳐다봤다.

"니가 야들 두목이여?"

"뭐, 그런 셈이지."

"어이, 장난 까지 말고 적당히 햐~ 니 그러다가 정말 창자까지
다 거덜나는 수가 있어? 알어?"

이런 상황에서도 협박이라니.

배짱 한 번 좋다.

"그 정도 맞았으면 정신을 차려야 하는 거 아닌가?"

"그거야 내가 실수 한 번에 말린 거고. 평소였으면 안 그려~!"

"그건 그렇다 치고, 그래도 여기에 있는 수를 봤으면 충분히
계산이 섰을 것 같은데. 웬만하면 협조하지?"

도룡이 나를 포함하여 주변에 있는 모두의 옷차림을 살피는가
싶더니 살짝 난감해했다.

"아, 씨……. 혹시 나랏밥 먹는 사람입니까?"

"그렇다면?"

"염병…… 더럽게 걸려버렸구먼. 크흐, 하긴 그랬으니 이렇게 순식간에 나까지 찾아왔겠지만……."

나는 고개를 비비 꼬는 그를 보며 씨익 웃었다.

"알았으면, 이제 유의미한 대화를 시작해 볼까?"

* * *

도룡의 답은 한결같았다.

"몰러~"

"너희가 그 관리자라는 애들 통해서 김진선에게 시킨 거잖아. 경호원이 붙어서 실행하기 힘들었을 것을, 마침 김진선이 짝꿍이어서 그 아이로 선택했던 거 아냐?"

"아유, 모른다니까~"

"너희도 의뢰를 받았을 건 알아. 누가 그 의뢰를 했는지만 말해."

"모른다는 말, 못 알아듣나……. 큭큭."

전혀 대답할 생각이 없었다.

"그럼 강원식도 다 알고서 그 일을 시킨 거였나?"

"강원식? 그게 누군디?"

"강원식 밑에 있으면서 그를 모른다?"

"나는 처음 듣는 이름인데?"

나는 도룡에 관해 날아온 자료 중에 그가 만났던 이들의 사진을 몇 장 보여 주었다.

"그럼 이건 누구지?"

강원식이 타고 온 차 앞에서 그가 내리자 도룡이 굽실거리는 모습이었다.

"끄음……."

"애초에 문제가 생기면 그 관리자라는 애들만 잘라내면 될 거라고 생각했을 거야. 늘 그쯤에서 정리를 해 왔을 테니까. 지난번에도 조사가 들어오는 것 같으니까 니들이 직접 그 관리자 애들을 정리했던데. 아냐?"

"……."

"경찰 쪽에 사람을 심어 놓고, 너희 쪽 일로 수사가 들어올 것 같으면 죄다 정리하고 숨어 버렸잖아. 애초에 시작도 못 하게."

"뭔 소리를 하는 건지 모르겠네……."

"강원식, 그리고 그 위에 있는 국민선호당 이춘배 의원까지. 내가 지금 이걸 몰라서 너한테 묻고 있는 것 같아?"

두목은 물론, 그 윗선까지 거론되자 그가 눈을 크게 떴다. 그걸 어떻게 알았나 하는 표정이었다.

나는 웃으며 그에게서 물러났다.

"믿는 구석이 굉장히 대단하다고 믿어 온 것 같은데, 이제 하루 동안 거기 매달려서 네가 믿는 그것들이 얼마나 쉽게 무너지는지 지켜봐."

"어이! 이봐! 날 계속 여기에 매달아둘 거여? 야-!"

"아직 법으로 할지, 내 선에서 해결할지 결정을 안 내린 것만도 다행으로 알아."

* * *

사무실에 있는 강원식에게 전화가 걸려왔다.

"여보세요."

[강원식, 나 도룡을 잡고 있는 사람인데.]

"뭐? 너 누구야? 혹시 경찰이냐?"

[그런 건 아니고. 그냥 어린아이들 데리고서 하는 니들 짓거리가 마음에 안 들어서.]

"이런 미친놈들. 니들 대체 정체가 뭐야?"

[궁금하면 만날 장소라도 알려 주든가. 한번 보자고, 내가 그쪽으로 갈 테니까.]

"아, 그래? 그럼 와 봐. 아까 우리 애들 조져 놓은 거기서 9시에 보자고. 어때?"

[9시. 알았어. 밥 든든히 먹고 소화 좀 시키다가 가면 되겠네. 그때 보자고.]

뚝.

끊어진 전화에 강원식이 전화를 불쾌하게 쳐다봤다.

"나이도 어린 놈 같은데 건방지게……."

강원식이 전화를 내려놓고 버튼을 누르며 비서를 통해 말했다.

"아무나 당장 들어오라고 해!"

곧 공산과 넘버 투인 조완용과 그의 수하들이 들어왔다.

"찾으셨습니까, 회장님."

"도룡 그놈을 잡고 있다는 놈이 방금 나한테 전화를 해 왔어."

"그놈이 회장님 번호를 어떻게 알고……."

"도룡 그놈이 불어 버린 거겠지."

"회장님, 그건 아닐 겁니다. 도룡 그놈, 다른 건 몰라도 입 하나는 무거운 놈입니다. 과하게 폼을 잡고 다니긴 해도, 의리 하나에 목숨 건다는 건 회장님께서도 잘 아시지 않습니까?"

도룡을 향한 조완용의 신뢰는 무척 컸다.

무식하기는 해도, 주먹과 의리 하나는 알아주는 놈이었다.

어려서 같이 사고를 쳐도, 도룡은 늘 웃으며 자기가 다 떠안고 교도소를 가던 놈이었다.

그러나 신뢰의 무게가 모두가 같을 순 없다.

"도룡이 아니면 이놈이 내 번호를 어떻게 알고 전화했을까? 어?!"

"그건……."

"이미 우리가 아이들 가지고 한 일들까지 전부 알고서 전화를 해 왔다고! 이래도 아냐?!"

조완용도 믿고 싶지는 않지만, 도룡이 아니고서는 남들이 알 수 없는 내용이었다.

그 내용을 불기까지 도룡이 견뎌야 했을 고초가 얼마나 심했을까 걱정도 되지만, 지금은 상황 정리가 먼저였다.

"제가 직접 그놈들을 찾아내서 정리하겠습니다, 회장님."

"안 그래도 이놈들이 오늘 망가뜨려 놓은 사업장으로 9시에 온다고 하니까, 애들 잔뜩 모아서 잘 정리해두도록 해. 도룡 그놈도 되찾아 오고!"

"네."

강원식이 자리에서 일어났다.

"나는 곧 의원님과 식사를 해야 하니까, 식사 후에는 좋은 소식 가져와."

"네, 회장님."

* * *

단둘이서만 얘기를 나눌 수 있는 일식집에서 강원식과 이춘배가 만났다.

"아이고, 의원님. 오셨습니까?"

"어, 오래 기다렸나?"

"아닙니다."

"그래, 앉지."

자리에 앉은 그들은 일상적인 대화를 해갔다.

"이제 곧 준공이라며?"

"네, 그렇습니다. 이게 다 의원님께서 힘 써 준 덕분입니다."

"허허, 말 몇 마디 해 주는 게 뭐 어려운 일이라고."

"저희로선 그 허가라는 게 어려운 일이어서 말이죠."

"그 어디야. 어디 인터넷 기자라는 여자 말이야. 그 여자가 좀 성가시긴 했어. 나한테까지 찾아와서는 이것저것 캐묻고 말이야. 말하는 것도 꽤나 건방지더라고."

"해서 제가 알아서 잘 처리한 것이지 않습니까?"

"후후, 여자애들이 버스 정류장에서 놀다가 실수로 밀치게 됐다지?"

"하하, 얼마나 자연스럽습니까? 누구도 의심 못할 겁니다. 애들이 서로 간지럼 태우면서 장난치다가 실수로 밀친 건데 말이죠."

"성가신 년, 그러게 왜 들추고 난리야. 스스로 명을 재촉한 셈이지."

"뭐든 말씀만 하시면, 저 강원식 뭐든 처리해 드리겠습니다."

"하하! 그래, 강 회장이 하는 일은 참 깔끔해서 좋아. 조웅태 의원 처리해 준 것도 그렇고, 그 일을 파헤치려는 기자를 처리한 것도 그렇고. 뭐 하나 흠잡을 게 있어야 말이지."

"그 어떤 사람과 일을 해도, 저만한 사람은 아마 찾기 어려우실 겁니다. 후후."

"알지. 그래서 내가 강 회장을 좋아하는 게 아닌가?"

이춘배 의원이 술잔을 들며 말했다.

"앞으로도 잘 부탁해. 우리가 서로 돕고 살면, 서로가 원하는 건 뭐든 가질 수 있을 테니까. 그렇게 함께 높은 곳까지 올라가 보자고."

"네! 저는 의원님만 믿겠습니다."

챙.

그렇게 그들은 서로의 사이를 돈독히 다지며 즐거운 시간을 보내는가 싶었다.

그런데 바로 그때였다.

드르르륵!

갑자기 문이 열리며 누군가가 안으로 난입했다.

"뭐야?"

"당신 뭐야?!"

들어선 사람은 최강이었다.

그는 능청스럽게 들어와 상 밑을 뒤졌다.

"아이고, 이거 미안합니다. 제가 좀 전에 여기서 변호사하고 얘기를 나누면서 핸드폰을 놔두고 가서 말이죠."

"어허, 이 사람! 뭐 하는 짓이야?!"

갑자기 몸으로 밀치며 비집고 들어오는데 좋아할 사람이 없다.

두 사람이 당혹스러워하기를 잠시, 최강이 핸드폰을 찾으며 벌떡 일어났다.

"찾았다! 아이고, 고맙습니다. 양해해 주신 덕분에 놓고 간 핸드폰을 찾을 수 있었네요."

"거, 찾았으면 나가세요, 좀! 별 이상한 사람을 다 보겠네."

최강의 능청스러움은 거기서 끝나지 않았다.

"음? 뭐야, 아직도 녹음으로 되어 있었네. 하하, 제가 변호사하고 얘기하는 걸 놓칠까 봐 녹취를 좀 하고 있었거든요. 근데 이게 아직도 틀어져 있네요."

이춘배 의원과 강원식의 표정이 싸늘하게 굳어졌다.

그렇다는 건 조금 전에 자신들의 대화 역시도 그 안에 녹음이 되었다는 것이기 때문이다.

"이, 이봐, 잠깐만! 이게 말이야, 방금 전에 우리가 남들이 듣기에 민감한 대화를 나눠서 말이야. 미안하지만 그 내용을 좀 지워주면 안 되겠나?"

"그건 안 되겠는데요. 저도 변호사와 무척 중요한 얘기를 나눈 터라."

"아니, 그럴 게 아니라 내가 그 핸드폰을 사지! 여기 이 정도면 되겠는가? 아니, 이 정도면?"

이춘배 의원은 대뜸 지갑에서 백만 원 수표 세 장을 꺼내놓더니 거기에 두 장을 더 꺼내 놓았다.

강원식은 이대로는 안 되겠다고 생각했는지 밖에 대기하고 있을 수하를 불렀다.

"어이, 거기 누구 없어! 당장 들어와 봐!"

최강은 녹음을 저장한 후에 문 앞으로 자연스럽게 앉았다.

그리고 문밖에 있는 사람에게 명령했다.

"문 닫아."

"네."

최강이 표정이 딱딱하게 굳어지고 있는 강원식에게 말했다.

"당신 사람은 우리가 잠시 재워 뒀어. 그러니까 그 시끄러운 입 좀 닫아."

강원식이 최강을 노려봤다.

"너, 뭐야? 설마, 이게 다 노리고 한 짓이었어?"

"내 목소리를 기억 못 하는군. 아까 통화했잖아, 강원식. 내가 도룡을 데리고 있다고."

"너, 너……!"

이춘배 의원이 당황하는 강원식에게 물었다.

"이게 다 뭔가, 강 회장? 당신이 아는 사람이야?"

최강이 컵 하나를 뒤집어 물을 따라 마시며 말했다.

"이춘배 의원 당신은 강원식을 시켜 당선이 유력한 후보였던 조웅태 의원을 제거했어. 강원식은 촉법소년인 아이들만 잘 골라 청부업자처럼 이용했고. 후훗, 얼마나 편했겠어. 의심의 여지도 없고, 계획도 완벽했을 거야. 일이 잘못되어도 일을 시킨 관리자 애들만 처리하면 끝날 일이었을 테니, 뒤탈도 없고 말이야."

"너 뭐야? 내가 누구인 줄 알면서, 이러고도 무사할 것 같아? 너, 사람 잘못 건드렸어."

이춘배 의원이 대뜸 전화를 들어 보이더니 최강이 보는 앞에서 1번을 꾹 눌러 보였다.

"너 이 새끼, 나를 너무 허술하게 봤어."

"호오, 여기서 뭔가 대비라도 해 뒀다는 건가?"

바로 그때였다.

갑자기 화재경보기 소리가 마구 들려오기 시작했다.

띠리리리리링-!

밖에서는 사람들이 놀라 뛰쳐나가는 소리가 들려왔다.

사람들이 모두 나가고, 식당 입구를 건장한 사내들이 지켰다.

그리고 유난히 몸이 좋아 보이는 사내가 식당 안으로 들어오기 시작했다.

그는 최강과 함께 온 세 명의 사내를 보며 중저음의 목소리로 말했다.

"비켜."

적이란 걸 간파한 발라스의 요원들이 그에게 달려들었다.

좁은 통로에서 서로 싸우기 시작하는데, 어찌나 힘이 강한지 발라스의 요원들이 몇 대 얻어맞고는 나가떨어지고 있었다.

최강은 의외로 길어지는 소리에 문을 열어 확인해 보았다.

드르르륵!

웬 사내 하나가 다른 이들을 모두 쓰러뜨리고 발라스 요원의 목을 움켜쥐고 있는 게 보였다.

그것도 겨우 한 손으로.

이춘배 의원이 비릿한 미소를 머금었다.

"북한에서 특수부대에 있던 사람이지. 내가 아는 한, 맨주먹으로 저놈 이기는 놈은 못 봤어. 그러니까 다치고 싶지 않으면 핸드폰 내어놓고 썩 꺼져!"

최강이 슥 일어나며 쓰러져 신음하고 있는 이들에게 말했다.

"휴우, 밖에 나가서 뒷정리나 해. 여긴 내가 처리하지."

"네. 죄송합니다."

큰 덩치의 사내가 최강을 노려봤다.

"까불지 말고, 의원님이 시키는 대로 하는 게 어때?"

"그럴 거였으면 이렇게까지 일을 벌이지도 않았겠지. 힘깨나 쓰는 모양인데, 말 길게 하지 말자고. 응?"

"그러든지."

둘은 서로에게 성큼성큼 다가가며 주먹을 내질렀다.

퍼억!

교차하여 서로의 가슴을 한 번씩 때린 거였다.

"커윽!"

그러나 뒤로 물러나는 건 훨씬 덩치가 큰 사내 쪽이었다.

"아니!"

이춘배 의원은 깜짝 놀랐다. 설마하니 자기 사람이 밀릴 거라고는 생각지도 못한 때문이다.

"뭐 하고 있어! 어서 처리해!"

사내가 최강에게 달려들었으나 최강은 가볍게 피하고 쳐 낸 후에 정강이를 차 버렸다.

퍼억!

"끄윽!"

최강은 그 충격에 절로 한쪽 무릎을 꿇은 사내에게 웃으며 말했다.

"벌써 무릎을 꿇으면 이쪽이 시시하잖아."

"끄음……."

사내는 일어나 몸을 풀었다. 그리고는 전력을 다해 최강에게 덤볐다.

그러나 몇 번 공격하지 못하고, 점점 얻어맞기 시작했다.

퍽!

퍼억!

파밧! 퍼억!

그리고 최강이 턱을 올려치는 걸 마지막으로 뒤로 기울어지더니 쿵 소리를 내며 쓰러졌다.

최강은 곧 뒤를 돌아보며 입을 쩍 벌리고 있는 둘에게 히죽 웃어 보였다.

"이거 어쩌나? 믿고 있는 게 이렇게 되었는데. 후훗."

빙의로
최강요원

4. 뒷일은 모두 제가
책임지겠습니다

빙의로
최강요원

이춘배 의원은 차를 타고 가며 창문을 열었다.

그는 부들부들 떨리는 손으로 담배를 꺼내더니 불을 붙였다.

["당신은 가서 당신이 한 일에 대해 반성이나 하고 있어. 내일 아침이면 당신이 말한 이 녹취록과 함께 당신이 저지른 짓들을 언론이 떠들어 댈 테니까."]

"빌어먹을……. 어쩌다가 일이 이렇게……. 아무리 둘만 있던 자리였어도 꺼내지 말았어야 했을 말을……! 크윽!"

기사가 그에게 물어왔다.

"의원님, 어디로 모실까요?"

"사무실로 가……."

"네, 알겠습니다."

사무실로 들어온 그는 찬장에서 술을 꺼내더니 넥타이를 풀어버리고 술을 벌컥벌컥 마시기 시작했다.

자신을 협박한 청년이 누구인지는 모른다.

그러나 이미 모든 걸 알고서 접근했고, 자신을 곤란하게 만들 증거까지 전부 가지고 있었다.

"그 녹취가 법정에서 증거 효력을 지니진 못할 거야. 크그그극! 그렇지만 조사의 빌미는 제공하겠지……. 세상은 내 목소리를 통해 나의 민낯을 보게 될 테고……. 후우, 이렇게 끝나는 건가. 이렇게 한순간에……. 참으로 허무하구먼. 참으로 먼 곳을 바라보며 달리고 있었는데."

* * *

나는 강원식을 도룡의 바로 옆으로 매달았다.

강원식은 도룡을 보고서는 강하게 인상을 썼다.

"너, 이 새끼……! 니가 감히 나를 배신해?"

도룡은 억울했다.

"아닙니다, 회장님! 저는 정말 아무것도 말하지 않았습니다!"

"그럼 저 새끼들이 우리가 한 일을 어떻게 알았다는 거야! 니가 다 불었으니까 안 걸 거 아냐!"

"아닙니다! 진짜입니다! 처음부터 저놈들이 저나 애들에 관해서 전부 알아보고 왔더라고요! 그뿐만이 아니라, 회장님과 의원님이 만나는 것까지도 다 알고 있었습니다! 저는 진짜 한마디도 꺼내지 않았다고요!"

나는 그 둘을 보며 말했다.

"이러니까 보기가 좋긴 한데, 근데 좀 시끄럽네. 조금 더 내릴 수 있나?"

곧 기계음과 함께 매달려 있던 두 사람이 허리 높이까지 내려왔다.

"그만."

처컹!

나는 곧 도룡의 허리 쪽을 강하게 찼다.

퍼억!

"꺼억!"

왔다 갔다 휘도는 두 사람은 반동에 따라 서로 마구 부딪치기를 반복했다.

어지럽기도 하겠지만, 머리고 몸이고 부딪치니 아프기도 할 것이다.

"이러니 좀 조용하군."

둘은 나를 죽일 듯이 노려보며 욕지기를 뱉어냈다.

"너이, 개새끼……!"

"오늘 일은 절대 잊지 않으마. 너는 반드시 내 손으로 찢어 죽일 거니까! 기다려……."

입은 여전히 살아 있다.

"아직도 자신들 처지를 모르는 것 같으니까 말해 줄게. 내 사람들은 경찰, 검찰, 각 지자체의 수장과 국회의원들까지 없는 곳이 없어. 심지어 국가정보원에도 있지. 이렇게 내 신분의 일부가 그런 것처럼."

국가정보원 신분증을 보여 주자 그제야 그들의 표정이 심각하게 변했다.

"구, 국가정보원?"

"그거 진짜야?"

나는 의자를 가져와 그들의 앞에 앉고는 말했다.

"내일 아침이면 너희가 저지른 짓들을 언론에서 떠들기 시작할 거야. 검찰에서도 이미 너희에 대한 스토리를 짜고 있을 테고. 아마 내용은 이럴 거야. 촉법소년을 이용해 살해를 지시한 청부업 조직이 소탕되었다. 그 조직은 정치권과도 연관이 있어 국회의원 후보자를 제거하는 건 물론, 여러 방해되는 언론인들도 제거하였다. 그러나……."

나의 시선이 도룡에게로 향했다.

"그 일을 은폐하려던 조직원은 관리자라는 아이들을 제거하였고, 그 두목은 다시 꼬리를 자르기 위해 그 조직원을 제거하였다."

"미친……! 야, 우린 뭐 입이 없는 줄 알아?"

"스토리야 어떻게 쓰느냐에 따라 달라지는 거니까, 말을 잘하면 변경은 얼마든지 가능해. 그러니까 말 돌리지 말고, 허튼 생각도 말고 묻는 말에나 잘 대답해."

나는 둘을 보며 물었다.

"김선애. 죽이라고 의뢰를 넣은 게 누구야?"

입을 꾹 다무는 둘에게 나는 다시 말했다.

"아무래도 조직원을 죽인 두목도 모든 게 밝혀지자 삶을 비관해 스스로 목숨을 끊었다…… 로 가야겠군그래."

그러자 흠칫 놀란 강원식이 도룡에게 소리쳤다.

"뭐 하고 있어, 이 새끼야! 얼른 말하지 않고!"

도룡은 자신이 모시는 강원식이 잡혀 오고부터는 기세가 많이 꺾여있었다.

"그, 그게……. 우리 쪽에 거미줄이란 애들이 있거든. 각 카페나 비밀채팅 하는 쪽에서 누군가를 죽이고 싶다는 놈들 있으면 은밀히 접근해서 의뢰를 받는."

"그래서?"

"거기서 그 선애라는 애를 죽여 달라는 사람이 있었어."

"그게 누구인데?"

"김슬기! 그래, 그 이름이었을 거야. 그 이름으로 입금이 되었거든."

"나이는 모르고?"

"그런 것까지 우린 알 필요가 없으니까. 돈만 받으면 됐거든."

"의뢰금이 얼마였는데?"

"5천만 원."

"받은 계좌와 날짜가 언제인지 말해."

나는 도룡으로부터 받은 정보를 신정환에게 넘겼다.

그런데 잠시 후에 알려오는 말이 조금 황당했다.

"중학생이라고요?"

'어, 확실해. 근데 그 큰돈이 입금되자마자 네가 말한 그쪽 계좌로 빠져나간 정황이 있어. 아무래도 징검다리로 이용된 것 같아. 아, 잠깐만. 방금 전에 그 시각에 은행 앞에서 누군가를 만난 장면이 들어왔는데. 보내 줄까?'

"네. 지금 바로요."

의뢰를 한 사람도 다른 누군가를 이용해 입금을 했다는 거였다.

자신을 감추기 위해.

머리는 잘 썼다만, 우리 감시망을 피해 갈 순 없지.

그리고 곧 나의 핸드폰으로 짧은 영상이 하나 전달되었다.

여자아이 하나가 다른 아이를 은행으로 떠미는 모습이었다.

"애는……!"

아는 아이였다.

"김영지……. 후우……."

김선애의 동생을 차로 친 것은 물론, 김선애의 집단폭행을 주도했던 아이였다.

"김한규 의원의 딸이었지 아마……."

도룡이 물어왔다.

"뭐야, 아는 사람이었어?"

그런데 때마침 그때, 신정환에게서 다시 전화가 걸려왔다.

[아직 뉴스 안 봤지? 이거 일이 재미없게 끝나네.]

"무슨 일인데요?"

[지금 바로 뉴스 확인해 봐. 그럼 알 거야.]

전화를 끊고 뉴스를 확인해 본 나는 절로 쓴웃음이 지어졌다.

그리고 난 그 뉴스 소리를 높여 매달린 둘에게 들려주었다.

-속보입니다. 국민선호당 이춘배 의원이 조금 전 의원 사무실
이 있는 옥상 건물 위에서 투신했다고 합니다.

뉴스를 들은 둘의 낯빛은 어둡게 변했다.

그러나 의뢰자를 알게 된 이상, 더는 이 둘에게 볼일이 없었다.

나는 뒤돌아 그곳에 있는 이들에게 명령했다.

"나는 이만 갈 테니까, 저놈들한테 약속받아내고, 스토리 대로
잘 따르게 해. 곧장 검찰에 넘기도록 하고."

"네, 알겠습니다."

더는 아무것도 할 수 있는 게 없다고 생각했을까, 묶인 둘은
절망해서는 아무런 말이 없었다.

* * *

한 집으로 경찰이 다가가 초인종을 눌렀다.

곧 중년의 여자가 나오며 물었다.

"무슨 일이시죠?"

"경찰입니다. 이번에 일어난 사건 때문에, 따님에 관해 묻고 싶은 것이 있어 조사차 나왔습니다."

"우리 영지 찾았나요? 우리 영지 지금 어디에 있어요?"

"따님이 집에 없는 건가요?"

"지금 무슨 말씀을 하시고 계시는 거예요. 제가 실종신고 한 지가 벌써 얼마나 지났는데?"

"아…… 그게 말이죠. 각 관할마다 정보가 신속하게 안 돌아서 말이죠."

"우리 애가 또 무슨 사고를 친 건가요?"

"아이들 사이에서 서로 돈을 주고받고 청부 살해를 하는 일이 있었습니다. 오늘 범인들을 검거했는데, 그 의뢰자 중 하나가 김영지로 밝혀져서요."

"아이고, 아이고 이걸 어째……."

털썩 쓰러지는 영지의 어머니를 경찰이 얼른 부축했다.

남편이 구치소에 있는 상황에, 딸까지 가출을 해서 이런 사고를 쳤다는 소식에 그녀는 마음이 새까맣게 타들어 가기만 했다.

잠시 후, 경찰은 최강이 있는 차로 다가와 상황을 보고했다.

"김영지는 한참 전에 가출을 한 모양입니다."

"그걸 처음부터 확인 안 한 거야?"

"죄송합니다. 설마 가출을 했을 거라고는 생각을 못 해서."

"됐고, 애가 그 큰돈은 어디서 났다고 하는데?"

"가출 전에 자기 아버지의 금고를 턴 모양입니다."

"보이스 피싱으로 꽤나 많은 돈을 뜯어냈다고 했는데, 전부는 아니었던 모양이군."

최강은 즉시 명령했다.

"지금부터 조직의 정보망 전체를 이용해서라도 당장 김영지 찾아. 알아내면 바로 나한테 연락하라고 하고."

"네."

                      * * *

가출을 한 김영지는 열다섯의 나이에 여관이나 호텔을 잡을 순 없었다.

해서 김영지가 떠올린 것은, 아는 오빠에게 부탁을 하는 거였다.

함께 놀던 오빠에게 부탁해, 그 오빠의 형의 이름으로 월세방을 얻는 거였다.

월세도 1년 치 일시불로 치러 당분간은 혼자 지내는 데 아무런 문제가 없었다.

하지만 가방 속을 본 그녀는 슬슬 걱정이 되기 시작했다.

있는 돈이 고작 몇백만 원이 전부였기 때문이다.

"나올 때는 정말 많이 가지고 나온다고 했는데."

그녀는 아빠가 그동안 받아온 뇌물을 금고에 숨겨 두고 있는 걸 알고 있었다.

금고에는 금도 있었지만, 미성년자여서 금을 파는 게 어렵다는 건 잘 알고 있었다.

해서 그녀는 자신의 가방에 넣을 수 있을 만큼 돈을 꽉 채워 집을 나섰다.

하지만 지금에 와서는 무척 후회가 됐다.

"옷을 가지고 나올 게 아니라, 돈을 더 넣었어야 했는데. 아휴, 등신. 나와서 사 버리면 되는 걸 왜 그 생각을 못 한 거야."

짧은 생각과 뒤늦은 후회.

그리고 충동적으로 치른 의뢰금까지.

워낙에 모든 걸 충동적으로 행동하다 보니 남은 금액이 확 줄어서야 이제야 걱정이 되는 거였다.

그러나 며칠이 지나 뉴스에서 칼에 찔린 중학생에 대한 이야기가 나왔을 때에는 흥분을 해서 두 주먹까지 쥐어 가며 좋아했었다.

"좋았어! 그래! 이 개 같은 년, 그리고 도망치면 너라고 잘살수 있을 줄 알았어! 꼴좋다, 나쁜 년."

그런데 또 며칠이 흘러 아침에 이상한 뉴스가 나왔다.

-촉법소년을 이용해 살인을 지시한 조직이 검거되었다고 해 큰 충격을 주고 있습니다. 놀랍게도 이 조직은 정치권까지 연루되어 살인을 계획하고 살인을 실행해온 걸로 알려졌는데요, 현재

경찰은 해당 청부조직의 장부를 이용해 관련된 모두를 조사하고 있다고 전했습니다.

그럼 경찰 관계자의 말을 들어 보시죠.

-저희는 장부를 통해, 해당 조직이 의뢰인들을 회원처럼 관리해 온 사실을 알아낼 수 있었습니다. 찾은 장부에는 의뢰를 청부한 이들의 이름과 계좌 내역까지 전부 나와 있는 바, 이걸 토대로 경찰은 의뢰자는 물론, 살해 지시를 받고 행동한 모든 이들을 신속히 검거할 계획입니다.

"뭐야, 이거……! 설마, 나도 걸리는 건 아니겠지? 그래…… 내 통장으로 입금시킨 것도 아닌데. 나는 안……!"

안 들키는 게 아니었다.

"아니, 잠깐만. 슬기 그년이 내 이름을 불면 어차피 나도 다 들키는 거잖아! 안 돼, 얼른 슬기부터 만나서 그 입을 닫아야 해……! 안 그러면 나도 잡혀가게 될 거야!"

* * *

고등학교 2학년인 이성재는 등교를 하다가 말고 납치를 당하듯 억지로 차에 태워졌다.

"으악!"

겁을 잔뜩 집어먹은 그는 떨리는 목소리로 물었다.

"누, 누구세요? 저한테 왜 이러세요?"

건장한 사내들이 양옆으로 앉아서는 사진을 보여 주었다.

"김영지, 알지?"

"네? 아, 네……."

"지금 어디에 있는지 말해."

"그, 그건 저도 잘……."

"며칠 전에 이 근방에서 만난 걸 알아. 그러니까 다치기 전에 말해."

앞쪽에 앉은 아저씨가 무서운 목소리로 말했다.

"똑바로 말 안 하면 곱게는 못 돌아가. 아저씨들 화나게 해도 마찬가지고. 알아들었어?"

차는 계속 달렸다.

이성재의 눈에 저 앞으로 정문이 보이고 있었다.

이성재는 저 학교 정문을 지나치면 돌이킬 수 없는 일이 일어날 것만 같은 불안감을 느꼈다.

그래서 외치듯 말했다.

"에, 에이스빌라! 에이스빌라 302호예요! 영지, 거기 살아요!"

끼이이익.

차는 학교 정문 앞에서 멈춰 섰다.

"동은? 무슨 동이야?"

이성재는 손가락을 가리켰다.

"저, 저쪽 골목으로 10분만 직진하시면 나와요……! 진짜예요!"

사내들은 이성재를 내려 주고는 쌩하고 사라졌다.

이성재는 다리가 부들부들 떨리고 있는데, 그것도 모르고서 곁을 지나던 친구들이 한마디씩 했다.

"오오~ 차 좋은데? 좋겠다, 데려다주는 사람도 있고?"

그러나 이성재는 등줄기를 타고 식은땀이 흘렀다.

미친놈들.

차가 좋다고? 누가 데려다줘?

자신이 지금 무슨 일을 당할 뻔했는데.

끌려갔으면 무슨 일을 당했을지, 생각만 해도 소름이 다 끼쳤다.

아무튼 이게 다 영지 때문인 것만은 분명했다.

"가출했다고 해서 집까지 구해 줬더니, 영지 걔는 대체 뭘 하고 다니는 거야? 휴우……. 깜짝 놀랐네."

* * *

김영지는 집을 나섰다가 전화를 받고 깜짝 놀랐다.

"뭐? 누가 날 찾았다고? 그래서 뭐라고 말했는데?"

이성재로부터 걸려온 전화였다.

이성재는 솔직하게 말했다.

"오빠 미쳤어?! 그걸 말해 주면 어떻게 해……!"

전화 너머로 큰 소리가 들려왔다.

[야이 미친년아! 너 때문에 나까지 죽을 뻔했어. 알아! 이상한 사람들한테 끌려갈 뻔했다고! 나는 이제 모르겠으니까, 니 일은 니가 알아서 해!]

뚝.

전화가 끊어지자 김영지는 머리를 마구 헝클였다.

"아아아악-! 짜증나. 이 비겁한 새끼!"

슬기만 만날 생각으로 가벼운 옷차림으로 나온 상태였다.

돈이 든 가방이고 뭐고 다 집에 있었다.

"아이, 씨……! 돈은 집에 다 있는데……!"

다시 돌아갈까, 고민도 많았다.

그렇지만 지금 등교하고 있을 슬기를 만나지 않으면 자칫 늦을 것 같았다.

영지는 이성재의 욕을 하며 슬기를 만나기 위해 발걸음을 재촉했다.

"이성재 이 개새끼! 좋다고 쫓아다닐 때는 언제고! 씨발 새끼, 내가 니 새끼 얼굴 다시 보나 봐라!"

* * *

영지가 얻은 원룸 집.

똑똑똑.

잠시 노크가 있었다.

집 안에서 아무런 인기척을 못 느꼈을까.

곧 잠금 열쇠가 열렸다.

지이이이익.

띠리릭.

발라스에는 이런 문을 따는 기계정도는 널리듯 많았다.

그런 그들에게 이런 침입은 아무것도 아니었다.

그들은 안으로 들어와서는 주변을 둘러봤다.

열린 가방 속에서 제법 많은 돈도 발견했다.

하지만 영지는 찾지 못해 곧장 전화를 걸었다.

"지내는 곳을 찾았습니다. 근데 아이는 어딜 갔는지 없습니다. 돈이 든 가방이 여기에 있는 걸로 보아 다른 곳으로 자리를 옮긴 것 같지는 않습니다."

최강은 보고를 듣고 답했다.

"알았어. 주변에서 지켜봐. 어딜 갔든 곧 들어오겠지."

"네, 알겠습니다."

최강은 지금 김선애와 함께 있었다.

선애는 최강의 눈치를 보더니 물었다.

"오빠, 진우는 언제쯤 만날 수 있어?"

"이 회사 대표님이 출근하면서 데리고 온다고 했으니까 조금 있으면 도착할 거야."

"진우는 괜찮은 거지?"

누나라고 동생은 또 엄청 챙긴다.

그런 선애의 모습이 최강은 기특하고 대견스럽다.

하지만 최강은 그런 선애에게 묻고 싶었다.

"선애야, 사실은 말이야. 진선이가 너한테 그런 게……."

"누가 의뢰를 한 거라면서?"

갑작스러운 물음에 살짝 당혹스럽다.

"어. 근데 네가 그걸 어떻게 알아?"

"아침에 뉴스 봤어. 어딜 틀어도 그 얘기만 나오던데, 뭐. 애들을 시켜서 살인을 시킨다는 조직이 검거됐다고……. 그런데 우리 집도 나오더라. 그 일도 관련되어 있다고……."

아무리 어려도 그 정도 봤으면 일이 돌아가는 사정쯤을 알 것이다.

최강도 부정하진 않았다.

"맞아. 그렇게 된 거야. 진선이는 엄마 병원비가 필요했다고 하더라. 그래서 그런 짓을 했다나 봐."

"나, 다신 걔 안 보고 싶어. 끔찍하고 무서워. 아무리 엄마 때문이라고 해도, 그러는 게 어디 있어. 그렇다고 사람을 죽이는 건 아니잖아."

선애는 감정이 격해졌다.

당연히 떠올리는 것만도 두렵고 끔찍할 것이다.

믿었던 존재에게 당해서 더욱 그럴 거다.

어린 나이에 그런 일을 당한 만큼, 어쩌면 사람을 믿는 데 트라우마가 생겼을지도 몰랐다.

"그렇게 될 거야. 감옥은 아니지만, 소년원에 갈 거고, 당분간 이 주변에서는 안 보게 될 거야."

"정말?"

"어."

"하아, 사람을 그렇게나 찔렀는데, 감옥에 안 간다니 참 이상해. 무슨 법이 그래?"

"결과적으로는 너도 이렇게 멀쩡하고, 그리고 촉법소년에 대한 법이 10호가 최고형이어서."

"오빠가 그렇다는데, 그런 거겠지……."

최강은 잠시 숨을 고른 후에 다시 입을 뗐다.

"사실은 말이야, 선애야. 너한테 묻고 싶은 게 있어."

"갑자기 뭐가 그렇게 진지해? 괜히 겁나게……."

"하아……. 사실 어제서야 찾았거든. 그런 조직에 의뢰해서 진선이한테 그런 짓을 하게 만든 사람. 살인 의뢰자."

"그, 그게 누군데? 왜 날 죽이려고 했데? 내가 뭘 어쨌다고?"

"그 의뢰자가 사실은, 영지야."

"기, 김영지?! 진짜?"

"어."

선애는 크게 흥분했다.

"허……! 진짜 악마다, 걔도. 나를 그렇게 괴롭히고 때리더니, 그거로는 성에 안 찼대? 아니, 내가 진짜 뭘 잘못했다고 그렇게까지 하는데? 어! 아무리 생각해도 이해가 안 되잖아!"

청소년기라는 게 아무리 감정의 기복이 크다지만, 최강도 걱정 스러울 정도였다.

"진정하고, 선애야. 그래서 너한테 묻고 싶어. 어떻게 했으면 싶은지."

"무슨 뜻이야?"

"법의 처벌. 아니면 그 이상을 바라는지 그걸 묻는 거야."

"그 이상을 바란다고 하면 뭘 할 수 있는데?"

"숨 쉬고 사는 게 끔찍한 일을 겪게 할 수 있지."

"예를……들면?"

"배에 태워서 저 멀리 아프리카 같은 곳에 데려다 놓을 수도 있어. 이후의 운명은 그 아이에게 달린 걸 테고."

"와……. 그럼 막 동물들한테 잡아먹힐 수도 있는 거야?"

"도망을 잘 쳐야겠지?"

"진짜 무섭겠다. 근데 오빠, 진짜 그럴 생각까지 한 거야?"

최강은 진심을 담아 선애를 쳐다봤다.

"내 동생을 건드렸어. 근데 그 이상의 짓인들 뭔들 못할까. 네가 그 서늘한 수술대 위에 누워서 다 죽어 가는데…… 나는 내가 늦었을까봐 정말 무섭더라. 너를 잃을까 봐 걱정했던 것만 생각하면, 당장 찢어 죽여도 시원치가 않아."

선애가 최강을 보더니 울먹이듯 웃었다.

"그래도 고맙네. 나를 위해 이렇게 생각해 주는 사람도 있 고……. 후우…… 진짜 고마워……."

"우는 거야, 웃는 거야?"

분위기를 깨는 질문에 선애가 똑 쏴댔다.

"몰라."

"쌀쌀맞기는. 그래서 너의 선택은 어떤데?"

"나도 정말 화도 나고, 영지 걔를 어딘가에 평생 가두고 싶을 만큼 화도 나. 근데, 난 적어도 정상적인 사람으로 크고 싶어. 다른 사람한테 그렇게까지 나쁜 짓을 하고서 내가 어떻게 죄의식 없이 마음 편히 살 수 있겠어. 안 그래?"

"와……."

"뭐야, 그 감탄은?"

"뭔가 좀…… 중2의 입에서 나올 법한 얘기는 아닌 것 같아서. 요즘 애들 보면 참 무서워. 우리 때와는 다르게 머리도 많이 큰 것 같고. 생각이 좀 더 깊다고 해야 하나? 애들 나쁜 짓 하는 거 보면 영악하기만 한 게 또 아닌 것도 같은데."

"욕을 하자는 거야, 칭찬을 하자는 거야?"

"일단은 칭찬."

"아무튼……! 법대로 해. 난 그거면 돼."

"정말 그거면 되겠어?"

"응."

최강은 환하게 웃었다.

"훗, 그래. 이 오빠가 오히려 너한테 배운다. 그리고 앞으로도 그렇게 올바른 청소년으로 커 가길 바라마. 언제까지나."

"대신. 꼭 잡아서 벌줘야 해. 알았지?"

"어. 그건 약속할게."

때마침 그때, 노크 소리가 들려오며 진우가 문을 열고 들어왔다.

진우는 선애를 보더니 울먹이며 달려왔다.

"누, 누나……!"

"진우야!"

진우는 선애의 품에서 마구 울었다.

"엉엉! 누나가 죽는 줄 알았어~!"

"누나 괜찮아. 울지 마. 뚝, 남자가 이렇게 눈물이 많으면 안 된다고 했지?"

최강은 그 모습을 보고 있자니 무척 흐뭇했다.

그리고 생각했다.

누나는 동생이 있어서 더 의젓해지고, 동생은 누나가 있어 더 어리광을 부리는 게 아닐까 하고.

그러다 보니 생각하게 된다.

"나도 형 하나쯤 있었으면 꽤나 기댔을 것 같은데."

그러자 신정환이 다가와 그에게 어깨동무를 했다.

"그렇게 원하면 내가 형이 되어 줄 수도 있는데."

최강이 그를 슥 보더니 올린 손을 툭 쳤다.

"아유, 그렇다고 너무 나이 먹은 형은 싫고."

"야, 너……! 그렇게 말하면 서운하다 진짜? 맘상이야?"

"맘상은 무슨. 그 나이 먹고 애들 따라서 그런 말 하고 싶어요? 아무튼 전 갑니다!"

"또 어딜 가는데?"

"이번 일의 원흉인 의뢰인을 잡으러 가야죠. 이건 걔가 잡혀야 끝나는 일이니까요."

* * *

나는 김영지가 가출 후 지내고 있다는 원룸을 찾았다.

내가 오자 반대편 차에서 내려 모두가 다가왔다.

"오셨습니까."

"아직도 안 들어온 거야?"

"네."

"벌써 낌새를 채고 내뺀 건 아닌지. 요즘 애들이 워낙 머리가 좋아야지."

이렇게 잠자코 나타날 때까지 기다릴 순 없었다. 해서 나는 김영지가 지냈다는 방으로 들어갔다.

문조차 열지 않고 바로 관통해 버린 나는 김영지의 물건들 중에 이어폰 하나를 꺼내 주문을 외웠다.

"라올라 오로코르, 이크나크스……."

눈앞으로 거리가 빠르게 좁혀들었다.

잠시 후, 인경 중학교가 보이는가 싶더니 그곳 뒷산으로 김영지가 누군가를 억지로 끌고 올라가는 모습이 보였다.

환상에서 벗어난 나는 의아했다.

"누구를 데리고 올라가는 거지?"

잠시 잠깐 보았던 그 얼굴.

곧 나는 그 얼굴이 떠올랐다.

"그래! 그 영상! 김영지가 은행에서 떠밀었던 개야! 김슬기라고 했던가?"

김영지는 자신을 감추기 위해 김슬기를 이용했다. 나중에 문제될 것을 생각해서.

그러나 청부 조직의 장부에 김슬기라는 이름이 있을 테니, 경찰이 조만간 조사를 하러 올 거라는 걸 알 것이다.

"아무래도 김슬기의 입을 막으려고 찾아간 모양인데……."

김슬기라고 사람을 죽인 일을 덮어쓰진 않을 것이다.

아무리 협박을 하고 위협을 가한다 해도, 계좌를 잠깐 빌려주는 일과는 차원이 다른 일이다.

그럼 슬기가 거부했을 땐?

"이런……! 어쩌면 슬기가 위험할지도 모르잖아!"

* * *

김영지는 벼랑 끝에 매달린 격이다.

이 큰일을 앞두고 자신이 살 길이라고는 오직 슬기의 입을 막는 것이라고 생각했을 것이다.

그러니 슬기가 거부했을 땐, 자신의 죄를 덮기 위해서라도 슬기를 없애려 들지도 몰랐다.

설마 그렇게까지 할까라는 생각은 들지 않았다. 이미 의뢰로 사람을 죽이려고 했던 만큼, 분노로 가득한 김영지는 무슨 짓이든 할 수 있다는 게 나의 생각이었다.

"당장 경찰에 신고해서 인경 중학교 뒷산으로 오라고 해! 어서!"

"네!"

나는 발라스의 요원들에게 경찰에게 신고를 하라고 말한 후, 인경 중학교 뒷산으로 차를 몰았다.

차가 갈 수 있는 곳까지 간 나는 온몸에 카우라를 둘렀다.

그리고는 거의 날다시피 산을 빠르게 쏘아 올라갔다.

카우라를 끌어올린 만큼, 감각은 모두 최상으로 끌어올려져 있었다.

때문에 청각도 올라 어디선가 싸우는 소리가 들려왔다.

"경찰이 찾아올 거라면서, 근데 나더러 거짓말을 하라고?"

"시키는 대로 해. 안 그러면 내 손에 죽을 테니까."

나는 고개를 오른쪽으로 돌렸다.

"저쪽이다!"

파밧!

대화는 더욱 선명하게 들려 왔다.

거의 근접해서는 발소리를 소리를 줄였다.

그리고 시계가 잘 작동하는지 살폈다.

혹시라도 김영지가 범행을 저지르려고 한다면 증거를 남기기 위함이다.

그리고서 다가가는데 아이들의 대화가 들려왔다.

"아, 씨팔! 그냥 무조건 모른다고 하라고! 통장이나 카드를 잃어버렸다고 하면 되잖아!"

"야, 너 요즘 TV도 안 봐? 내가 직접 은행 직원한테 돈 주고 계좌이체 했어. 은행 카메라에도 찍혔을 텐데, 이게 모른다고 해서 되냐고?"

"너 진짜 죽고 싶냐? 시키는 대로만 하라고 했지. 입 다물라고. 말 못 알아들어?"

"아니, 무슨 상황인지라도 알려 줘야 하잖아. 대체 그 돈, 어디다가 부친 건데?"

"알 거 없다고 몇 번이나 말해!"

"잠깐만. 허업······! 오늘 아침에 이상한 뉴스 나오던데. 애들 사이에서 막 사람 죽이라고 시키고 그런 일 있었다고. 너 설마, 그 돈 사람 죽이라고 보낸 돈이었어? 진짜 그런 거야?!"

"아, 씹! 그 입 안 닫아?"

"그럼 내가 아무 얘기 안 하면? 그럼 이거 내가 한 게 되는 거 아냐? 그냥 계좌만 빌려주면 된다며? 아무 일도 안 생길 거라며! 근데 나한테 대체 무슨 일을 시킨 거야!"

"이 쌍년이!"

짝!

김영지가 김슬기를 때리기 시작했다.

"꺅!"

발로 차 쓰러뜨리더니 급기야 그 위로 올라 타 마구 때렸다.

"너는! 내가 그럴 줄 알았어. 내가 안 왔으면 경찰한데 제일 먼저 다 불어 버릴 년이야."

"그만해, 영지야! 말 안 할게. 진짜로 말 안 할게. 진짜야!"

"나더러 그걸 믿으라고? 아냐…… 너는……! 절대 못 믿어."

김영지의 눈빛이 무섭게 변했다.

살기로 번뜩이더니 급기야 슬기의 목을 조르기 시작했다.

"컥! 커걱! 영지야……! 제발……! 이렇게 빌게. 절대로…… 말 안할게……."

"죽어, 그냥. 너 같은 거 살아 있으면 나한테 도움이 안 돼. 그냥 죽으라고!"

나는 그제야 나섰다.

총을 꺼내고는 그대로 하늘로 쐈다.

타앙-!

"멈춰!"

"허업……!"

총을 쏜 건 김영지를 멈추기 위함도 있지만, 혹시라도 경찰이 근처에 왔다면 소리를 듣고 서둘러 오라는 뜻도 있었다.

김영지는 놀라 물러나더니 무척 당황해했다.

"아저씨가 여기 왜 있어요? 설마 나 뒤쫓아 온 거야?"

나는 슬기에게 이쪽으로 다가오라고 손짓하며 김영지에게 말
했다.

"김영지, 이제 다 끝났어. 그만해. 이미 네가 슬기를 은행으로
밀어 넣는 장면까지 다 찍었어. 네가 선애 죽이려고 돈 보낸 것까
지 다 드러났다고."

"씨팔……. 그걸 벌써 알았다고? 와……. 아저씨 도대체 뭐하
는 사람이에요?"

"국가정보원. 사람들이 국정원이라고 하지. 국가의 안보에 관
련된 일이나, 해외로 나가면 첩보원 일도 종종 하는."

"진짜? 아저씨가 국정원이라고?"

"아니면 내가 너희 아버지나 다른 애들 부모들 비리까지 어떻
게 그렇게 쉽게 얻었을까?"

"허……! 그런 거였어?"

"김영지 네가 선애 죽이라고 시킨 걸 알아내는 것도 그렇게
오래 걸리지 않았어. 전부 다 드러났다고. 그러니까 그만하고
자수해."

"자수? 그럼 내 인생 끝나는데 자수하라고?"

"너 아직 촉법소년이야. 처벌 받아 봐야 전과에 올라가지도
않아."

"그럼 뭐 해. 동네 사람들이 전부 다 알 텐데. 인터넷이고 방송

이고 다 나올 텐데. 세상 사람들이 전부 다 알 텐데-!"

나는 총을 품에 넣고 웃었다.

"내가 너 걱정해서 이런 말 하는 줄 알아? 나였으면 너, 쥐도 새도 모르게 잡아다가 죽였어. 근데 왜 안 그러는 줄 알아? 선애가 부탁하더라. 그런 나쁜 마음을 지니고서 지금의 삶을 살고 싶지 않다고. 그러니까 그냥 법에 맡겨 달라고."

"미친년, 지가 뭔데 나를 법에 맡기래? 머리가 어떻게 된 거 아냐?"

"방송? 세상 사람들이 알게 되는 거? 그럼 그런 짓을 하지 말지 그랬어. 어리니까 괜찮겠지 하면서 니들이 해 왔던 행동들이 용서받을 수 있을 것 같아? 아니. 절대로 아니야. 그러니까 죄 지었으면 지은 죄만큼 달게 받아! 세상 사람들이 욕할 만큼 잘못을 했으면 그만한 벌을 받아야지! 전부 네가 선택해서 한 일이잖아! 아니야?"

"싫어…… 내가 왜 그래야 하는데!"

"그래서, 그게 싫어서 이번엔 직접 사람을 죽이려고 그랬나?"

"뭐……?!"

"방금 너, 슬기 죽이려고 그랬잖아."

"그, 그건……!"

"후후, 너 같은 것들에 대한 내 솔직한 생각을 말해 줄까? 너 같은 것들은 아이고 어른이고를 떠나, 절대로 갱생이란 게 될 수 없는 것들이야. 오로지 자기만 생각하는 더러운 폐기물 같은 것들! 세상을 병들게 하는 암 덩어리! 그런 게 너 같은 것들이라고."

"씨팔, 니가 뭔데 나를 판단해?! 무슨 자격으로!"

"그럼 넌 무슨 자격이 되어서 선애를 죽여도 된다고 생각했는데?"

"뭐……?"

"그런 자격을 갖춘 사람은 세상에 없고! 법이 그걸 악행이라고 판단하기에 죄인 거야. 넌 그저 원망을 퍼붓고 싶은 대상이 필요했던 거라고. 결국 전부 다 네가 선택한 거면서."

"아냐…… 아니라고! 웃기지마. 뭘 다 아는 척이야? 지랄 말라 그래……. 다 꺼져 버리라고!"

나라고 이런 말을 할 자격이 있을까?

세상의 잣대로 본다면 아마 아닐 것이다.

세상의 법, 그 속에서 나는 살인자이고, 범죄자일 테니까.

생각해 보면 나는 나만의 잣대로 살아왔다.

그러니 당연히 내가 하는 말이나 행동이 옳을 수는 없다.

그렇지만 저 앞에 있는 재생 불가능한 쓰레기와 비교하면?

그래도 내가 백 번 낫지.

최소한 나는 사람을 아끼는 마음을 지니고 있다.

누군가를 사랑할 줄 알고, 위할 줄 안다.

아픈 사람을 보면 가엽고, 힘들어하는 사람을 보면 도와주고 싶다.

아무리 나도 이기적이라고 하지만, 이기적이라고 해서 다 같은 이기적인 것은 아닌 것이다.

저런 쓰레기와 비교를 당한다고 생각하니 토악질이 나올 것 같다.

아~ 진짜 한 대 확 후려치고 싶은 충동이.

"이봐요! 거기 누구 있어요?"

때마침, 뒤로 경찰이 올라오고 있었다.

"여깁니다!"

"방금 전에 총소리가 들렸는데. 그거 혹시 당신이 그런 겁니까?"

"국가정보원 7과의 최강 과장이라고 합니다. 방금 전, 저기 있는 친구가 여기 제 뒤에 있는 친구를 목 졸라 죽이려고 했습니다. 저 아이는 아침에 보도된 청부 조직에 의뢰를 넣은 의뢰자이기도 합니다. 하니 어서 잡아가시죠."

"그전에 신분증 좀 봅시다."

말을 한다고 거저 믿진 않았다.

신분을 확인시켜 줘야 했고, 그제야 내 말을 믿은 경찰들은 산 비탈길을 도망쳐 내려가는 김영지를 좇아 붙잡았다.

"놔! 이거 놓으라고!"

"얌전히 따라와!"

악인의 최후.

김영지가 붙잡혀가는 걸 보니 이제야 정말 일이 전부 끝난 기분이 들었다.

"한 아이의 비뚤어진 원한이 참 잔인하게도 날아들었네요."

-원한의 깊이는 아이와 어른 할 것 없이 동일한 것이니까.

"늘 가해자였으면서, 어떻게 저렇게 피해의식만 가질 수 있는 건지 저는 이해하기가 어렵습니다. 가해자가 피해자인 척하는 것만큼 역겨운 것도 없는데 말이죠."

-그 또한 아이만 할 수 있는 투정 같은 게 아닐까. 그리고 언제까지나 아이일 순 없을 테니, 세월이 지나면 언젠가 깨달아지겠지.

"생각이야 저마다 다르겠지만, 전 아니라고 봅니다. 저런 것들은 절대 안 변하거든요. 사람은 본디 선하게 태어나기도 하지만, 때론 악하게 태어나기도 한다는 게 제 생각입니다. 가지고 태어나는 그 성격은, 아무리 환경이 좋아도 변하기 어려운 거더라고요."

* * *

연일 방송에선 정치권과 학교의 문제에 관해 다루었다.

어린 학생들이 살인에 연루되고, 쉽게 돈을 벌기 위해 이용되기도 했다는 사실에 사회는 큰 충격을 받았다.

세상은 그렇게 강한 진통을 겪어야 했고, 우리 역시 그러한 진통을 이겨 내며 원래의 자리로 돌아왔다.

"와, 이제야 우리 집이다."

선애와 진우는 집으로 들어오며 무척 즐거워했다.

그래도 내 집이 편하다고, 집만 한 안식처가 없어 보였다.

하지만 나 나름의 걱정도 있었다.

"정말 여기서 쭉 살아도 괜찮겠어? 네 방에서 겪었던 일인 만큼, 트라우마가 있을까 봐 걱정이 돼서."

"문득문득 떠오르지 않는다고 하면 거짓말이겠지? 근데 그건 사람에 대한 거지, 방에 대한 건 아니라서. 그나저나 깨끗하게 치워졌네? 다행이다. 난 피 묻은 거 어떻게 치우나 걱정했는데."

"다 죽어가던 애가 무슨 그런 걱정을. 피 묻은 것들은 죄다 버리고 새로 사다가 정리하라고 했어. 그러니까 그런 걱정 말고 잘 지내기나 해."

"우리 걱정은 그만하고 이제 좀 가지? 꼰대 잔소리 듣는 것 같아서 이제 막 귀에서 피가 나려고 그러는데."

"너는 오빠한테……! 에휴, 그래. 간다 가. 무슨 일 있으면 전화하고!"

"응!"

"형아, 잘 가~! 또 놀러 와~!"

"그래, 밥 잘 챙겨먹고~!"

나는 웃으며 나갔지만, 경호원들을 만나서는 진지한 목소리로 말했다.

"그동안은 아이들의 사생활을 위해서 감시까지는 안 하려고 했는데, 도저히 내가 불안해서 안 되겠어. 여자 경호원은 선애를, 남자 경호원은 진우를 맡아서 감시하도록 해. 물론, 아이들이 알아서는 안 된다는 거, 잊지 말고."

"네, 알겠습니다."

"부모도 아닌 내가 이런 말을 하는 게 조금 이상하지만, 잘 부탁해. 이런저런 일을 겪다 보니까 저 애들이 바르게 잘 자라는 걸 꼭 보고 싶어졌거든."

경호원들도 마찬가지의 표정으로 말했다.

"이번 일을 겪고서 저희도 같은 마음이 되었습니다. 그 일에는 저희들 책임도 있었으니까요. 걱정 마십시오. 정말 잘 보호하겠습니다."

"그래. 믿고 가지."

나는 차를 타고 운전을 하며 여러 가지 생각에 잠겼다.

누군가를 보살피고 아낀다는 것.

그게 부모 같은 마음일 수는 없겠지만, 그 아끼는 마음과 소중히 하고 싶은 마음은 비슷하지 않을까.

"우리 엄마도 내가 어렸을 땐, 늘 이렇게 불안하기만 하고 물가에 내어놓은 아이 같은 마음이었을까?"

팔십 먹은 노모는 나이 많은 아들이 집을 나설 때에도 늘 차를 조심하라고 한다는 말이 있었다.

그런 것처럼 엄마에게도 난 그런 존재가 아니었을까.

내가 저 아이들에게 느끼는 감정처럼.

뭐, 지금은 살짝 반대되는 느낌도 없지 않아 있지만.

사실 아이들과 만나고 곧장 엄마를 보러 가려고 했었다.

이번 일과 같은 일이 안 생겼다면.

하지만 이젠 더는 미룰 수가 없었다.

"갑자기 엄마가 보고 싶네. 훗. 때마침 생각났을 때 가 볼까?"

시간 속에 갇혀 거의 10년 만에 보는 엄마다.

그 그리움은 차를 타고 달리는 내내 더욱 강해졌다.

그렇게 두 시간에 가깝게 차를 몰아 드디어 엄마 집에 도착을 했다.

그런데 아파트 주차장에 차를 대고 막 내리는데, 저만치에서 남녀의 대화가 들려왔다.

"혜나 씨, 근데 나 조금 서운해요. 아니, 몇 번이나 이렇게 오는데, 어떻게 커피 한 잔 하고 가라는 말을 안 해요?"

"미안해요. 내가 아직, 마음의 준비가 안 되어서."

"집에는 어른들이 계신 것도 아니고, 혼자 사신다면서요?"

"그렇긴 한데, 그래도……."

"설마, 내가 무슨 딴 생각이라도 품었을까봐 이래요?"

"그건 아닌데…… 미안해요. 나도 계속 같이 있고 싶기는 한데, 집은 아직……."

"훗, 알았어요. 이렇게까지 안 된다는데 어쩔 수 없죠. 혜나 씨가 마음의 준비가 되었을 때까지 기다리겠습니다. 정말 혜나 씨가 어떻게 사는지, 여러모로 궁금한 건 많지만! 혜나 씨를 위해서라면 참겠습니다."

"어우~ 정말. 내 마음 알면서."

쪽.

입술에 뽀뽀까지 하는 그들을 보며 나는 고개를 빼꼼 내밀어 다가갔다.

근데 이게 웬걸?

"으익! 엄마……?"

"어머! 깜짝이야! 가, 강아……!"

나는 눈이 튀어나올 것 같았다.

"헐……. 진짜 이런다고?"

"그, 그게 아니고 강아……."

"됐고! 두 사람 다 나 좀 봅시다."

우린 밖으로 나가 커피숍에서 자리를 잡았다.

엄마 옆으로 앉은 사람의 이름은 유정기.

헬스 트레이너라고 한다.

엄마가 운동삼아 헬스장에 갔다가 만났다나 뭐라나.

아무튼 그는 나의 존재가 무척 궁금한 모양이다.

"혜나 씨, 대체 이 분은 누구신지……."

"그, 그게……. 동생이에요."

"아~! 그러고 보니 동생이 한 분 계시다고 했었죠?"

나는 엄마를 째려봤다.

"동생~?"

그러자 유정기가 의아해했다.

"아, 아닌……가요?"

나는 힘겨운 표정 관리를 하며 답했다.

"하나뿐인 유일한 핏줄. 맞죠. 제가 그 사람입니다. 유전자 검사 하면 아주 높은 확률로 가족이라고 나올 테니까요."

"아휴, 나는 또 아닌 줄 알고. 아무튼 다시 한번 소개하죠. 유정기입니다."

악수를 청해왔지만, 나는 거절했다.

"인사는 됐고요. 그러니까 만난 지는 한 달쯤 되었다는 거죠?"

엄마가 민망해하며 답했다.

"으, 으응……."

"뭐야, 그럼 나 해외여행 가기 직전에 병원에 왔을 그때도 사귀고 있었다는 거잖아? 그땐 왜 말을 안 했어? 혹시 그때 나 막 부랴부랴 보내려고 했던 게, 이 사람 와 있어서 그랬던 거였어, 엄……! 큼, 누나?"

"뭐…… 둘이 만날까 봐 피가 좀 마르긴 했지."

"와……."

나는 즉시 전화를 걸었다.

"여기 대전에 경호 붙였던 사람들 지금 당장 튀어오라고 하세요."

잠시 후, 연락을 받은 경호원들이 후다닥 달려왔다.

엄마와 유정기가 살짝 놀라는 듯했지만, 나는 지금 짜증나는 게 먼저였다.

"당신들, 이 두 사람 관계, 알고 있었어?"

"네……."

"근데 왜 보고를 안 해?"

"그게…… 특별히 위험인물은 아닌 듯하여……."

"어떤 변화라도 있으면 내가 보고를 하라고 얘기를……!"

"죄, 죄송합니다!"

엄마가 황당해서는 물어왔다.

"너 나한테 사람도 붙였었니?"

"그럼 그 일 이후로 감시만 하고 있었을까 봐? 당연히 사람도 붙였죠. 또 위험해질까 봐!"

"얘는…… 다시는 그럴 일 없을 거라고 했잖아."

나는 경호원들을 보냈다.

"됐으니까 가 봐."

유정기는 무척 당혹스러워 했다.

"아니, 근데 동생분은 대체 뭐하시는 분인데 저런 분들을 이렇게……."

나는 내 신분증을 꺼내 강하게 소리가 나도록 탁자 위로 올려놓았다.

딱-!

"국가정보원 소속 요원입니다. 국가. 안보에. 위협이. 되는. 킬러 같은. 그런 놈들 무참히 때려잡는."

"아…… 아우……. 훌륭한 일 하시는 분이셨네요. 혜나 씨가 도통 동생 분에 대해선 말씀을 안 하셔서."

나는 유정기라는 사람이 궁금했다.

그래서 커피숍으로 오며 신정환에게 문자를 보냈다.

유정기의 지갑을 마법으로 슬쩍 하고는 사진까지 찍어서 보냈다.

혹여나 순진한 엄마의 재산을 노리거나 다른 목적으로 접근한 건 아닐까 걱정스러워 조사를 청한 거였다.

요즘 사실 정말 별놈이 다 있는 건 사실이잖아?

혹시 전과라도 있으면 어떻게 해?

데이트 폭력의 가해자일 수도 있는 거잖아?

띠링.

그런데 날아온 정보를 본 순간, 나는 황당해지고 말았다.

"으에?"

나는 유정기를 보고 다시 내용을 확인했다.

"혜단 인테리어 차남이셨어?"

그는 단숨에 알아내는 나를 보며 깜짝 놀랐다.

"그, 그걸 어떻게……!"

엄마도 몰랐던 눈치다.

"그게 무슨 말이에요, 정기 씨?"

"네? 아니 그게……."

나는 그가 당혹스러워하건 말건 자료를 계속 읽었다.

"하버드를 나와서 로스쿨까지……. 사법고시도 합격했네? 아니, 근데 왜 이러고 있어요? 검사나 변호사를 하고 있어야 할 사람이?"

그가 쓴웃음을 머금었다.

"가족과의 트러블 때문에 어쩌다 보니 이러고 지내고 있습니다. 혜나 씨가 부담스러워할 것 같아서 그동안 숨기고 있었는데. 휴~ 설마 이런 동생 분을 통해 밝혀질 거라고는 생각지도 못했네요."

전과는 없었다.

기타 SNS 사진들을 보면 주변 지인들과의 관계도 좋은 모양이다.

유독 없는 거라고는 가족사진 뿐.

"집안에선 회사의 승계나 지도자 수업, 뭐 그런 걸 원하시는 건가 보죠?"

"그런 셈이죠. 기업가 집안들이 다 그렇듯."

재벌처럼 보이지도 않고, 꽤나 수수한 성격의 사람 같았다.

운동 좋아하고, 자기 여유를 즐기며, 인생에 대해서는 확고한 고집도 있는 사람.

다행히 나쁜 사람 같진 않았다.

나는 이번엔 엄마를 보았다.

"그래서…… 우리 누나께서는 어떤 마음이신데? 이 남자, 계속 만날 건가?"

"그게 강아……."

나는 웃으며 다시 물었다.

"만날 거냐고 묻잖아요?"

"네가 무슨 생각을 할지도 알겠고, 실망을 하게 해서 미안한데……! 한번……! 만나고 싶어! 어떻게 안 되겠니?"

기분이 착잡하다.

생각지도 못한 상황에 당혹스럽기도 하다.

아무리 젊게 만들어 놓았기로서니, 설마 나보다 한 살 많은 사람을 사귈 줄이야.

그래, 엄마도 엄마 인생을 살아야 한다는 건 이해한다.

평생 혼자 이렇게 늙어 죽으라고 하는 건 너무 가혹한 일이다.

근데 그래도 너무 젊잖아?

새아빠가 나보다 한 살이 많다?

"어휴야……."

나는 생각을 정리한 후에 유정기에게 말했다.

"한 가지만 말하죠. 저희 누나에겐 비밀이 하나 있습니다."

"비밀이요?"

"하지만 당신이 당신 정체를 숨겼듯, 우리도 그것에 대해 말해 줄 생각은 없어요. 나중에 당신이 스스로 알게 된다면 몰라도."

"뭐……. 저도 거짓말을 하긴 했으니 넘어가겠습니다."

"그게 뭐든?"

"그게 뭐든."

"좋아요. 그럼 만나 보세요. 아! 대신……! 집 안에서는 애정행
각 금지. 내가 우리 누나 지키고 싶은 마음에 집 곳곳에 감시
카메라 설치해 뒀으니까."

유정기는 그제야 집은 안 된다고 했던 엄마의 말을 이해한
것 같았다.

"아, 그래서……. 훗, 그런 거였군요?"

"미안해요……. 말하긴 뭐해서……."

나는 두 사람의 끈적한 시선을 보고는 불편해서 자리에서 일어
났다.

"됐고, 그럼 난 이만 갑니다. 두 분께서 뜨겁게 사랑을 하시든
지 말든지."

커피숍을 나와 멀어지는데, 곧 엄마가 뒤따라 달려왔다.

"강아……!"

"왜 나와요?"

"미안해서……."

"좀 당혹스럽고 기분이 이상하긴 해요. 근데 그래도 엄마도
엄마의 삶이 있어야 하니까."

"이해해 주니 고맙다, 얘."

"아무리 그래도 저렇게 어린 사람을 만나서야……."

"그렇다고 내 이 모습에 50 넘은 사람을 만날 순 없잖니."

"듣고 보니 그것도 그렇네. 후우……. 아무튼 종종 연락 자주
하세요. 걱정되니까. 그럼 전 가 볼게요."

"조심히 가~!"

나는 차를 타고 가다가 순간적으로 웃음이 튀어나왔다.

"나 참……."

-왜 그러느냐?

케라의 물음에 나는 대답했다.

"정말 이젠 세상에서 놀랄 일이 없다고 생각했거든요. 근데 그게 아니란 걸 깨달아서요. 와…… 오늘 일은 진짜 쇼킹했네."

-그래도 엄마 아니냐? 축복해 주려무나.

"그러게요. 역시 그래야겠죠?"

* * *

정이한은 자츠윈 청의 말을 듣고 크게 놀랐다.

"뭐라고요? 누가 우리에게 협력을 요청했다고요?"

"헌터들……. 그들 조직이 저희에게 협력을 요청해 왔습니다."

"아니, 왜요? 지난번 듣기로는 굉장히 전통성 있고 폐쇄적인 집단이라고 하지 않았나요?"

"그것이……."

잠시 머뭇거리던 그가 한숨을 내뱉으며 말했다.

"최강 그자의 공격으로 그들 조직이 분열되었다고 하는군요. 절반은 최강 그에게로 흡수되었고요."

"네에? 아니, 그게 무슨……! 최강은 죽었다면서요?"

"세세한 사정은 듣지 못하였습니다. 아무튼, 최강이 다시 돌아왔고, 그들 조직이 큰 피해를 당했다고 하는군요."

"허……. 허! 기가 막히는군. 죽었다던 녀석은 살아 돌아오고, 죽였다는 조직은 분열을 해?"

"어떻게 그들 관계자를 만나 보시렵니까?"

"그래요. 만납시다, 당장."

정이한은 마련된 자리에서 노인 하나를 만날 수 있었다.

"안녕하십니까, 말씀 많이 들었습니다. 정이한이라고 합니다."

"반갑습니다. 나는 윌리엄 제나프라고 합니다."

"이쪽으로 앉으시지요."

조율자 조직의 1장로인 윌리엄은 가만히 정이한을 보았다.

"한데, 골드 킹의 마스터께서도 한국분이셨습니까?"

"네, 그렇습니다."

"그럼 혹 최강 그자도 잘 알고 계셨던 겁니까?"

"한때는 같은 누명을 쓰고 함께 도망쳐다녔던 시절이 있었죠. 지금은 그 녀석이 저의 적과 한배를 탄 때문에 적이 되었지만요. 아는지는 모르지만, 그게 당신들에게 의뢰를 맡겼던 이유이기도 하고요."

"그렇군요."

"한데, 협력을 요구해 오셨다고요?"

"동맹이라고 해 두죠."

"동맹. 흠, 저는 저희 조직과 함께하는 줄 알았는데요."

"같은 적을 둔 만큼, 협력 관계로서 힘을 합했으면 합니다."

"힘은 합하되, 조직을 합할 순 없다? 그건 좀 실망인데요?"

"저희들 조직의 특성을 버리긴 어려워서 말이죠. 같은 적을 두긴 했지만, 지향하는 뜻이 다른 것도 있을 테고요."

"그렇군요. 아쉽지만, 어쩔 수 없는 문제라면 더는 강요 안 하겠습니다."

"그럼 협력을 받아들이시는 겁니까?"

"그 전에 앞서, 무슨 일이 있었는지 먼저 알려 주셨으면 합니다만. 저희는 분명 최강 그를 제거했다고 전해 들었습니다. 그런데 이제 와서 말이 바뀌어서는 이렇게 협력을 요청해 오시니 저희 입장에서는 많이 당혹스러운 게 사실이죠."

"당혹스러우실 것은 이해합니다. 그 부분에선 저희들의 잘못이 크기도 하고요. 그 일은 사과드리겠습니다."

"아니, 사과를 받자는 건 아니고요. 죽은 최강이 어떻게 되살아난 것입니까?"

잠시 숨을 고르던 윌리엄이 정이한을 빤히 쳐다봤다.

"저희가 신비한 능력을 사용한다는 건 알고 계십니까?"

"조금 들었습니다. 마법 같은 걸 사용하고, 또 그런 걸 사용하는 사람들을 막는다던데요."

"네, 그렇습니다. 그리고 저희 사람들 중에선 시간을 다루는 놀라운 능력자도 있었지요."

"시간을 다룬다……."

"특정 원하는 생물이나 사물의 시간을 자유자재로 돌릴 수 있는 능력이었습니다. 심지어 시간을 멈추는 것도 가능했지요."

"허⋯⋯. 그거라면 정말 적이 없을 능력 아닌가요?"

"그 시간 능력자는 최강 그자를 찰나의 시간 속에 가두었습니다. 살생을 싫어하는 그이기에 늘 그런 식으로 일을 처리해 왔지요."

"찰나의 시간 속에 가둔다⋯⋯."

"그렇게 갇힌 존재는 두 번 다시 되돌아온 적이 없었습니다. 지금까지는."

"그 말은, 최강은 달랐다는 거군요."

"그렇습니다. 어떻게 한 것인지, 그 시간의 벽을 깨고서 나왔다고 하는군요. 더군다나 시간 능력자를 기습하여 죽이기까지 하였습니다."

"후후, 기습⋯⋯. 녀석한테도 위협적이긴 했나 보군요. 그렇게까지 한 걸 보면."

윌리엄은 심기가 불편하다는 것을 내비쳤다.

"그렇게 웃을 일이 아닙니다! 최강 그자는 세상에 위협이 되는 자입니다. 결코 이대로 놔두어서는 안 될 자란 말입니다!"

"아무리 일부가 녀석의 편에 섰다고 하지만, 그게 당신들이 우리와 협력을 해야 하는 이유가 되지는 못했을 텐데요."

그 예리한 안목에 윌리엄은 잠시 입을 닫았다. 어린 자이나, 쉽게 볼 인물은 아니라고 느껴서다.

"자, 말씀해 보시죠. 녀석이 뭐라 하던가요? 밑으로 들어오지 않을 거라면 전부 없애겠다. 그런 소리라도 하던가요?"

"크흠, 그를 잘 알고 계시는군요."

"워낙 맺고 끊는 것에는 철저했던 녀석이라."

자신은 이렇게나 잔정이 남아 갈등을 계속하건만, 최강은 그렇지 않았다.

그는 힘겨운 시간을 같이 보냈던 건 모두 잊었는지, 차갑게 끊어 내며 다시는 보고 싶지 않다고 말한 바 있었다.

배신감도 이해는 하지만, 서운한 것도 사실이다.

"아무튼 저희들의 뜻은 이렇습니다. 마스터께서는 어떤 결정을 내리실 건지 답해 주시죠."

"즉답을 원하시다니, 마음이 급하시다는 게 훤히 보이는군요."

"끄음……."

"신중하게 생각하고 답해야 할 사안이긴 합니다만, 뭐 좋습니다. 최강이 당신들 조직을 일부 흡수했다는데, 놈을 상대하자면 비슷한 힘이 필요하긴 하겠죠. 협력하겠습니다."

"허허, 잘 생각하셨습니다. 그럼 앞으로 좋은 협력 바라겠습니다."

"협력이라고 하시니 하는 말입니다만, 저희 쪽에서 먼저 힘을 보태 드릴까 하는데……."

"힘을 보태신다고요?"

"이번에 저희가 엄청난 것을 개발해서 말이죠. 후후, 어떻게 한번 보시겠습니까? 후후, 후후후후."

* * *

김종기와의 식사자리.

그 자리에서 그가 말했다.

"유럽지부의 장악력을 보면 조금 놀랍기는 합니다. 큰 마찰도 없이 거대 기업을 냘름 삼킨 것도 그렇고, 세부적인 폭력 조직들의 통합까지. 범죄는 물론, 정치에 이르기까지 거의 완벽한 통제력을 지니고 있습니다."

"결국 그들의 입김이 세상의 흐름이다?"

"그런 셈이죠. 민주주의 국가가 서로 뭉치고, 공산주의 국가들이 서로 뭉치듯 전부에 영향력을 행사할 수는 없겠지만, 저희들보다 훨씬 큰 영향력을 지닌 것만은 분명합니다."

"아무리 중국이 많은 발전을 이뤄 냈고, 다른 나라들도 경제 발전 속도가 크게 올랐다고는 하지만, 아직까진 유럽이나 미국이 세계의 중심인 건 사실이니까."

세계의 중심이란 건, 지도상의 얘기가 아니다.

경제적, 권력적인 걸 뜻하는 거였다.

각국에 행사하는 그들의 영향력은 그만큼 대단했다.

마음만 먹으면 한 나라의 경제를 휘청거리게 만들 만큼.

"며칠 바쁜 일이 생겨서 시간이 촉박하게 되었어. 그래도 내일 출발하면 문제없는 거지?"

"아직 3일의 여유는 있으니 내일 출발하시면 약속에는 문제가
없을 것 같습니다."

"그래, 알았어."

나는 김종기와 식사를 마치고 서울 도심을 차로 달렸다.

-그럼 이제 마지막 남은 발라스의 지부만 먹어치우면 되겠구
나.

케라의 물음에 나는 답했다.

"가 봐야 알겠지만 쉽진 않을 겁니다. 독일, 영국, 프랑스 등
꽤나 굵직한 세력이 모인 게 유럽입니다. 거기에 미국인이 회주
라고 하니, 거의 세계 모든 걸 쥐락펴락하고 있다고 봐야죠."

-진짜 발라스의 중심은 거기였다는 게로군.

"그런 셈이죠. 우린 그저 큰 덩어리의 겉 부분만 야금야금 갉아
먹고 있었던 거고요.

-그렇다고 해도, 지금까지와 달라질 게 있을까?

"순조롭기를 바라야죠."

사무실로 가니 모두가 나를 반겼다.

"과장님! 아니, 어떻게 되신 게 얼굴 뵙기가 너무 힘들어요~!"

"그러게요. 한국에 오셔서도 영 안 보이셨고."

"이건 뭐 일을 하겠다는 건지 말겠다는 건지."

장태열은 조금 툴툴대긴 했지만, 그게 그 나름의 반가움을 전
하는 방법이란 걸 잘 알고 있다.

"오자마자 여러모로 일이 많았네요. 다들 미안합니다. 그래도 나 없이도 일은 잘들 하고 있었겠죠?"

"과장님 없는 사무실이 잘 굴러가고 있었겠어요?"

김지혜가 갑자기 배상에 대한 내역서를 잔뜩 가져와서는 탁자로 쫙 펼쳤다.

"이것 좀 보세요. 장태열 요원께서 얼마나 무지막지하게 일을 벌여 놨는지."

"차량 파손에 건물 화재……. 뭐야, 병원비는 또 왜 이렇게 많아?"

장태열이 기겁해서는 앓는 표정으로 따졌다.

"야……! 너는 왜 방금 온 사람한테 부담스럽게 그런 걸 보여주고 그러나?"

"어차피 맞아야 할 매, 일찍 맞으시죠?"

"아휴! 이, 여자만 아니었으면 그냥 확!"

"왜요, 제 병원비까지 대주시게요? 칠 거면 쳐 보시든가? 치세요?"

그 사이를 이형석이 얼른 막아섰다.

"아휴, 두 사람, 또 왜 이러십니까? 눈만 닿았다 하면 싸우고."

나는 한숨을 푹 내쉬며 최소현을 보았다.

그녀는 내가 뭘 물을 건지 다 아는 얼굴로 피식 웃었다.

"네~ 매일 이러고 지냈답니다. 아주 화목하죠?"

"그러게요."

나는 장태열을 보았다.

"장태열 요원?"

"어? 아…… 어."

"잠깐 볼까요?"

"야, 그게 아니라……."

"따라 들어오세요."

사무실로 따라 들어온 장태열은 쩔쩔맸다.

"미안하다. 내가 성질을 못 이겨서. 아니, 이 킬러 새끼는 잡아야겠지, 근데 이상한 떨거지 조직 놈들은 거슬리지. 어쩔 수가 없었다니까?"

카우라만 전하지 않았지, 그동안의 훈련으로 장태열 역시 무척 강해진 건 사실이다.

그런 사람이 설치고 다녔으니 웬만한 조직이 무사할 리가 없지.

모르긴 해도, 쫓기는 사람들로선 살기 위해 도망쳤을 게 안 봐도 선했다.

"혼내는 거 아닙니다. 잘하셨습니다."

"뭐? 진짜……? 정말 화 안 내는 거야?"

"지출에 관한 건 제가 알아서 책임집니다. 그러니까 앞으로도 나쁜 짓 하는 놈들, 이 나라 기술 빼돌리려는 놈들, 가차 없이 잡아내세요. 뒷일은 모두 제가 책임지겠습니다."

"야, 너……!"

그가 감격해서는 안겨 왔다.

"그래, 내가 진짜 사람 하나는 제대로 믿고 들어왔지. 고맙다. 내 상사가 너라서 얼마나 다행인가 싶다. 어유, 이렇게 예쁜 상사가 어디에 있을까."

"아우, 그렇다고 이렇게 안기는 건……! 어허! 접근금지 2미터! 떨어져요. 닭살 돋으니까."

"고맙다고, 인마."

"거 상사한테 인마는……. 에휴, 됐고요. 앞으로도 잘 부탁드립니다. 제가 없을 때 이 7과를 책임질 수 있는 건 장태열 요원밖에 없으니까요."

갑자기 그가 경례를 해 왔다.

"넵! 과장님! 앞으로도 더 열심히 하겠습니다!"

"훗, 네. 나가 보세요."

"네!"

밖에서 안의 상황을 황당하다는 듯이 쳐다보던 김지혜는 장태열이 혀까지 내밀며 놀리자 아주 분해서 죽으려고 하는 모습이다.

"최소현 씨 들어오세요."

곧 최소현이 들어왔고, 나는 서류를 가져가는 척 다가가 전자 블라인드를 쳤다.

그리고는 곧 그녀의 허리를 감아 진하게 키스를 했다.

사무실에서의 이 감미롭고 에로틱한 상황.

남자의 로망이 아닐까.

떨어진 그녀가 무척 수줍어했다.

"뭐에요~ 갑자기……."

"그냥요. 충동적으로 하고 싶어서."

"뭐 나도 같은 과이긴 하지만, 그래도 종종 당황하게 한다니까."

"훗, 그래서 싫어요?"

그녀가 다시 내게 뽀뽀를 해 왔다.

쪽.

"싫었으면 이러고 가만히 있었겠어요?"

나는 그녀를 소파로 앉히고는 맞은편에 앉았다.

"내일 미국 가려고 두 사람 표 끊어 놨어요."

"정말? 우리 그럼 내일 미국 가는 거예요?"

"그렇지만 여행보다는 업무를 먼저 처리해야 할 것 같은데. 알다시피 내가 요 며칠 바빴던 탓에 가자마자 일부터 해야 할 것 같아서요."

"아, 맞아. 그때 말하기로, 약속 시간이 일주일 뒤라고 했었죠?"

"네, 그게 4일 전이고요."

"그렇겠네요. 내일 가면 하루 쉬고 바로 약속된 만남부터 가져야겠네요."

"워낙 비밀스럽고 은밀한 사람이라, 만나는 건 혼자 해야 할 것 같아요. 그러니까 끝날 때까지 앞에서 좀 기다려 줬으면 하는데. 괜찮죠?"

"오래 걸리는 건 아니죠?"

"대화가 길어져 봐야…… 20분?"

"그거면 뭐……. 커피 한 잔 마시면서 기다릴 만하네요."

"이후에는 독일, 영국, 프랑스로…… 여행 다니듯 하면 될 겁니다. 괜찮죠?"

"네! 좋아요."

* * *

13시간이 넘는 비행 끝에 우린 워싱턴에 도착했다.

호텔을 잡고 주변 괜찮은 식당가에서 맛있는 식사까지.

더할 나위 없는 즐거움이었다.

"인도도 그랬지만, 여기서 미국 사람들 사이에 섞여 식사를 하니까 기분이 굉장히 이상해요."

"대화가 잘 통하니까 더 색다르지 않아요?"

"그러니까요. 어떻게 나는 한국말로 하는데 저 사람들은 다 알아듣지? 그리고 저 사람들이 하는 말까지 한국말로 들려와서 정말 많이 놀랐어요."

이래서 마법이 편하다.

물론, 우리 둘 다 영어를 못하는 건 아니다.

하지만 그렇다고 능숙한 대화가 가능한 것도 아니었다.

겨우 손발을 써서 하면 가능한 정도?

그렇지만 언어소통 마법을 쓰면 모두 만사 오케이다.

"호옹~ 미국에서 마시는 맥주 맛이 이런 거구나~!"

"그래도 맥주 하면 독일인데. 거기서 마시는 맥주가 더 괜찮지 않겠어요?"

"그러니까. 그래서 엄청 기대돼요. 나 이번 기회에 술이란 술은 막 종류별로 다 마셔 보고 싶은 거 있죠. 여기도~ 생맥은 뭔가 모르게 다른 것 같다니까요?"

"아마도 수제로 만들어서 탄산을 섞은 거 아닐까요? 확실히 좀 더 진하고 구수한 향이 나는 것 같긴 하네요."

그러나 언제나 바라는 것만큼 화목한 시간만 있을 수는 없나 보다.

우리의 화기애애한 분위기가 싫은 것일까, 몇 테이블 뒤에서 거친 말소리가 들려왔다.

"아까부터 저 원숭이 새끼들이 거슬려서 죽겠구먼. 천한 것들이 조잘조잘 대는 게 아주 짜증이 나."

"어이, 그러다가 듣겠어."

"들으라지 뭐? 저깟 호리호리한 것들이 뭘 할 수 있다고."

언어소통 마법이 또 이럴 땐 단점이지 싶다.

워낙에 한국말처럼 잘 들려오다 보니 귀에 쏙쏙 박혀왔다.

우린 동시에 쓴웃음을 머금었다.

"술이 과하게 취한 사람이 있는 것 같은데. 우리 여기까지 하고 그만 일어날까요?"

"그러는 게 좋겠죠? 좋은 기분 망치고 싶지도 않고, 그렇다고 먼 타국 땅에 와서 사고를 칠 수는 없으니까."

이미 계산은 술을 받을 때 치른 터라 술병만 간단히 치우고 일어나려고 했다.

그런데 그사이에 비틀거리며 일어난 덩치의 사내가 우리가 있던 탁자로 와 탁자를 내리쳤다.

쾅-!

"어이! 눈 찢어진 동양인 놈들! 여긴 뭐하러 왔어? 무슨 병균을 옮기려고?"

우린 상대하지 않으려고 물러나 밖으로 나가려고 했다.

이럴 때 뭐라고 대꾸를 하면 그것이 또 싸움의 빌미가 된다는 걸 잘 안다.

그래서 최소현과 눈짓을 주고받은 후에 도망치듯 손을 잡고 가게를 나가려고 했다.

"어딜 도망가! 거기 안 서?!"

휘익!

챙그랑!

술병이 벽으로 날아들었고, 그 조각들이 비산하며 우리에게로 튀었다.

나는 순간적으로 손바닥을 펼쳐 그 조각들을 멈춘 후에 거두었다.

날아들던 것들이 그대로 떨어져 내렸지만, 매우 순식간에 일어난 일이어서 아무도 그것을 알아차리는 사람은 없었다.

"괜찮아요?"

"네, 덕분에요."

"나갑시다."

안에서 바텐더와 다른 사람들이 덩치의 사내를 비난하며 멈추라고 말하는 소리가 들려왔다.

우리는 여기서 끝인 걸 다행으로 여기며 호텔까지 걸으려고 했다.

하지만 술집에 있던 덩치의 사내는 밖으로 나와 끝내 시비를 걸었다.

"어이! 거기 서라는 말 안 들려?! 이것들이 감히 백인의 말을 무시하고 말이야!"

백인우월주의인가?

인종차별, 정말 역겹다.

백인이 우월하다는 생각은 대체 어디서 오는 것일까?

"자꾸 쫓아오는데 어쩌죠?"

일행들이 나오는 것 같았지만, 말리러 나온 건 아닌 모양이다. 그들은 뒤로 멀찍이 떨어져 미소 띤 얼굴로 지켜보고 있었다. 그저 재미있는 일을 관전하듯.

누구도 막아 줄 사람이 없는 상황.

"흐흐, 여자는 인형 같은 것이 꽤나 예쁘긴 하군. 이 오빠한테

봉사 좀 하면 남자 친구는 무사히 보내 줄 수 있는데. 어때? 나랑 재미 좀 볼 테야?"

이 새끼, 하필이면 내가 못 참을 부분을 건드리네.

너는 오늘 죽었다.

"이게 죽으려고. 너, 일로 와……."

그러나 나보다 최소현이 더 빨랐다.

휘익!

퍼억!

철퍼덕.

번개같이 앞으로 나아가서는 단숨에 덩치 사내의 턱을 후려친 거였다.

거기다가 한 방에 넉 다운.

와우.

짝짝짝!

"미친 새끼가……. 확 마 온몸의 뼈를 다 분질러 버릴라."

그렇지.

최소현 하면 말보단 주먹이 먼저지.

그녀의 형사 시절 버릇을 내가 살짝 잊긴 했다.

"어머, 미안해요. 나도 모르게 그만 손이 먼저 나갔어요."

"아뇨, 너무 잘했어요. 나보다 빠른 이런 모습, 참 보기 좋네요."

"호홋, 그래요?"

그렇지만, 그것은 싸움의 시작을 알리는 종소리가 되었다.

뒤에서 구경만 하던 세 명의 덩치가 표정이 붉으락푸르락 변해서는 성큼성큼 다가오기 시작하는 거였다.

"왜 꼭 타지에 오면 이런 레퍼토리는 똑같이 따라오는 건지…… 어느 동네에 가나 이런 놈들이 꼭 있어서이려나?"

-술도 마셨겠다, 몸이나 풀자꾸나.

"그래도 몸집은 있어서 타격하는 맛은 있겠네요."

"나 먼저 가야지?"

"엇!"

최소현이 붕 날더니 한 바퀴 휘돌아 뒤차기를 날려 순식간에 덩치 하나의 턱을 아작내 버렸다.

다른 덩치들이 주먹을 휘두르지만, 이리저리 여유롭게 피하며 상대를 놀리는 모습이었다.

"호홋! 그래서 맞겠니? 이거밖에 못 해?"

"이 쥐새끼 같은 년이……!"

곧 나도 합세하였고, 우린 바람처럼 놈들을 쓰러뜨린 후에 귀신같이 사라졌다.

뒤에서 이소룡 어쩌고 소리가 들려온 건 착각이었을까.

하여간 외국 놈들은 싸움 잘하는 동양인 보면 죄다 이소룡 어쩌고를 가져다 붙이니 기분이 상한다.

우린 한국 사람이거든?

빙의로
최강요원

5. 너도 악마였나?

빙의로
최강요원

택시를 타고 약속된 장소를 가면서도 우린 살짝 주변을 살피게
됐다.

"어제 일로 뭔가 문제가 생기진 않겠죠?"

최소현이 물어 왔지만 확답은 나도 어려웠다.

"뭔가 신고가 됐으면 좀 곤란해지지 않을까요?"

"한국이면 어떻게 해결이 쉬울 텐데, 역시 타국에 오니까 그건
조금 걱정이 되네요."

"안 되면, 돈으로 때워야죠."

"오~ 그 방법이 있었네~!"

"끄음, 그다지 안심할 방법은 아니거든요?"

전날 날린 주먹에서 뭔가 또각또각 부러지는 느낌이 있었는데.

그놈들 아마 모르긴 해도, 죄다 병원 신세 좀 져야 할 거다.

미국은 병원비도 비싸다고 하던데.

그러게 왜 건드려선 안 될 우리를 건드려?

아무리 취기에 그랬다고 하지만, 사람 잘못 건드린 죄는 그쪽에 있다고!

물론, 법적으로는 처벌받을 일이겠지만?

아무튼 안 걸리는 데 최선을 다하도록 하자.

약속된 호텔로 도착한 나는 건너편에서 커피숍을 발견했다.

"마침 맞은편에 좋은 곳이 있네요."

"야외 의자도 있고. 좋네요. 그럼 전 저기서 커피나 마시면서 구경 다닐 곳이나 검색하고 있을게요."

"그래요, 그럼. 금방 올게요?"

"네!"

해맑게 웃는 그녀를 두고 가자니 뭔가 막 아쉽다.

아주 품에 쏙 넣고 다니고 싶은 심정이다.

그런 내 마음을 알았을까, 제라로바가 태클을 걸어왔다.

-뭘 그리도 쳐다보느냐? 저 아이를 누가 건드린다고?

"그거야 소현 씨의 무서움을 알 때의 얘기죠. 겉으로 봐서 호리호리하고 예쁜 동양인일 뿐인 걸요."

-내가 보기에 저 아이는, 지금 너의 곁에 있는 이들 중에선 가장 1순위로 걱정을 안 해도 될 인물로 본다.

그 말은 사실이다.

케라의 무술에 카우라까지 익힌 그녀다.

이미 인간을 뛰어넘는 능력을 지닌 그녀이기에 어떤 위험이 닥쳐도 충분히 헤쳐나갈 수 있을 것이다.

"뭐, 손목에 모습을 감추는 문장까지 새겼으니, 걱정이 줄긴 하네요. 소현 씨라면 어떤 일이 생기건, 능력껏 잘 처신할 테니까요."

그래, 걱정 말고 얼른 다녀오자.

그런데 호텔로 들어가고 엘리베이터를 오르면서 살짝 고민이 되긴 했다.

"근데 이번엔 어떤 게 좋을까요? 역시 미국이니까, 이번에도 악마로 가는 게 좋겠죠?"

-믿는 게 어느 쪽이냐에 따라 다르겠지.

"일단 만나 보고 판단해야겠네요. 다 같은 미국 사람이라고는 해도, 인종과 종교는 천차만별이니까."

그래, 대부분은 기독교일 테지만, 그건 모르는 거다.

워낙에 많은 종교들이 집약된 나라이기도 하니까.

그렇게 난 약속된 층에서 내린 후에 1606호 앞에 섰다.

잠깐, 들어가기 전에 어디 안부터 살펴볼까?

왼쪽 손목 안쪽을 만진 나는 투시를 통해 내부를 살펴봤다.

안으로는 누군가가 창가의 의자에 앉아 책을 보는 것 같았다.

"어쭈, 혼자라고? 경호원도 없이?"

혹시나 해서 양쪽 방을 살펴봤다.

"윽!"

두 사람이 침대에서 부둥켜안고서 이상한 자세로 누워 있다.

못 볼 걸 봤다.

"대낮부터 참 뜨겁구나. 휴~!"

하지만 궁금했다.

"아무리 같은 발라스의 사람이라고는 해도, 무슨 담력으로 경호원도 없이 홀로 만나러 나온 걸까요."

-아마도 스스로를 지킬 능력이 있어서가 아니겠느냐?

가장 정답에 가까운 답이 아닐까 싶다.

그래, 자신의 능력에 자신이 있다면 굳이 경호원이 필요치는 않겠지.

어쩌면 건물 반대편으로 저격수가 배치되어 있을지도 모른다.

그렇지만 아직 확인 안 된 사항으로 미리부터 신경 쓰진 말자.

아무튼 저 담력 강한 사람을 만나러 들어가 보자.

똑똑똑.

"누구십니까?"

"한국에서 온 최강이라고 합니다."

곧 안에서 문을 열어 주었다.

백인의 중년인은 나를 보더니 환하게 웃었다.

"보내 주신 얼굴 그대로군요. 반갑습니다. 토마스 매든입니다."

"반갑습니다, 최강입니다."

"안으로 들어오시죠."

"네."

우린 마주 앉아 대화를 시작하려 했다.

그런데 어쩐지 눈앞에 있는 사람, 얼굴이 낯익다.

내가 어디서 이 사람을 봤더라…….

"저희 쪽에서 잃어버린 기밀자료를 당신이 가지고 있다고 들었습니다."

"네. 거래 순간에 잘 빼앗을 수 있었습니다."

"정말 고맙습니다. 그 자료가 중국으로 넘어갔으면 매우 곤란할 뻔했는데. 덕분에 한시름 놓았습니다."

나는 칩을 꺼내어 그에게 건넸다.

"자, 여기. 받으십시오. 암호는 따로 문서를 통해 넣어 두었습니다."

"고맙습니다."

"근데 말입니다. 어쩐지 얼굴이 낯익습니다. 분명 어디선가 뵌 분 같은데……."

"허허, 저를 모르십니까? 이상하군요. 거의 대부분 한눈에 알아보시던데."

그 순간, 인터넷 어디선가에서 그의 얼굴을 봤던 게 떠올랐다.

바로 미국 대통령 당선 당시, 그의 옆에 있던 사람이었다.

"아……! 부통령!"

"네, 맞습니다."

허걱!

미국 부통령이 발라스 유럽지부의 회주였을 줄이야.

정말 생각지도 못했다.

그도 꽤나 높은 자리에서 세상을 움직이고 있었구나 싶었다.

혹시 나처럼 대통령까지 움직이고 있는 건 아닐까?

"한데 이 기밀정보를 저를 직접 보고 전달하려 했다고 들었습니다만. 이제 그 이유를 들어 볼까요?"

그래, 부통령이면 어때?

상대가 누구이건, 어차피 내 발아래 두려고 했던 건데.

나는 그를 보며 미소를 머금었다.

"별거 아닙니다. 그저…… 내 밑으로 들어오라, 그런 말을 하고 싶었던 거니까요."

예상대로 그의 표정이 변했다.

"혹시 이거, 협박인 겁니까?"

"지금은 제안이라고 해 두죠."

"거절한다면?"

"협박이 이어지겠죠?"

그는 갑자기 크게 웃기 시작했다.

"하하! 하하하하하! 농담이 심하시군요."

"하하하! 농담이 아닐 텐데요."

그에게서 묘한 살기가 전해졌다.

"그러다가 죽으실 수도 있습니다. 마음만 먹으면 아시아 지부가 있는 한국 따위 하루아침에 없앨 수도 있는데. 괜찮으시겠습니까?"

"후후, 그렇게는 못 할걸? 오늘 당신은 제안을 받아들이지 않고서는 이 자리를 못 벗어날 테니까."

"흠, 선의로 온 줄 알았더니, 건방을 떨러 왔군그래."

지금은 그렇게 보일 거야.

그럼 이제 연기를 시작해 볼까?

"카리노 아타라부스."

나는 눈을 크게 떴다.

이제 환영 마법 따위 나도 쉽게 사용할 수 있었다.

곧 나의 상상 그대로 모든 게 펼쳐질 것이다.

"건방진 게 과연 누구일 것 같아?"

상대에게 나의 눈은 붉게 변한 것처럼 보일 것이다.

그와 동시에 얼굴이 변할 것이며, 머리 위로 두 개의 검은 뿔도 나올 것이다.

역시나 나의 변화하는 모습에 그가 표정이 변하며 소파에서 일어나는 게 보였다.

"뭐야, 너는……! 대체 정체가 뭐야!"

"뭐긴. 악마잖아. 자, 이제 선택해. 나를 거역하고 지옥에 떨어질 것인가, 아니면 내 밑으로 들어와 나의 지배를 받을 것인가."

"웃기는군. 어디 감히 나에게……!"

토마스가 대뜸 나를 향해 손을 휘저었다.

그 순간, 그의 손에서 불길이 생기더니 나를 향해 확 날아들었다.

깜짝 놀란 나는 제이슨에게서 빼앗은 반지의 능력을 펼쳤다.

파앗-!

금빛의 방패가 생성되어 불길을 막아 냈다.

"마법이라고?"

곧 토마스의 모습이 기괴하게 변하기 시작했다.

츠즛!

츠즈즈즛!

옷이 마구 찢어지고 몸집도 크게 변했다.

심지어 등 뒤로 커다란 박쥐의 날개까지도 뚫고 나왔다.

놀랍게도 그는 하나의 뿔이 달린 악마의 모습으로 변해 갔다.

원래도 키가 컸지만, 몸집이 그 두 배는 더 커졌다.

"뭐야, 인간이 아니었던 거야?"

"네놈, 어느 차원에서 온 놈이냐? 우리 쪽은 아닌 것 같은데?"

"차원?"

그 순간, 나는 떠오르는 게 하나 있었다.

다크 웨이브.

그들도 다른 차원으로의 문을 지키고 있고, 그 힘을 이용해 세상을 어둠으로 물들이려 한다는 내용을 들은 적이 있었다.

그렇다면 이놈은?

"아마도 넌 다크 웨이브가 지키는 문으로 다른 차원에서 온 모양이군."

"그렇다는 건, 너도 마찬가지라는 거군."

"황당하군. 유럽지부 발라스의 회주가 다른 차원의 악마였을 줄이야. 그럼 그 말도 안 되는 장악력도 다 이것 때문이었나?"

이미 나보다도 먼저 악마의 월등한 힘으로 조직을 장악한 거였다.

아니, 그들은 이미 세상을 장악해 둔 상태였다.

직접적으로 나서지 못한 건 아마도 조율자 때문일 것이다.

그들에 의해 퇴치 당할까 봐.

나는 손을 휘저어 환영을 거두었다.

그리고는 칼을 꺼냈다.

"아무래도 일이 꽤나 복잡하게 굴러가겠어. 그렇다고 이렇게 보낼 순 없고, 오늘 조율자들을 대신하여 너를 처분해 주마."

"네놈, 그놈들과 한통속인 것이냐?"

"그들은 내가 접수했다. 고로 너희는 이제부터 나를 상대해야 한다는 거지."

* * *

최소현은 커피를 마시며 인터넷을 검색하다가 이상한 소리를 들었다.

와장창!

위에서 무언가 부서지는 소리가 들려왔다.

위를 쳐다보니 산산조각이 난 유리가 마구 쏟아져 내리고 있었다.

"꺄아아아악-!"

길에선 사람들이 유리를 피하느라 마구 달렸다.

"저, 저게 뭐야……!"

"허어업……!"

그러나 곧이어 더욱 놀라운 일이 벌어졌다.

하늘 위에서 날개 달린 무언가와 사람이 뒤엉켜 마구 싸우고 있는 거였다.

최소현은 날개 달린 무언가와 뒤엉킨 게 누구인지 단박에 알아봤다.

"최, 최강 씨?"

사람들은 저마다 놀라며 카메라로 사진을 찍기 바빴다.

"어우, 씨……! 저거 혹시 악마 아냐?"

"뭐가 저렇게 커?"

"근데 사람이 달라붙어서 싸우고 있잖아!"

"누가 경찰에 신고 좀 해 봐요!"

최소현은 황당했다.

"아니, 발라스 유럽지부 회주를 만나러 간다더니, 왜 저런 거랑 싸우고 있는 거지?"

아무튼 발로 퍽 차더니 칼을 휘둘러 날개 한쪽을 찢어낸 것 같았다.

기괴한 생명체도 더는 허공에서 유지하지 못하고 떨어졌으며, 최강도 그 위로 떨어졌다.

마음이 급해진 그녀는 그 둘이 떨어진 곳을 향해 마구 달리기 시작했다.

"아이, 이럴 줄 알았으면 바지를 입고 올걸!"

치마와 구두가 달리는 걸 무척 번거롭게 했지만, 그녀는 달리는 걸 멈추지 않았다.

휘우우우우-!

퍼서서서석!

토마스의 탈을 쓴 악마가 대형 마트의 지붕을 뚫고 들어와 냉장고에 처박혔다.

퍼서서서석!

쿵!

최강은 나름대로 안정적으로 착지했지만, 지붕을 뚫고 들어오느라 옷은 여기저기 찢어져 있었다.

"크으……! 아~ 다 찢어졌네. 이러고 돌아다니면 쪽팔리는데. 아~ 이거 비싼 건데."

그는 악마보다도 자신의 옷차림에 더 신경이 쓰였다.

냉장고로 처박힌 악마는 힘겹게 일어나더니 자신의 날개를 확인했다.

날개 절반이 싹둑 잘려져서는 검은 피가 새어 나왔다.

"인간의 무기로는 상처 입지 않는 몸인데. 혹시 그 칼도 귀물이라는 것이냐?"

"아니, 이건 내면의 힘이랄까. 내가 좀 많이 단련된 몸이라서."

"어리석은 놈, 죽여 주마!"

나는 씩 웃었다.

"알아서 덤벼주면 고맙고."

사실 행여 도망이라도 치면 어쩌나 걱정이 많았다.

이러나저러나 놈은 발라스의 유럽지부 회주다.

회주의 탈을 쓴 것인지, 놈이 그 자리를 얻어낸 것인지는 알 길이 없다.

그렇지만 이대로 도망치면 유럽지부를 장악하는 데 걸림돌이 된다는 건 확실했다.

휘익-!

놈은 내게 달려들더니 손등 위로 쭉 튀어나오는 뿔로 나를 찔러 왔다.

내가 피하자 입에서 불길을 뿜어냈다.

그 또한 피했는데, 내가 있던 자리의 선반이 순식간에 녹아내리고 있었다.

엄청난 고열이거나, 그게 뭐든 녹아내리게 하는 효능이 있다는 것일 터다.

"휴, 위험한 짓을 하네."

"단숨에 재로 만들어 주마!"

악마는 내가 피할 때마다 연속으로 입에서 불길을 뿜어냈다.

나는 이쪽저쪽 피하다가 반지의 능력을 이용했다.

피하기가 성가시다는 생각으로 방어막을 떠올렸는데, 갑자기 금빛 빛이 진하게 흩어지더니 내 몸을 빛으로 둘러 버렸다.

화르르르륵!

닿는 불길은 그 주변으로 퍼지며 내게 조금도 피해를 주지 못했다.

"이런 것도 되는 거였어? 좋은데?"

최강 그가 모르는 것이 하나 있었다.

귀물은 그 적합성에 따라 발휘하는 힘도 달라진다.

지금 그가 끼고 있는 귀물과 그가 적합성이 높기에 이런 것도 가능한 거였지만, 그는 그 이유를 전혀 몰랐다.

그냥 원래 되는가보다 싶을 뿐이다.

"역시 귀물을 지니고 있군!"

최강은 반지의 빛이 생각하는 대로 여러 가지로 변한다는 것을 안다.

그래서 악마가 손에 난 뿔로 찔러올 때 옆으로 손을 뻗었다.

빛줄기는 기둥을 돌아 날아들더니 악마의 허리를 휘감았다.

파앗-!

"아니!"

"후훗."

이후, 여기저기 마구 휘두르고, 내려치고 악마를 곳곳으로 부딪히게 만들었다.

악마는 허리를 감은 빛줄기를 풀려고 애를 썼으나 더욱 조여올 뿐이었다.

"그럼 마무리를 해 볼까?"

최강 그가 눈빛을 빛냈다.

빛줄기에 감긴 악마는 빛줄기에 휘둘리며 최강에게 날려졌다.

"크윽! 이노오옴!"

악마는 손등에 뻗어 나온 뿔을 더욱 길게 빼어내어 최강을 향해 휘둘렀다.

스거- 억-!

그러나 그 순간 최강은 사라지고, 날아온 악마의 반대편에서 나타났다.

최강은 검을 휘두른 자세였는데, 악마가 가로세로 네 조각으로 잘려 벽으로 처박히고 있었다.

퍼억!

쓰ㅇㅇㅇㅇㅇ…….

그리고는 소멸하듯 불길로 변하여 재로 변해 버렸다.

"생긴 게 무시무시해서 긴장했더니, 생각보다 별로 강하진 않은데?"

그러나 다 녹은 선반을 봤을 땐, 씁쓸한 표정을 머금었다.

"능력은 나름 치명적이었지만 말이지…….."

장을 보던 사람이나 마트 관계자들은 이미 둘의 싸움으로 밖으로 도망친 상태였다.

하지만 반대로 들어오는 사람이 있었다.

바로 최소현이었다.

"최강 씨! 괜찮아요?"

"아, 네."

"꽤 높은 곳에서 떨어지던데. 진짜 괜찮은 거예요?"

"보시다시피 멀쩡합니다. 떨어질 때 정지 마법을 펼쳤더니 충격이 많이 완화되었네요. 몰랐는데, 또 하나의 좋은 활용도를 찾았는데요? 아, 차라리 이 반지로 낙하산 같은 걸 만들 걸 그랬나?"

그것 말고도 좀 전의 방어막을 치는 것도 나름 좋은 방법이지 싶었다.

"조금 전에 같이 떨어진 괴물은요?"

"아, 그 악마요? 저기……."

최강이 가리킨 곳에는 재밖에 없었다.

"죽였더니, 저렇게 되네요."

"아무튼 이러고 있을 때가 아닌 것 같네요."

밖에서 사이렌 소리가 들려오고 있었다.

경찰이든 소방차든 이대로 나갔다간 곤란한 꼴을 당할 게 뻔했다.

"어쩔 수 없이 잠깐 사라져야겠네요."

"네, 얼른 피해요."

그렇게 두 사람은 저마다 문장을 새긴 곳을 만지며 그곳에서 감쪽같이 사라지고 말았다.

쑥대밭이 된 곳으로 경찰들이 들이닥쳤지만, 그들이 발견할 수 있는 건 아무것도 없었다.

* * *

자츠원 청이 급하게 정이한을 찾았다.

그는 의문이 무척 많은 얼굴로 찾아와 물었다.

"헌터들에게 부스터를 넘겨주셨다고요?"

정이한은 묘한 미소를 머금었다.

"네, 그렇습니다."

"그것도 열 개나, 어째서 그러신 겁니까?"

"저들은 헌터가 아니라, 스스로를 조율자라 부르더군요. 그리고 자신들 절반이 최강에게 넘어갔다고 하면서 우리에게 협력 관계가 되자고 요구해 왔습니다."

"네. 그런데요?"

정이한이 예리하게 눈빛을 빛냈다.

"그게 말이 된다고 생각하십니까? 목숨을 구걸하러 왔으면 굴복하고 들어올 것이지, 협력 관계? 동맹? 웃기는 소리."

자츠원 청은 조율자들과의 대화에서 정이한이 많이 화가 났음을 알아차렸다.

한데 그러면서 왜 부스터를 주었을까?

그것도 한 알에 수십억에서 수백억은 받고 팔려던 물건을?

"얘기가 잘 안 된 것입니까?"

"아닙니다. 얘기는 잘되었습니다."

다시 히쭉 웃는 그의 모습에 자츠윈 청은 어느 장단에 맞춰야 할지 헷갈렸다.

"말은 협력 관계라고 하나, 저들은 우리를 가림막으로 또는 들러리로 세울 작정이었습니다. 말하다 보니 느껴지더군요. 우리를 그저 보호 역할로만 이용해 먹을 작정이구나 하는 것이. 그래서 저도 똑같이 대하려고요."

"무슨 말씀인지 잘 모르겠습니다."

"부스터의 효능에 대한 영상을 보여 주고 부스터를 넘겨주었더니, 무척 기뻐하더군요. 자신들 사람 중에 능력은 특출나지만, 육체적 능력이 뛰어나지 않아 곤란한 사람이 있다고 하면서요. 그래서 주었습니다. 마음껏 힘을 펼쳐 보이라고."

"저는 아직도 마스터께서 그러신 의도를 모르겠습니다."

"정말 모르겠습니까? 더 강한 힘을 가지고 가서, 최강이 거느린 힘과 부딪쳐라! 해서 놈이 가진 힘을 소모시키고 너희도 그렇게 산화되어라! 그런 것인데."

"아……!"

"물론, 지원도 해 줄 겁니다. 적당히……. 우리 쪽 소모가 적을 만큼만."

"부스터를 이용해 저들의 능력치는 올려주고, 최강 그자가 흡수한 힘들은 소모시키겠단 것이군요."

"바로 그것입니다. 그리고 쓸모가 없어질 때면, 저들이 가진 힘을 우리가 가져 볼까도 하는데……."

건방지게 자신들을 이용할 목적으로 다가왔으니, 이용해 먹고 뒤통수도 쳐 보이겠단 말이었다.

"저들에게 사람을 붙여 주고 보조 역할도 철저히 하라고 할 겁니다. 그리고 곁에서 지켜보며 저들의 힘이 어디서 나오는지 그걸 알아낼까 하는데. 어떻습니까?"

"현명하십니다. 이제야 모든 게 이해가 가는군요."

"밑으로 들어오겠다고 했으면 잘 품어 주고 진심으로 내 사람처럼 대해주려 했는데. 첫 단추를 잘 못 낀다는 것이 바로 이런 것이 아닐까요? 후후후."

* * *

나는 급하게 최소현과 호텔로 들어왔다.

옷이 너저분했지만, 지금 그걸 걱정할 때가 아니었다.

"옷 안 갈아입어요?"

"지금은 이거부터 해야 해서요. 악마였던 토마스 매든이 지금까지 어떤 이들을 만나왔고, 접선지로 오면서 또 누구와 만났는지 알아봐야 합니다. 주변 CCTV 전산망에 침투에서 전부 역으로 추적해야 해요."

"혼자서 그게 가능하겠어요?"

"어느 정도는 가능할 겁니다. 워낙에 이런 쪽으로 프로그램을 많이 만들어 놔서요. 원격 조종으로 한국에 있을 제 컴퓨터에 접속하면 소울이라는 어느 나라의 방어벽도 뚫을 수 있는 시스템이 있는데, 그걸 이용해 이쪽 전산망에 침투한 후에 모든 자료를 받게 하고, 토마스 매든의 모습을 특정 프로그램에 인식시켜두면 저장된 자료에서 딱 그 사람이 다니고 찍힌 영상만 정리되어 다시 내게 보내줄 겁니다."

"뭐, 뭐라고요?"

"일부러 소현 씨가 알아듣기 쉬우라고 어려운 말 다 빼고 잔뜩 풀어서 말해 준 건데……."

"그러니까 결론은, 그 사람이 지금까지 만나온 사람들을 찾을 수 있다. 그거죠?"

"네, 맞아요. 한국이면 우신이나 발라스를 이용해 볼 텐데, 지금 여기선 어떤 도움도 받을 수가 없으니까요. 시간도 촉박해서 서둘러 발라스와 관련된 인물이 누구인지 찍어서라도 찾아야 합니다."

"회주의 측근을 찾으려는 거군요."

"네. 그를 찾아야 각 나라에 있는 원로위원들을 찾을 수 있을 테니까요. 근데 만약 유럽지부 쪽으로 다크 웨이브의 세력이 깊

너도 악마였냐? 289

숙이 파고들어 있기라도 한다면, 의외로 어려움이 많을 것 같기도 하네요."

"다크 웨이브요? 그건 뭐죠?"

조율자에 대한 것은 말한 바 있지만, 다크 웨이브에 관해선 말한 적이 없었다.

하여 난 작업은 여전히 진행하면서도 간단히 조율자와 다크 웨이브의 관계를 말해 주었다.

그 설명으로 이해가 되었는지 최소현이 고개를 끄덕였다.

"그렇구나. 조율자와 다크 웨이브. 선한 쪽과 악한 쪽. 음? 그럼 뭐야? 그렇다는 건, 최강 씨를 공격한 건 선한 쪽이란 거예요?"

"그런 셈이죠. 지금은 일부 제 밑으로 들어와 있긴 하지만."

"근데 나쁜 쪽인 다크 웨이브가 발라스에 침투해 있었다는 거죠? 그것도 회주로요?"

"왜 그랬는지는 이해가 갑니다. 마법으로는 조율자들에게 늘 당하기만 하고 쫓기기만 하니까, 발라스라는 세계적인 조직을 통해 그 힘의 차이를 메우려고 했을 겁니다."

"휴~ 일이 엄청 복잡하게 흘러가고 있네요."

나는 작업을 마치고 최소현을 보았다.

"자, 그럼 여기서 문제. 만약 유럽지부 쪽에 다크 웨이브 또는, 똑같은 다른 차원의 악마가 숨어 있을 경우, 지금 우리의 처지가 어떻게 될 것 같아요?"

"허업……! 그럼 우리 이제 추적당하고 쫓기게 생긴 거예요?"

"맞아요. 그래서 제가 이렇게 서두르는 겁니다. 그냥 회주만 악마로 심어놓은 거면 정말 좋겠지만, 역시나 사람 일이라는 게 바라는 대로 흘러가진 않겠죠? 그러니까 최대한 서둘러서 목표물을 찾아내야 하는 겁니다."

많은 용량 때문에 영상이 한국에 있을 나의 컴퓨터로 옮겨지는 데 상당한 시간이 걸렸다.

개조를 통해 엄청난 성능의 컴퓨터로 만들어 놓기는 했지만, 그럼에도 작업은 시간이 제법 걸렸다.

"전부 받아질 때까지 기다릴 순 없어. 받아진 순서대로 확인하고, 입 모양을 통해 무슨 말을 했는지 프로그램으로 돌려 봐야 해. 검색어로는…… 마법, 차원, 문, 발라스, 조율자, 다크 웨이브. 이 정도?"

사람의 앞면 근육과 턱의 움직임, 그리고 혀를 관찰하면 그 사람이 무슨 말을 하는지 프로그램을 통해 유추해낼 수 있었다.

그리고 그 프로그램에 특정 단어를 입력해 두면 그 단어로 말하는 사람을 걸러낼 수 있는 거였다.

그리고 얼마 후, 컴퓨터가 무언가를 찾아냈다.

띠딕!

"됐다!"

그런데 창밖을 바라보며 망을 보던 최소현이 다급하게 말해왔다.

"최강 씨! 많은 차들이 호텔 앞에서 멈춰 섰어요!"

"이런……! 이제야 다 됐는데……!"

곧 특정 인물에 대한 영상과 그 대상이 나왔다.

"전부 무기를 지녔어요! 서둘러야 해요!"

시간이 없다.

이제 몇 분이면 저들이 이 방으로 들이닥칠 것이다.

나는 노트북을 얼른 캐리어에 넣고 최소현에게 소리쳤다.

"가방하고 짐들 다 챙겼어요?"

"그러기는 했는데요, 이 상황에 이것들을 다 가지고 도망치는 게 가능하겠어요?"

"홋, 내 능력 몰라요? 내가 마음만 먹으면 아무도 나를 잡을 수 없다는 거?"

* * *

크리스는 뉴스를 보며 그 자리에서 멈춰 섰다.

[워싱턴 상공에서 정체불명의 괴이한 생명체가 나타나 큰 충격을 주고 있습니다.

시민들이 제보해 준 영상에 의하면, 황당하게도 어떤 사람이 이 괴생명체와 허공에서 마구 싸우는 모습인데요. 경찰이 추락한 대형 마트로 출동해 수색했으나 아직까지 아무것도 발견하지 못했다고 합니다.]

크리스는 곧장 집을 나서며 전화를 했다.

"나야. 회주님 어디에 계신지 확인하고, 찾으면 나한테 곧장 연락해."

그는 곧장 차를 몰고서 어느 저택으로 들어갔다.

입구부터 저택 앞까지가 무척 긴 상당한 넓이의 호화저택이었다.

크리스는 몇몇 사람들의 인사를 받고는 응접실로 들어갔다.

그곳엔 회주이자 부통령인 토마스 매든의 운전사가 와 있었다.

"로이완, 왜 자네 혼자인가? 회주님은 어쩌고?"

"그것이…… 호텔로 들어가신 이후로는 나오시질 않았습니다. 위로 올라도 가 봤지만, 방은 온통 엉망이었던지라."

"그게 다야?"

"크리스 씨, 저는 이 일과 어떠한 관련도……!"

크리스는 무감정한 얼굴로 가슴에서 총을 꺼내 로이완의 이마를 쏘았다.

타앙-!

털썩.

그리고는 다가오는 메이드복의 여성에게 말했다.

"치워. 그리고 조슈아하고 마크가 오면 올라오라고 해."

"네, 알겠습니다."

2층의 서재로 오른 크리스는 막 도착해 가는 차들을 지켜보았다.

그리고 잠시 후, 조슈아와 마크가 그곳으로 들어왔다.

"어떻게 된 거야? 회주님은?"

"설마 회주님께서 당한 거야?"

크리스가 그들을 빤히 쳐다봤다.

"진정해. 니들이 먼저 그렇게 흥분해서 어쩌자는 거야."

"오늘 아시아 지부의 원로위원을 만난다고 했어. 이번에 탈취당한 기밀자료를 받기 위해서. 근데 왜 이런 일이 일어나?"

크리스가 답했다.

"그 아시아 지부의 원로위원에 관해 알아보는 중이야. 현재 추적 중에 있고."

"혹시 그놈, 발라스에 들어온 조율자 놈들의 끄나풀이었던 거 아냐?"

크리스는 길게 생각하지 않고 답했다.

"그럴지도. 우리가 생각하는 걸 그놈들이라고 생각하지 말란 법은 없으니까."

마크가 물었다.

"그럼 우리도 어서 숨어야지! 그 쳐다만 봐도 돌로 변하게 만드는 무서운 년은 다시는 보고 싶지 않다고! 그것들이 오면 우리 모두 끝장인 거 몰라?"

크리스는 여전히 침착했다.

"아직 회주님이 어떻게 되었는지도 모르는 상황이야. 회주님께선 우리보다 훨씬 강력한 분이신 거 몰라? 절대로 인간에게 그리 쉽게 당할 분이 아니야."

"그렇지만 골드 등급의 헌터가 온 거면 어쩌려고?!"

"아직 조율자 놈들이 움직였다는 정황은 어디에도 없어. 나타났어도 범죄자로 수배 내리고, 발라스의 조직을 이용해 추적해서 몰아붙이면 돼. 그것들, 보통 사람들은 절대 안 건드리는 놈들이니까, 멋대로 설치지는 못할 거야."

"그렇지만 이 나라 정부에도 놈들의 사람은 얼마든지 있어. 그게 쉬웠으면 진즉에 했지!"

크리스가 고개를 저었다.

"상의를 할까 불렀더니, 흥분만 하는군. 뭐든 알아내는 대로 알려 줄 테니까 그만들 가봐."

"크음, 조율자 놈들을 발견하면 꼭 말해야 해. 꼭."

두 사람이 돌아가는 걸 보며 크리스가 한숨을 푹 내쉬었다.

"겁쟁이 새끼들. 저런 놈들과 큰일을 도모하고 있으니 내 머리만 아프지. 그나저나 회주님께선 어디에 계시는 거야? 무사하시면 분명 여기로 오셨을 텐데……."

그런데 때마침 그때, 그의 전화에 벨이 울렸다.

모르는 번호였지만, 상황이 상황인 만큼 혹시나 싶어 전화를 받았다.

"여보세요?"

* * *

얼마쯤 운전을 했을까, 훔친 차로 한참을 내달린 나는 주변을 둘러보고는 전화를 걸었다.

신호가 잠깐 가다가 상대측의 목소리가 들려왔다.

[여보세요?]

위성을 통해 신호를 추적할 수 있었고, 곧 정확한 위치를 알아냈다.

나는 즉시 전화를 끊었다.

"찾았습니다. 크리스 리머슨이란 자의 마지막 통화가 이쯤이었는데, 지금은 여기서 5킬로미터쯤 떨어진 곳이네요."

"그럼 거기까지 밟을게요?"

나는 추적을 위해 컴퓨터를 만져야 했기에, 운전은 최소현에게 맡겼다.

그리고 얼마 후, 어느 저택에 도착할 수 있었다.

입구부터 카메라가 곳곳에 있는 터라, 우리는 더 다가가지 않고 한참 아래에서 멈춰 그곳을 바라봤다.

"대충 봐도 굉장히 삼엄한 곳 같죠?"

"네."

"미안하지만, 제가 안에서 그자를 찾는 동안 밖에서 시선 좀 끌어 줄 수 있을까요?"

"호홋, 어렵지 않죠."

"여자 친구한테 이런 위험한 일을 시킨다는 게 참, 민망하네요."

"에이, 그런 말 하면 섭섭하죠. 도움이 되고 싶은 제 마음은 생각 안 해요?"

"그래도 조심해야 해요?"

"네~!"

잠시 후, 나는 투명 마법과 관통 마법을 동시에 사용하여 저택으로 들어갔다.

막 건물로 들어서고 주변을 둘러보기를 잠시, 2층으로 올라올 때쯤 밖에서 총소리가 나기 시작했다.

타다다다당-!

타다당!

탕! 탕!

최소현이다.

그녀가 침입하며 시선을 끌고 있는 거였다.

"침입자다!"

"어서 나가서 막아!"

모두가 우르르 몰려나가는 게 보였다.

남아 있더라도 방해될 자는 확 줄었을 것이다.

해서 나는 2층의 방들을 쭉 관통하며 살펴보다가 영상 속의 인물을 찾을 수 있었다.

"찾았군."

내 목소리에 그가 나를 쳐다봤다.

"너는……! 네가 어떻게 여기에 있지?"

"날 찾고 있던 거 아니었나? 찾을 거 없이 이렇게 직접 와

준 건데. 그 덕분에 수고를 덜었잖아? 자, 이제 우리 얘기 좀 해 볼까?"

"크음…… 밖의 소란은 시선을 돌리기 위함이었군."

"수 싸움을 잘 아는 사람들끼리 그런 부분은 굳이 묻고 하지 말자고. 후훗."

크리스가 나를 쏘아봤다.

여러모로 많이 놀란 눈치긴 하지만 그럼에도 그는 매우 침착했다.

저 침착함, 토머스 매든이 악마로 변하기 전의 모습과 비슷하다.

스스로에게 강력한 힘이 있기에 가질 수 있는 여유가 아닐까.

"나를 찾은 이유가 뭐지?"

"이거 왜 이래. 이미 어느 정도 알고 온 사람한테. 여기, 유럽지부 발라스가 소유한 장소 중 한 곳이잖아? 아냐?"

"음…… 미리부터 정보를 수집하고 있던 건가? 제법 많은 걸 알고 있군."

"그렇게 생각할 수도 있겠지만, 유감스럽게도 당신에 대한 거나 이곳 장소를 알아낸 건 오늘이었어."

"하루 만에 나와 여기까지 알아냈다고?"

"내가 알고 싶은 건 발라스가 아니야. 그 발라스 내에 암약하고 있는 또 다른 조직, 다크 웨이브의 존재를 알고 싶은 거지. 그것과 더불어 회주인 토마스의 측근인 당신의 정체가 무엇인지도."

그가 피식 웃었다.

이미 모든 걸 알고 온 것 같은 나의 말에 대한 반응이다.

숨기는 걸 포기했나?

뭐냐, 그 웃음은?

살짝 기분 나쁜데?

"그럼 나도 하나 묻지. 네가 회주를 만났다는 건 알아."

"그럴 거야. 발라스라면 이미 내가 약속된 호텔로 들어가는 장면을 얻었을 테고, 그걸 너희들에게 보고 올렸겠지. 그러니 내가 머물던 호텔을 곧바로 습격할 수 있었을 테고."

"끄음, 말 좀 끊지 말지?"

"아, 미안. 버릇이 되어 놔서. 계속해."

"회주는 어떻게 됐지? 허공에서 회주와 싸우던 게 너였나? 혹시, 다른 조직에 관여되어 있는 자인가?"

"하나만 묻겠다더니 엄청 물어 대네."

그래도 질문을 해 왔으니 답은 해 줘야겠지?

그게 그렇게 어려운 일도 아니고.

의도도 알겠지만 별 소용없다고 본다.

"시간을 끌면 밖에 있던 자들이 소란을 정리하고 이곳으로 돌아올 거라고 생각하는 모양인데, 일단 그건 포기해. 밖에 있는 사람, 쉽게 잡히거나 할 사람이 절대 아니거든. 그럼 이제 질문에 대한 답을 하지. 회주는 죽었어. 다른 차원에서 온 악마가 회주 자리를 앉아 있었다니, 와우…… 꽤나 충격이었지 뭐야. 그리고

난 애초에 발라스였어. 최근에 겁도 없이 나를 공격한 조율자라는 조직을 흡수하긴 했지. 그래서 회주가 악마로 변했을 때도 일이 어떻게 돌아가는 건지 짐작할 수 있었던 거야."

회주가 죽었다는 말에 크리스는 제법 큰 충격을 받은 표정이었다.

"그분께서 죽다니……. 어떻게……."

"불을 내뿜을 때마다 주변 모든 게 마구 녹아내리는데, 솔직히 좀 놀라긴 했어. 그리고 당신을 보니까 느낌으로는 다크 웨이브 쪽인 것 같은데. 솔직하게 말할래, 아니면 내가 심문을 할까?"

"건방진 인간 놈! 네놈들이 귀물의 힘이 아니고서 그렇게 자만할 수 있다고 생각하느냐?!"

갑자기 크리스의 옷이 찢어지더니 그 형태가 변해 갔다.

"휴, 아니길 바랐는데. 너도 악마였냐? 대체 이런 것들이 저쪽에서 얼마나 넘어온 거야?"

완전히 악마의 형태를 갖춘 그는 토마스보다는 조금 작은 몸집이었다.

그런데 놈이 손을 앞으로 뻗자 갑자기 주변으로 칼날 같은 것들이 나타나 마구 쏘아졌다.

온몸이 칼날에 의해 산산조각이 나는 나……는 아니지.

그건 분신 마법으로 만든 거니까.

진짜 나는 놈의 뒤에서 나타나 놈의 머리를 가격했다.

퍼억-!

"커윽!"

그리고 살짝 무릎을 꿇는 놈에게 얼른 심문 마법을 걸었다.

"아쉴레나 미레우라 카뮤쉐리."

솔직히 이게 될까 반신반의다.

악마에겐 뭔가 마법에 대한 저항력이 있지 않을까 싶어서다.

그런데 이게 웬걸?

놈이 축 늘어졌다.

"오? 된 건가?"

앞으로 돌아가서 확인해 보니 눈빛이 돌아가 있었다.

"으힛! 진짜 됐잖아? 오~ 좋아. 좋아."

통했다는 것에 살짝 기쁨을 느낀 나는 놈이 무엇을 알고 있는지 질문을 하기 시작했다.

* * *

차를 타고 저택과 멀어지면서 최소현이 물어 왔다.

"어떻게 됐어요? 필요한 건 얻었어요?"

"네. 충분히."

"그래서 이제 어떻게 할 거예요?"

"조율자 조직에 말해 뒀거든요. 이쪽에 다크 웨이브와 놈들이 꺼낸 악마들이 있으니까 잡으러 오라고요. 감지할 수 있는 능력도 있다고 하니까 다크 웨이브는 그들이 처리해 줄 겁니다."

"그럼 발라스는요? 그들은 아직도 우리를 추적하고 있을 거잖아요?"

"발라스 내의 직책이 있는 사람들을 지금 만나러 갈까 합니다."

"만나서 뭘 어쩌라고요?"

"그야 너희들 조직 내에 이런 존재들이 있었다. 속고 있었던 거니까 정신 차려라. 그런 걸 말해 줘야겠죠?"

"속은 게 아니라 스스로 따르고 있었던 거면요?"

"그건 좀 곤란하겠지만…… 일단은 상황파악 정도는 해야 하니까."

몇몇을 만났지만, 다행히 최소현의 말처럼 스스로 따른 자는 없었다.

나는 회주와의 만남과 그가 악마로 변하는 모습, 그리고 그의 측근인 크리스가 악마로 변하는 모습을 그들에게 영상으로 보여 주었다.

이래서 영상 녹화가 가능한 장비를 가지고 다니는 게 편하다니까.

말로 해서는 안 믿을 것도 직접 보여 주면 달라지기 때문이다.

역시나 대부분이 큰 충격을 받았다.

이들 중에서도 다크 웨이브나 그들이 심어 놓은 악마가 있으면 어쩌나 살짝 걱정이 되긴 했지만, 심문 마법을 통해 그 또한 검증을 마쳤다.

"휴, 이해를 시켰으니 이제 추적당할 건 걱정하지 않아도 되겠네요."

"당장은 장악보단 분리가 중요할 것 같네요. 발라스에 달라붙어 있던 놈들부터 뜯어내야 장악에 대한 작업을 시작할 수 있을 것 같아요."

그런데 차를 타고 달리는데, 갑자기 멀쩡했던 도로가 어둡게 변했다.

갑자기 터널로 들어온 기분이랄까.

그렇지만 터널은 없었고, 여전히 숲길이었다.

그냥 갑자기 낮의 숲길이 밤으로 변해 버린 것뿐이었다.

"허업……! 뭐죠? 이거 왜 이래요?"

나는 차를 세우고 주변을 둘러봤다.

"아무래도 이것도…… 마법인 것 같은데요."

"그럼 우리 지금 함정에 빠진 거예요?"

그렇다는 건 누군가가 내가 이렇게 다니는 걸 감지하고 쫓아왔다는 건데.

내가 차에서 내리려고 하자 그녀가 나를 붙잡았다.

"내리려고요?"

"네."

"뭔가 좀 무서운데."

"네?"

"나 어둡고 귀신 나올 것 같은 분위기는 딱 질색이란 말이에요."

오호? 최소현한테도 이런 부분이?

여전사 같은 모습도 멋지지만, 이런 모습도 의외로 귀엽다.

"내가 같이 있는데 뭐가 걱정이에요? 그리고 나가지를 않으면 이 상황이 해결될 것 같지가 않는데. 진짜 언제까지나 이렇게 있을 생각이에요?"

"아이, 진짜……."

우린 차에서 조심스럽게 내렸다.

최소현은 핸드폰을 꺼내 그 불빛으로 주변을 비추었다.

그사이 나는 뒤돌아 조용히 제라로바에게 물었다.

"할아버지는 뭐 좀 아시겠어요? 왜 이렇게 된 건지?"

-뭐긴, 네가 다른 놈이 쳐 둔 결계에 들어온 거지.

"아…… 또 결계? 이런 거 꽤나 귀찮던데……."

-그렇지만 그 시간의 틈만큼은 아닐 것이다.

"그래요? 그럼 다행이네요. 그거만큼만 아니면 상관없죠."

결계고 뭐고 확 찢어 버리고 나가면 되니까.

근데 차 반대편에서 무서워하는 얼굴로 주변을 살피는 최소현을 보고 있자니, 어쩐지 이 결계에 어울려 주고 싶은 마음이 살짝 들었다.

"아직도 그렇게 무서워요?"

"아니, 저 숲에 뭔가가 있는 것 같아……. 꼭 누가 보고 있는 것처럼……. 으으……."

때마침 기다렸다는 듯이 풀숲에서 소리가 들려왔다.

사사사사삭!

"꺄아아악!"

놀란 최소현이 얼른 나에게 달려와 안겼다.

"들었어요, 방금?"

"뭐가 있긴 하네요."

그렇지만 이렇게 달라붙어서야 곤란하다.

물론, 나야 그녀가 안겨 오면 무조건 환영이지만, 무슨 일이 생기면 바로 대처하기가 어려웠다.

"안심도 할 겸, 재미있는 거 보여 줄까요?"

"뭔데요?"

"자."

나는 반지를 낀 손을 내밀어 보였다.

"이 반지, 조율자들에게서 빼앗은 거거든요. 근데 이렇게 하면 이런 효과도 있어요."

반지에서 흘러나온 길쭉한 빛이 빠르게 퍼지며 조금 옅어지더니 우리를 감싸 버렸다.

"어머!"

"나도 정확히 어떤 원리인지는 모르지만, 외부의 물리적인 공격으로부터 몸을 보호해 주는 것 같더라고요. 빛의 모양도 생각대로 변하고."

"신기하다……. 안 그래도 갑자기 이상한 문양의 반지를 끼고 있어서 한 번 물어보려고 했는데. 이런 걸 줄은 몰랐어요."

"이제 좀 안심이 돼요?"

"네, 조금……."

가만.

최소현 정도면 웬만한 조율자들의 훈련된 사람들보다는 훨씬 강할 텐데.

강한 사람에게 이끌린다고 하니 조율자들이 가진 귀물들 중에 적합한 게 있지 않을까?

혹시 모르니까 이번 기회에 한 번 데려가 보도록 하자.

"일단 좀 둘러볼까요?"

"뭐가 있는 줄 알고요?"

"보호막 있잖아요."

"그래도 뭔가…… 공포 영화 속에 들어와 있는 기분이야. 으으, 정말 싫다."

그런데 최소현이 말하기 무섭게 저만치 앞에서 무언가 하얀 물체가 슥 하고 지나갔다.

"허업……! 저, 저기요! 저거! 어떻게 해, 귀신인가 봐~!"

나는 가만히 생각에 잠겼다.

혹시 이 환경, 갇힌 사람의 생각과 말에 반응을 하는 건 아닌지.

"혹시 다른 말도 해 볼래요?"

"무슨 말이요?"

"그동안 봐 온 공포 영화에 관한 얘기."

"갑자기요? 여기서?"

"훗, 뭔가 좀 실험해 보고 싶어서요."

"아잉, 싫은데……."

"괜찮으니까 한 번 해 봐요."

그러는 잠시 생각을 하더니 천천히 입을 열기 시작했다.

"그러니까 보통의 공포 영화에서는요. 이럴 때 막 차로 돌아가면 잔뜩 김 서린 창문에 막 글씨도 쓰여 있고요."

나는 차를 슬쩍 보았다.

그러자 정말로 차 유리로 김이 서리더니 글씨가 쓰였다.

너희는 죽을 거야.

그런 글씨가.

여긴 외국인데 한국말로 그런 게 쓰인다고?

진짜?

그럼 여기 있는 귀신도 한국 귀신이란 소리냐?

어이가 없네.

"그리고 잠깐 시선을 돌리면 막 무서운 사람이 나타나서 칼을 휘두른……!"

크아아아아!

따당-!

"꺄아아악!"

말하기 무섭게 웬 괴이한 사람이 나타나 칼을 휘두르고는 연기처럼 흩어졌다.

"뭐야, 진짜……. 무섭게……. 방금 뭐였어요?"

"그렇게 내 가슴에 얼굴만 묻고 있으니까 못 보죠. 아무튼 덕분에 이 어둠의 역할을 알아냈네요."

"뭔데요?"

"갇힌 사람이 두려워서 하는 상상을 꺼내서 물리력으로 바꾸는 것 같아요. 즉, 무언가가 나타나 나를 죽일 것 같은 상상을 하면? 그게 정말로 일어난다는 거죠."

"여기서 나갈 방법은 없어요?"

나는 그녀를 안심시키기 위해 밝게 웃어 주었다.

"이렇게나 싫어하는데, 역시 더 있는 건 아니지 싶네요. 자, 그럼 이제 나가 볼까요?"

나는 하늘로 손을 뻗었다.

갑자기 하늘의 어둠이 빛으로 쩍쩍 쪼개지는 게 보였다.

결계의 외부에 있을 빛의 원소를 모아 결계를 압박하게 만든 결과였다.

"뭐야……!"

어디선가 당혹스러워 하는 음성이 들려왔다.

그리고 그와 동시에 어둠은 산산이 깨어지고, 빛의 커튼이 쏟아져 내려와 세상을 밝혔다.

나는 그 강렬한 빛 중에 한 줄기를, 음성이 들려왔던 곳으로 향하게 했다.

"커걱!"

역시나 숨넘어가는 소리가 들려왔다.

그게 사람인지 악마인지는 모른다.

그렇지만 집중된 빛에 꿰뚫렸을 테니 죽었을 거라는 건 확신했다.

"날씨 좋다~! 자, 이제 가 볼까요?"

"방금 전 그거 엄청 예뻤어요."

"그래요? 그럼 나중에 또 보여 줄게요."

"네!"

"훗, 갑시다, 이제."

내내 여유를 보이긴 했지만, 조금 신기하기도 했다.

분명 다크 웨이브 쪽이었을 건 분명하지만, 그 공격하는 특성이 조율자와는 많이 다르다는 느낌 때문이다.

아무튼 앞으로도 여러 경험을 하게 될 거라는 묘한 기대가 있었다.

* * *

조율자 조직의 1장로인 윌리엄은 사무실에서 나와 젊은 청년에게 물었다.

"그 최강이란 놈의 위치는 아직인가?"

"한국에서는 발견할 수 없었습니다. 근데 여기 이것 좀 보시지요."

그것은 미국에서 뉴스로 나온 영상이었다.

"악마?"

"미국 워싱턴에서 있었던 일인데, 아무래도 저기서 싸우고 있는 게 그인 것 같습니다."

"흠……. 악마와 싸우고 있다고."

젊은 청년은 살짝 갈등하는 표정을 머금었다.

"다크 웨이브가 꺼낸 악마와 저렇게 싸우는 사람인데, 정말 저희가 적으로 봐도 되는 자일까요?"

그 소리에 윌리엄이 역정을 냈다.

"무슨 소리! 저놈이 얼마나 많은 헌터들을 무참히 죽였는지 그걸 몰라서 그런 소리를 하는가?!"

"그렇지만 그건 저희가 먼저……."

"그 입 닫게! 이제 우리에겐 큰 힘이 생겼고, 놈 못지않은 지원도 받게 될 것이네. 그럼 이제 저놈을 없앨 수 있어……! 그러니 그런 나약한 생각은 말고, 가서 놈부터 찾아!"

"네! 장로님."

윌리엄은 회의시간이 다 되어 사무실로 들어갔다.

그리고 그곳에서 홀로그램으로 나타나는 장로들과 대화를 나누었다.

"다들 워싱턴에서 찍힌 영상을 보시었소?"

다들 걱정이 많은 얼굴이었다.

"아무래도 그 최강이란 자가 아닌가 싶소만."

"그 일로 휘하에 있는 사람들의 동요가 큽니다. 그가 적인지 모르겠다고 하면서요."

모두가 동일한 문제를 안고 있다고 여긴 윌리엄은 모두에게
말했다.

"혹여 여기서 더 이탈자가 생겼다간, 우리는 분명 여기서 와해
하고 말 것이외다! 하니, 아랫사람 단속 철저히 하셔야 하오! 단속
이 안 된다면, 불안요소를 없애야 할 테고요."

장로들이 무척 당혹스러워했다.

"그 말은, 우리 손으로 직접 내 사람들을 쳐내란 말씀이시오?"

"내 사람이 되기를 포기한 사람은, 그 귀물이라도 빼앗으란
소리요! 그래야 보다 충직한 이에게 그 귀물을 전달할 게 아니
요?"

귀물.

그것만 있다면 사람을 얼마든지 잃든, 다시 재기를 노릴 수가
있었다.

하지만 그 말에 불만을 가지는 장로도 있는지 몇몇은 표정이
좋지 않게 변했다.

자신들 조직이 추구해 왔던 이상이 깨어진 기분을 느낀
것이다.

윌리엄도 이상한 분위기를 감지했는지 서둘러 말했다.

"다들 보내 준 영상을 통해 이번에 골드킹에서 지원해 준
약의 효능을 보았을 것이오. 하니 각자가 보유한 최고의 능
력자들을 선정하여 모아 주시길 바라오. 우린 그들 열 명을

선정하여! 최강 그자를 없앨 것이오."

5장로 조페른이 물어 왔다.

"현재 최강 그자가 다크 웨이브와 싸우고 있는 것 같은데, 잠시 미루는 것이 낫지 않겠소? 악마는 우리 헌터들도 싸우기 곤욕스러운 존재외다. 넘어와 있는 악마들을 최강이 처리해 준다면 그것보다 큰 이득이 어디 있겠소?"

윌리엄이 탁자를 강하게 내리쳤다.

쾅!

"지금이 혼자 설치고 있을 그놈을 없앨 절호의 기회인데, 뭘 기다린단 말이오! 악마는 틈을 봐서 없애도 되지만, 최강 이놈은 기회를 놓치면 잡을 수가 없단 말이외다! 하니 주저함이나 갈등은 잠시 내려놓으시고, 앞으로의 일을 바라봅시다! 최강 그놈만 없어져 준다면, 제이슨 그도 당연히 돌아오지 않겠소? 그럼 우리 조율자 조직도 다시 원래의 영광을 되찾을 수 있을 것이외다! 이것이 우리 모두가 원하는 바가 아니겠소?"

그의 말은 꽤나 설득력이 있었다.

최강이 사라지고, 제이슨이 용서를 빌며 돌아온다면 조율자 조직을 원래대로 되돌리는 건 어려운 일이 아니었다.

하여 모두는 살짝 거슬리는 느낌이 있음에도 1장로인 윌리엄의 말에 따르기로 했다.

* * *

정이한도 미국에서 퍼지고 있는 영상을 보게 되었다.

"그러니까 저게 다크 웨이브라는 놈들이 다른 차원에서 꺼낸 악마라는 것이고, 저기서 붙어서 싸우고 있는 게 최강이다?"

그는 골드킹의 조직원들을 협력하기로 한 조율자의 장로들에게 붙여 둔 상태다.

하지만 그들은 감시의 역할도 하기에 곳곳에 도청 장치를 달아 정보를 수집하여 그에게 전달하고 있었다.

"다른 차원이라니. 황당하군. 마법이란 게 존재한다는 것에도 기가 찼는데."

그는 곧 전화를 걸었다.

"어, 나야. 윌리엄에게 이번에 찍힌 악마에 관해 아는 바가 있는지 물어보고, 아는 것이 있으면 그에 관한 모든 자료를 건네달라고 해. 이쪽에서 궁금해한다고."

전화를 끊은 그는 영상을 확대하며 자세히 살폈다.

움직이는 화면이고 화질이 좋지 않아 싸우고 있는 대상의 얼굴까지는 확인이 어려웠다.

"네가 정말 최강이라면, 대체 거기서 뭘 하고 있는 거야? 왜 그런 것과 싸우고 있는 거지?"

의문은 많았지만, 지금의 상황을 이해하려면 당장은 정보가 필요했다.

한편, 윌리엄은 자신들을 보호하기 위해 붙은 골드킹의 관계자로부터 요구 사항을 듣고 있었다.

"뭐? 우리가 저 악마에 관해서 아는 게 있냐고 물었다는 것인가?"

"네, 그렇습니다."

윌리엄은 고개를 비틀며 되물었다.

"그가 왜? 무슨 이유로?"

"그런 말씀은 없으셨고, 아는 것이 있다면 그에 대한 자료를 보내 달라고 말씀하셨습니다."

"크음……."

갑자기 이런 요구를 해 오는 것에 윌리엄은 의심을 품었다. 뭔가 다른 의도가 있다고 느껴졌다.

그는 눈앞에 있는 자를 슥 쳐다봤다.

어쩌면 이들이 돕기만 하는 자들이 아닐 수도 있다는 생각에서다.

만약 감시도 하고 있다면, 자신들 조직 내에서 일어나는 일까지도 골드킹에서 알고 있을 거란 생각이 들었다.

그렇다면 모른다고 잡아떼는 것도 문제다.

거짓이 신뢰를 망칠 테니까.

"어쩔 수 없군. 저들이 생겨난 기원에 대한 책자를 줄 테니 그것을 보내 드리게. 아, 책자를 주는 건 아니야. 사진을 찍든 필사를 하든 해. 그것은 우리 조율자 조직의 중요한 자료여서 함부로 건네줄 순 없어."

"네, 알겠습니다."

골드킹의 관계자가 나가자 윌리엄은 조용히 중얼거렸다.

"골드킹의 마스터……. 쉽게 볼 자는 아니야. 설마 그도 뭔가 꿍꿍이가 있는 것인가……."

그는 자신의 협상기술이 좋아 골드킹으로부터 놀라운 기술과 인력 지원까지 얻어냈다고 생각하고 있었다.

하지만 지금에 와서야 깨닫고 있었다.

자신이 그러했듯, 정이한 그도 뭔가 다른 생각이 있지 않았을까 하는 것을.

이 껄끄러운 불안감이 무척 거북했지만, 그렇다고 협력 관계를 깰 순 없다.

하여 그는 잠시동안, 불편함을 감수코자 했다.

* * *

발라스는 발라스 대로 뭉쳐야 한다.

이 말은 유럽지부 관계자들에게도 상당한 설득력으로 작용했다.

그 덕분에 추적하는 이들이 사라지고 좀 더 편히 다닐 수 있게 되었기 때문이다.

그런데 최소현이 나의 갈아입은 옷을 보고 살짝 놀랐다.

"어? 그건 우리 활동복이잖아요?"

"훗, 여느 정장과 다를 바가 없는데. 알아보네요?"

"그 옷은 자연스러운 펄럭거림이 없거든요."

"나도 그 생각을 못 해 본 건 아닌데, 아무래도 늘어짐이 있으면 방어적인 부분에서 미흡한 점이 있을까 봐. 그 부분을 보완하긴 어려웠네요."

"아무렴 안전이 최고이긴 하죠."

"거기에 보태어 웬만한 충격에도 찢어질 일이 없어서 현재로서는 이걸 입는 게 편할 것 같네요. 앞으로 무슨 일이 더 생길지도 모르고."

앞으로 또 어떤 기습을 받고 싸우게 될지 짐작도 안 된다.

매번 옷을 갈아입을 순 없으니 차라리 손상이 안 될 옷으로 입는 게 편하지 않을까.

그런데 최소현이 살짝 실망을 했다.

"에이, 나는 즐거운 여행이 될 줄만 알고 안 챙겨 왔는데."

"이제 독일로 갈 건데, 그쪽으로 보내라고 하죠, 뭐."

"거기 누구 아는 사람 있어요? 어떻게 받으려고요?"

이 여자, 가끔 보면 맹한 구석이 있다.

"우리 국가정보원이에요. 당연히 대사관을 통해 받으면 되죠?"

"아~! 그러네~!"

"훗, 그럼 갈까요?"

우린 독일로 향하기 위해 공항으로 왔다.

그런데 그곳에서 우연히 조율자 조직을 만날 수 있었다.

나의 요청으로 제이슨이 직접 헌터들을 이끌고 공항에 도착했던 것이다.

"여기서 뵐 줄은 몰랐습니다."

"저도 마찬가지입니다. 근데 이렇게 보게 되네요."

"지금 워싱턴에서 찍힌 영상이 세계 곳곳으로 퍼지고 있던데요. 혹시 악마와 싸운 게 당신이었습니까?"

"부정하진 않겠습니다."

"그래서 악마는 없애셨습니까? 악마라는 게, 저희들의 귀물로도 쉽게 쓰러뜨리기 어려운 존재인데."

총알도 안 들어가는 외피에, 강력한 힘.

거기에 마법 같은 기이한 능력까지.

인간은 물론이고, 특정 마법 한 가지로만 상대하자면 쓰러뜨리기 힘든 존재라는 것에는 공감한다.

아무리 귀물의 능력이 있다지만, 육체적인 능력도 뒷받침을 해 줘야 상대할 수 있을 것이다.

하지만 모든 귀물이 육체적 능력까지 향상시켜 주는 건 아니기에, 그것은 귀물 사용자들에게도 단점으로 남아 있었다.

"제 능력을 몸소 느껴 본 분이라면 결과는 이미 알 거라고 보는데."

제이슨이 피식 웃었다.

"역시 그렇겠지요. 저희도 하는 일을 당신이 못 할 리는 없을 테니까."

"근데 그 외향은 좀 무섭더라고요. 저도 살짝 겁은 먹었습니다."

"하핫, 악마를 두고서 그렇게 농담을 할 수 있는 건 아마 당신밖에 없을 겁니다."

인사는 여기까지.

나는 본론을 얘기했다.

"이쪽 발라스 조직의 간부와는 이미 얘기가 되었습니다. 색출에 관한 건 그들에게 도움을 받으면 될 겁니다."

"그런 도움이 있다면 보다 일이 수월하게 풀리겠군요."

"한데 다크 웨이브를 알아보는 방법이 있다고 했는데, 그게 어떤 거죠?"

제이슨이 안경집 하나를 꺼내며 말했다.

"저희들이 개발한 마경이란 겁니다. 이 세계의 것이 아닌, 다른 힘을 감지하는 안경이죠."

오~ 이런 것도 있어?

"이거, 여유가 되면 저도 하나만 주면 안 될까요? 앞으로 하는 일에 도움이 될 것 같은데."

"그렇게 여유가 있는 물건은 아니지만, 필요하시면 드리겠습니다."

그가 곧바로 넘겨준다.

나는 얼른 건네받았다.

"고맙습니다. 좋은 물건을 득템했네요. 그럼 일 보시고, 결과 보고 기다리겠습니다."

"네."

* * *

제라핀은 최강과 제이슨의 대화에 내내 놀랐다.

아무렇지도 않게 악마에 관해 얘기하고, 또 그걸 처리했다는 듯이 말해서다.

옆으로 보니 예쁜 여자와도 동행을 하고 있고.

그저 여행이나 온 동양인들 같이 보이는데.

결국 궁금증을 참을 수 없었던 그는 멀어져 가는 최강의 뒷모습을 보며 제이슨에게 물었다.

"로드, 정말로 저 사람이 제블런 님까지 제거한 그 사람이라고요?"

"왜, 안 믿기나?"

"솔직히 저런 모습으로 봐서는……."

"후후, 겉모습만 보고 판단하지 말게. 난 저 사람이 어떤 능력을 지녔는지 모두 목격했어. 그건 마치…… 그래, 신을 보는 듯했지. 마치 우리들이 가진 귀물들이 저 한 몸에 집약되어 있는 것만 같은 느낌이었다고 해야 할까."

"정말 그렇게나 무서운 사람이라고요?"

"언젠가 함께 싸우는 날이 온다면 자네도 볼 수 있겠지."

"한데 로드께선 저 사람이 우리에게 끼친 피해에도 불구하고 대체 왜 따르시는 겁니까?"

"그럼 자네들은 왜 나를 따르는가?"

"그야…… 로드를 믿으니까요."

"훗, 내가 그래도 헛살진 않았군그래."

바로 그때, 그의 동료들이 제라핀의 뒤통수를 툭 하고 쳤다.

"야, 넌 뭐가 그렇게 궁금한 게 많냐?"

"적당히 해라. 아무렴, 로드께서 어련히 잘하실까."

그러자 제라핀이 반색했다.

"아니, 나만 그런 거야? 다들 궁금한 거 아니었어?"

"야, 너는……! 눈치도 없이 진짜."

"그래, 좀 맞자. 넌."

제이슨이 모두를 말렸다.

"아아, 그만. 언젠가 한 번은 얘기해야 할 부분이긴 했어. 다들 궁금해하는 것도 이해는 하고."

그는 잠시 뜸을 들였다.

"흠, 내가 저 사람을 따르기로 한 이유라……. 뭐, 누군가는 두려움 때문이 아니겠냐고 하겠지?"

제이슨이 모두를 보자 그들은 살짝 어색한 표정을 지어

보였다.

시선을 피하는 걸로 봐선 역시 그런 말들이 오고가긴 했던
모양이다.

"그렇지만 난 희망을 보았다네."

"희망이요?"

"그래, 희망. 우린 귀물의 능력으로 다크 웨이브를 억제해 왔지
만, 단 한 번도 그들을 완전히 없애지는 못했어. 그들이 숨는
거 하나는 무척 잘해 왔기 때문이지."

제이슨이 멈춰 서더니 최강이 사라진 방향을 쳐다봤다.

"하지만 최강 저 사내라면 달라. 저 사내가 마음만 먹는다면
이번에야말로 결단코 다크 웨이브를 모두 없앨 거라는 확신이
들었거든. 우리의 세대에서 그 영광스러운 날이 올 거라고 믿은
게지. 우린 결코 굴복한 게 아니야. 저 사내라는 엄청난 축복을
얻은 것이지."

"정말 그런 걸까요?"

"이번만도 보게. 전혀 상관없던 저 사내가 악마를 무찌르지
않았나? 우리였으면 큰 피해를 감수했어야 한 일이었는데 말이
야."

"그거야……."

"나는 저 남자에게서 선함을 보았네. 몇 번이나 죽이려고 헌터
를 보냈지만, 그때마다 늘 살려 보냈지. 우리가 이번에 피해를
당한 건 저 사내를 화나게 만들어서야. 저 사내의 입장에서는

그럴 만도 했어. 그건 부정할 수 없지."

"음, 로드께서 그렇다면 그런 거겠죠. 저희는 로드를 믿으니까요."

"고맙네. 나를 향한 그 믿음, 결코 후회하지는 않을 걸세."

* * *

비행기에 탑승한 우리는 가장 먼저 타기 위해 앞줄에 서서 곧바로 퍼스트 좌석으로 향했다.

"으차."

짐을 여유로운 곳에 놔두고 자리에 앉은 우리는 비행기가 출발하기를 기다렸다.

근데 최소현의 표정이 어딘가 이상해 보였다.

"왜 그래요?"

"아니, 그게⋯⋯. 느낌이 뭔가 이상해서요."

"왜요, 뭐가 불편해요?"

"그런 건 아니지만, 뭔가 나쁜 버릇이 생긴 것만 같은 기분? 최강 씨와 다니면서 누리는 이런 좌석이나 부유함이 자꾸만 익숙해질 것 같아서."

"훗, 그러면 안 되는 건가?"

"저 일부러 아빠 도움 안 받으려고 악착같이 알바하고 공부하고 그랬거든요. 경찰대를 간 것도 약간 반항심에 간 것이기도 하지만, 학비 때문인 것도 있었고. 그런 저한테 이런 건 꿈만 같아야 정상인데, 자꾸만 최강 씨랑 다니니까 편하다고 생각하는 거 있죠. 그러면 안 되는데. 사실은 내 것도 아닌데."

"그런 생각을 뭐 하려 해요, 이미 내가 당신 것인데."

"에이……."

"어? 나하고 결혼할 생각 아니었어요?"

그녀가 살짝 놀라는 눈치다.

"겨, 결혼이요?"

"뭐야, 이 여자? 그런 생각은 한 번도 안 해 본 거야?"

"그거야…… 너무 먼 얘기라서?"

"난 연애 오래 할 생각 없는데."

"그럼…… 내가 결혼 안 하겠다고 하면요?"

"그건 마음이 많이 아프겠지만, 일단 묵비권을 행사하겠습니다."

"어어! 말해요! 얼른!"

"하하! 잠깐! 그런 질문을 한 사람이 오히려 이상한 거 아닌가?"

"말 돌리지 말고, 빨리! 말 안 할 거예요?"

"할게요! 무조건 기다릴게요. 됐죠?"

"치……."

"그래도 너무 오래 끌진 맙시다."

"그렇다고 당장 하자고 할 건 아니죠?"

"어어, 자꾸 그렇게 부담스러운 표정 짓고 그러면 나 진짜 서운

해요."

"호홋, 여자는 원래 튕기는 맛이라."

"크으, 졌다. 졌어."

그러던 중 최소현이 내가 벗어 놓은 자켓의 주머니를 보았다. 그녀는 거기서 안경집을 꺼내며 물었다.

"저 이거 봐도 돼요?"

"되죠, 그럼."

"그러니까 이게 쓰고 있으면 이곳 세상의 힘이 아닌 걸 볼 수 있다 이거죠?"

그녀는 마경을 쓰고는 쭉 둘러보다가 나를 향해 쳐다봤다. 그런데 갑자기 화들짝 놀란다.

"우와……!"

"왜요?"

"최강 씨가 온통 붉다 못해 하얗게 보이는 거 있죠. 어? 근데 왜 최강 씨 몸에서 이상한 게 겹쳐 보이지? 뭔가 다른 사람의 형태 같은 게 보이는데요? 내 눈이 이상한가?"

설마!

케라와 제라로바도 보이는 거야?

"자, 잠깐! 저도 볼게요."

"아이, 뭐야~ 제가 먼저 보고 있었잖아요~"

"그냥 나도 좀 보고 싶어서. 하핫."

"치, 너무해."

나는 억지로 마경을 빼앗고는 한숨을 푹 내쉬었다.

"휴~!"

차마 생각 못 했다.

다른 차원의 두 영혼인 둘이 마경에 보이게 될 줄은.

둘의 존재는 최소현에게 유일하게 숨기고 싶은 비밀이다.

자칫 알게 되었다가는 나와의 애정행각 자체를 안 하게 될
게 분명해서다.

다른 누군가가 지켜보고 있다고 하는데, 어떤 여자가 좋아할
까.

그것만은 무조건 막아야 했다.

하지만 그녀는 끈질겼다.

"아이, 좀~ 그 마경 좀 줘 봐요~!"

"나 그만 본다고 약속하면. 그럼 줄게요."

"아니, 왜 그러는 건데요?"

"이 마경도 뭔가 전자 장비 같거든요. 근데 나의 능력치가 워낙
높으니까. 측정 불가가 돼서 망가질 것 같아서. 뭔가 다른 게
겹쳐 보이는 것도 그런 거 아닐까요?"

"그런가?"

"사실 제가 소현 씨를 보면 파란색으로 보이거든요."

"진짜요?"

"자, 나를 안 본다고 약속하면 줄게요. 약속?"

"알았어요, 약속."

최소현은 가만히 자신의 팔을 들어 보이더니 신기해했다.

"어머! 진짜네? 제 팔이 파란색으로 보여요!"

"그렇다니까요."

"다른 능력도 찾아내지만, 그 능력치를 색으로도 표현하는구나……. 아니, 근데. 저렇게 하얀색이면 도대체 능력 차이가 얼마나 크다는 거지?"

"어어, 약속~!"

"아휴, 알았어요."

그사이 승무원이 다가와 벨트를 매 달라고 요구해왔다.

곧 비행기는 하늘 높이 날았다.

하지만 정상궤도에 오른 순간, 최소현은 호기심이 발동했는지 마경을 쓰더니 슬쩍 일어났다.

"어디 가요?"

"요 뒤에 이코노미석에 잠깐요."

"거긴 왜요?"

"그냥 저들 중에 있을지 모르는 누군가를 살펴보러? 혹시 모르는 거잖아요. 궁금하기도 하고."

저렇게 장난스러운 표정을 지어서야 누가 말릴까.

나는 말릴 자신이 없었다.

"대신 금방 와야 해요?"

"네~!"

그런데 그러기를 잠시.

최소현이 조용히 슥 돌아오는가 싶더니 굳어진 얼굴로 옆자리에 앉았다.

"잘 보고 왔어요?"

그런데 그녀의 목소리가 뭔가 모르게 이상했다.

"저기요, 최강 씨……. 최강 씨가 보기에는 제 능력은 어느 정도예요?"

"그건 갑자기 왜요?"

"그것부터 말해 줘요. 얼른요."

"음…… 이젠 카우라도 자유자재로 움직일 수 있겠다, 무술도 그만하면 충분히 배웠고. 솔직히 웬만한 귀물 소유자도 충분히 상대할 수 있다고 보는데. 근데 왜요?"

"그래도 최강 씨 입장에선 상대하기 쉬운 거겠죠?"

"그거야 뭐……."

"하아, 다행이다."

"아니, 왜 그러는 건데요?"

나의 물음에 최소현은 해맑게 웃었다.

"저 뒤에 보라색과 파란색이 너~ 무 많거든요."

"네? 아니, 그 말 지금 진짜예요?"

"네."

그렇다는 건, 지금 이 안에 다크 웨이브나 그 외에 나를 노리는 자들이 많다는 얘기였다.

악마인가?

악마라면 최소현과 육체적인 싸움에서는 비등할지 모르나 악마의 특별한 힘이 보태진다면 그녀가 살짝 위험할 수도 있었다.

만약 내가 가서 다시 확인하면 들켰다는 걸 알아차리겠지?

하지만 비행기 안에는 보통의 사람들도 많은데.

싸웠다간 큰일이 된다.

어떻게 하지?

안 그래도 걱정에 심각해지는데, 최소현이 난감한 소리를 해 왔다.

"근데, 저 사람들이 막 덤벼 오다가 비행기가 추락하기라도 하면, 그땐 우린 어떻게 되는 거예요? 카우라가 있으면 그래도 살 수 있으려나?"

"혹시 지금 창문 밖 보여요?"

"네."

"온통 산이죠?"

"그러네요."

"저런 곳에서 조난당하면 정말 난감할 거예요. 그죠?"

"윽! 설마 그 최악의 상황이 곧 일어날 거라는 건 아니죠?"

"원래 아닐 것 같은 건 꼭 일어난다잖아요."

"진짜요……?"

"후우…… 저놈들이 언제쯤 실행해 오려나……."

* * *

갈색 머리의 사내가 말했다.

"어이, 방금 전에 앞쪽에서 이쪽을 둘러본 여자. 봤어?"

"어."

"끼고 있던 안경, 혹시 마경 아니었어?"

"그건 잘 못 봤는데……."

"그 여자, 분명 그놈의 일행이었어. 만약 마경이 확실하다면, 우리 모두 들켰을 거라고."

그러자 그 뒤에 앉은 자리가 좁은 듯 보이는 덩치의 사내가 답했다.

"그것도 문제지만, 여기도 문제인 건 매한가지 아닌가? 설마 이 안에 우리 말고 다른 놈들도 섞여 있을 거라고는 생각 못 했잖아."

"뭐?"

"뭐야, 몰랐던 거야? 으휴, 그럼 이걸 보라고."

덩치의 사내가 선글라스를 건넸고, 갈색 머리가 그걸 끼고 주변을 둘러봤다.

알고 봤더니 그건 평범한 선글라스가 아니었다.

이것도 마경이었던 것이다.

"뭐야, 저건······."

"블루 등급이 셋이나 있는 거 보여? 여기서 싸우게 되었다간 좋게는 안 끝나. 최악의 경우엔 이 비행기가 추락할지도 모른다고."

"음······."

"급하게 따라붙었더니 상황이 더럽게 되어 버렸어."

모자 쓴 사내가 물었다.

"귀물 사용자일까?"

"모르지. 근데 어쩐지 다크 웨이브일 것 같은 불안감도 드는군."

덩치의 사내가 고개를 저었다.

"찾았다 싶어서 미행이나 하자고 같은 비행기에 탄 건데. 이거 가는 내내 불편하게 생겼군."

"네가 지금 불편한 건 아마 네 몸집이 커서일 거야."

"또 그 소리 했다간, 네 고환이 둘로 헤어질 줄 알아."

* * *

나는 생각에 잠겼다.

놈들이 이 비행기에 일부러 함께 탄 거라면, 필시 여기서 일을 벌일 게 분명했다.

"출발한 지 얼마 안 되었는데, 비행기를 회항시킬까."

"그러자면 뭔가 위험요소가 있어야 하지 않아요?"

그때, 제라로바가 말했다.

-환상을 이용하면 어떻겠느냐?

"환상?"

-너희 세상에서 말하는 폭탄이라든가, 그것이 아니면 비행기에 구멍이 난 것처럼 꾸미면 될 게 아니냐?

"아……!"

둘 다 좋은 생각이다.

가방 같은 걸 환상으로 만들고서 그곳에서 이상한 소리를 들었다고 한다면 누구도 만지려 들지도 않을 것이다.

그럼 비행기는 회항할 것이다.

비행기에 구멍을 내는 것도 가능했다.

거친 바람이 기내에 휘몰아쳐야 할 테지만, 그것 역시 바람의 원소를 이용하면 어려운 일도 아니었다.

나의 반응이 이상했는지 최소현이 물어왔다.

"뭔데요? 무슨 좋은 생각이라도 있어요?"

"네, 두 가지 정도 떠오르긴 했는데요. 그게 뭐냐면……!"

그런데 바로 그 순간, 옆 칸에 앉은 아이가 종이비행기를 날리는 게 보였다.

저쪽 끝까지 참 잘도 날아간다.

음? 종이비행기?

글라이더…….

잠깐만!

그러고 보니 꼭 비행기를 회항시킬 필요가 없다.

만약 저들이 우리와 함께 비행기를 추락시킬 작정이라면, 되돌아가도 다시 같은 비행기를 타려 할 것이다.

그런데 저 아이의 종이비행기를 본 순간, 나는 좋은 생각이 떠올랐다.

"후후, 굳이 소란을 피울 필요가 없는 거였네요."

"무슨 말이에요?"

"곧 알려 줄게요."

나는 승무원을 불렀다.

손을 들자 승무원이 다가와 미소로 물어왔다.

"필요한 게 있으십니까?"

나는 그녀에게 백 달러 열 장을 주며 부탁했다.

"혹시 이 비행기가 도착하면, 여기에 있는 짐을 대사관에 보내 줄 수 있을까요?"

"아…… 그건 그리 어렵지 않습니다만……."

"부탁드립니다."

"네, 손님. 그렇게 해 드리겠습니다."

* * *

비행기 내에는 장로들이 붙인 자들과 다크 웨이브의 사람들이 나눠서 타고 있었다.

다크 웨이브의 목표는 최강.

곧 그들이 서로 시선을 주고받더니 자리에서 일어났다.

그리고는 성큼성큼 걸어 퍼스트 클래스 좌석으로 다가갔다.

"저것들이 기어이……."

지켜보던 세 남자는 저들이 일을 저지르려고 한다는 걸 알아차렸다.

"어떻게든 비행기가 추락하는 것만은 막아야 해."

"다른 사람들까지 희생되는 꼴을 볼 수는 없지."

그들은 천천히 뒤따라가서 그들을 저지하고자 했다.

보통 사람들의 안전에 신경 쓰는 그들은, 다크 웨이브를 기습해서라도 비행기에 탄 사람들을 살려야겠다고 마음먹었다.

차르르릇!

그러나 그들은 당혹스러워하는 다크 웨이브를 봐야 했다.

"뭐야! 이놈이 어디로 갔어?!"

"어이, 승무원! 여기에 앉아 있던 남자하고 여자 어디로 갔어!"

승무원은 그들을 말렸다.

"손님, 기내에서 소란을 피우시면 곤란합니다!"

"닥치고 어디 갔는지나 말해!"

사내 하나의 손에서 검은 기운이 흘러나와 승무원의 목을 조였다.

놀란 승무원은 숨이 막혀 답답해하다가 손을 가리켰다.

"저, 저기에……! 방금 전에 화장실로……!"

다크 웨이브의 사내들은 승무원을 풀어줬다.

"켁켁! 쿨럭!"

그리고는 잔뜩 검은 기운을 일으켜서는 화장실 문을 확 열어
재꼈다.

처르륵!

그들은 당장에 공격을 퍼부으려고 온 힘을 끌어모았으나, 곧
허탈에 빠지고 말았다.

"음!"

화장실에 있다던 두 사람이 감쪽같이 사라져서다.

"뭐야……. 없잖아?"

"어떻게 된 거야? 그럼 대체 어디로 사라진 거냐고?!"

그들은 막아서는 보안요원까지 때려눕히며 주변 곳곳을 샅샅
이 뒤졌지만 결국 최강이나 그의 일행인 최소현을 찾지 못했다.

그들을 저지하려 했던 세 사람 또한, 뒤로 물러나더니 자연스
럽게 자기 자리로 돌아가고 있었다.

"어떻게 된 거지?"

"그놈이 사라진 모양인데?"

"어이, 그럼 우리도 곤란해진 거잖아?"

"그래도 비행기가 추락하는 것보단 낫지 않을까?"

"그건 그렇기는 한데……."

"황당하군. 이렇게 비행기에서 갑자기 사라질 수도 있는 거야?

그놈, 대체 능력이 몇 개야?"

그들은 몰랐다.

비행기가 멀어져가는 하늘에서 금빛의 글라이더를 타고서 두 사람이 날고 있다는 것을.

"이야야아아아~!"

"꺄아아아아아!"

최강은 빛으로 최소현의 허리와 가슴을 줄처럼 자신에게 묶고 서는 바람 조절까지 해 가며 빠르게 날고 있었다.

생각하는 대로 변하는 반지의 빛을 이용해 글라이더를 만든 것이다.

"이것도 재밌네요! 엄청 짜릿해요~!"

"그렇죠? 하늘을 나는 기분이 굉장히 좋네요!"

"아무튼 비행기가 추락했어도 죽을 일은 없었던 거네요~!"

"잠깐 레저를 즐긴다고 생각합시다! 괜찮죠?!"

"이런 거면 얼마든지요! 꺄아아아아아~!"

<7권에서 계속>

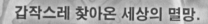

갑작스레 찾아온 세상의 멸망.

사람을 죽이면 죽일수록 강해지는 약탈자들과 갑자기 나타난 괴물들.
사람이든 사물이든 만져서 고칠 수 있는 능력을 얻은 고물상 주인 이성필.
위험해진 세상을 성필은 주변 사람들과 함께 헤쳐 나간다.

황폐해진 세상을 고쳐 나가는 아포칼립스 판타지!

손만 대면 다 고쳐

해우 현대판타지 장편 소설
DONG-A MODERN FANTASY STORY

동아
COMMUNICATION
GROUP